もふもふと転生して田舎でスローライフをおくりたい
錬金王
ill. 阿倍野ちゃこ
宝島社

アルク
もふもふが大好きな主人公。
ベル
クロエの従魔。
種族はアイスベアー。
ルノア
優しくも厳しい母。
元聖女見習い。
クロエ
アルクの姉。ベルに乗って
よく移動している。

ジルオール
神聖イスタニア帝国の辺境伯。
一家の大黒柱。
エドワルド
聖騎士を目指す
やんちゃな長男。
セツ
ルノアの従魔。
種族は剣氷豹。
オルガ
ジルオールの従魔。
種族はフロストドラゴン。

「ここで永遠に暮らすってのはダメですか？

転生して田舎でもふもふとスローライフをおくりたい

錬金王

ill. 阿倍野ちゃこ

CONTENTS

Illustration :chaco abeno　Design :afterglow

転生して田舎でもふもふとスローライフをおくりたい

I want to enjoy slow living with mofumofu

社畜死亡。犬神との出会い

I want to enjoy slow living with mofumofu

「……もふもふしたい。可愛《かわい》い動物たちと戯《たわむ》れたい！」

ブラック会社に勤める僕こと、犬《いぬ》飼《かい》泰《たい》三《ぞう》は夜遅くの帰り道で嘆きの声を上げた。

就職を機に都内へと上京した。

昔からもふもふとした可愛い動物が大好きな僕は、もちろん一人暮らしをする中でもペットをお迎えするつもりだった。

社会人一年目の新人がペットをお迎えするのは懐《ふところ》的に厳しいが諦めはしなかった。

社宅がついており、なおかつペットをお迎えできるような優良企業を探し出し、厳しい就活の末に僕は就職。春からもふもふとの生活が待っていると期待に胸を膨らませていたが、なんと僕が就職してすぐに社内で方針が変わったのか、社宅は造り替えられることになった。

それだけなら入居が遅れるだけでまだいいのだが、問題は新しい社宅ではペットをお迎えすることができなくなってしまった。

なんでも社長の新しい奥さんが動物嫌いという完全にとばっちりな事情だった。

ペットをお迎えすることができなくなった環境に激しく抗議したが、就職したばかりの新人に大して発言力があるわけもなく、泣き寝入りすることになる。

僕の人生というのはいつもこうだ。肝心な時にもふもふとの縁がない。

もふもふをお迎えしようと両親に頼み込み、ようやく許しが出たと思ったら、父が動物アレルギーを発症し、断念することになった。一人暮らしをしようにも中学生や高校生ではできるはずもない。寮のある高校に行けば別であるが、そんなところでペットをお迎えできるはずもない。

そんな環境にいたため長年我慢し、ようやく大手を振って独り立ちしてお迎えできるかと思いきや、これだった。ほとほと僕はもふもふと縁がないんだと思う。

それでも僕は諦めたくはない。

もふもふと一緒に暮らすことは小さい頃からの夢だったのだから。

こんな会社すぐに辞めてやると思ったが、就職してすぐに辞職するのは現実的に考えて職務経歴に大きな傷がついてしまう。

将来的には複数のもふもふをお迎えし、贅沢《ぜいたく》な暮らしをさせてあげるためには、お金はとても重要で……そんな判断もあって、僕は今の状況を泣く泣く受け入れることにした。

だが、それはお金が貯《た》まるまでだ。

最低限の勤続年数を果たしたら僕はすぐに転職し、今度こそペットをお迎えできるようにしてやる。

そんな一心で僕はがむしゃらに働いてお金を貯める生活を送っている。

しかし、忙しい時にはつい癒《いや》しが欲しくなってしまうわけで、仕事が少しでも早く終わった時はペットショップに寄っている。

「はぁ〜、可愛い」

ペットショップの中には様々な犬や猫がおり、ハムスター、ネズミ、モルモット、フェレット、ウサギといったたくさんのもふもふがいた。

ここは天国か⁉

あー、こんな風にもふもふに包まれた生活ができれば、どれだけ幸せなのだろうか。

「犬飼様、申し訳ありません。そろそろ閉店時間ですので……」

もふもふたちを眺《なが》めて癒されていると、店長さんから声がかかった。

気が付けば二十時を迎えており、ペットショップが閉店する時間であった。

なにもかも、忙しい会社が悪い。

「そうですよね。いつも遅くにすみません」

「休日でしたら触れ合いタイムもございますので、またお時間のある時にどうぞ」

ペットをお迎えせず、ただ頻繁に顔を出すだけの僕を邪険にしないなんてここの店長さんは本当にいい人だ。

僕がもふもふをお迎えする時は、ここのペットショップでお願いしよう。

「さて、帰るとするか……」

明日も朝は早いし、早めに家に帰ってアニマル動画を眺めながら眠ることにしよう。

社宅であるアパート方面へ歩いていくと横断歩道の信号が赤になった。

こんな車の通りの少ない路地に信号なんてつけなくてもいいのにな、と思いながらぼんやりしていると、反対側にある公園から柴犬《しばいぬ》が現れた。

「おっ！　柴犬だ！」

顔は丸みを帯びており、鼻は短め。アーモンドの形をした黒い瞳をしている。

小柄ながらも筋肉質な体をしており、お尻にちょこんと乗っている巻き毛の尻尾《しっぽ》がチャーミングだ。

あの栗色《くりいろ》の柔らかそうな毛を存分にもふもふしたいなぁ。

などと考えていると、こちらに気付いた柴犬がてくてくとやってくる。

短い手足を動かして歩み寄ってくる姿に頬《ほお》が緩《ゆる》むのを感じたが、右側のトラックから鳴り響くクラクションによって我に返った。

運転手はクラクションによる大きな音で退《ど》かせようと思ったのだろうが、逆効果だったらしく柴犬は逆に足を竦《すく》めて立ち止まってしまっていた。

このままでは衝突は避けられない。

「危ない！」

気が付けば、僕は走り出していた。

速さでは車の方が速いが、距離では僕の方が近い。

僕と柴犬の距離がドンドンと縮まり、そして僕の手が柴犬のもふもふとした毛を捉《とら》えた。

このまま抱えたとしても一緒に跳ねられるだけなので、僕は柴犬だけでも助かるようにと公園のほうに放り投げた。

その直後にドンッという音が鳴り、僕の身体《からだ》が派手に吹き飛んだ。

身体の内側から枯れ木が折れるような嫌な音があちこちで響き、内臓が派手に揺さぶられるような感覚があった。ゴロゴロと地面を転がると、額から生温かい液体が垂れてくるのを感じる。

もふもふは？

僕が放り投げた柴犬は無事だっただろうか？

「くううん」

視界が霞《かす》む中、なんとか顔を上げて確認しようとすると頬をぺろりと舐《な》められた。

どうやら柴犬は僕が命を助けたことを理解しているようで、こちらを心配げに覗《のぞ》き込んでいた。

「よかった……」

柴犬が生きていたことに僕は安堵《あんど》する。

それと同時に僕の意識が急激に遠のいていく。

もふもふが無事だったのならば悔《く》いはない……と言い切りたいけど、やっぱり悔いはある。

もふもふに囲まれた、幸せなスローライフをおくりたかったな。

◆

「ワンワン！」

元気のいい犬の鳴き声が唐突に響き渡って、暗闇に沈んでいた僕の意識が浮上する。

まぶたを開けると、柴犬の顔がドアップになっていた。

どうやら仰向《あおむ》けになっている僕のお腹《なか》に乗っているらしい。

僕が目を覚ましたことがわかったのか、柴犬がよりいっそう激しくじゃれついてくる。

「なにこれ？　天国？」

目を覚ますなり、いきなりもふもふと戯れることができるなんて幸せすぎる。

「いや、天国ではない。ここは我の神域だ」

「うおっ⁉　大きな犬⁉」

突如として響いた声に振り返ると、巨大なブルドッグがいた。

平らな顔に短い鼻と大量のしわが特徴的。その独特で愛らしい見た目から世界中で愛される、あの犬種だ。

にしても、全長が僕よりも遥《はる》かに大きい。三メートルくらいあるんじゃないだろうか。

「……犬種はイングリッシュ・ブルドッグですか？」

「この状況で最初に尋ねることがそれなのか？」

思わず尋ねると、ブルドッグがやや呆《あき》れを滲《にじ》ませた声を漏らした。

落ち着いて聞いてみると、かなりダンディないい声をしていた。

というか冷静に考えると、ここはどこなんだ？

「先ほども言ったように、ここは我の神域だ」

僕のそんな内面を見透かしたようにブルドッグが答えてくれる。

「……神域？」

今更ながらに周囲を観察してみる。

空には気持ちいいくらいに青い空が広がっており、心地よい陽光が降り注いでいる。

青々とした芝生《しばふ》がどこまでも広がっており、その上には数多の犬たちがいた。

眠っていたり、ちょこんと座っていたり、他の個体と追いかけっこをしていたりと思い思いに過ごしている。

「いや、どう見ても天国でしょう?」

「違う」

こんなもふもふパラダイスな空間を天国以外になんと形容することができるだろうか。

「我は犬神。世界の秩序を保つ役割を持った神である」

自らを犬神と名乗るブルドッグ。

確かにこんなに規格外の大きさをした犬は地球に存在しないので、神と言われても納得できる気がする。

「えっと、そんな犬神様が僕にどう関係が?」

「そこにいるのは地球を監視する役割を担っている我の眷属《けんぞく》なのだ。眷属の失態によって貴様の命を失ってしまったことを深くお詫《わ》びする」

犬神が謝罪をするようにして頭を下げ、目の前にいる柴犬が耳をしょんぼりとさせた。

「ということは、これは夢とかじゃなく僕は本当に死んで……?」

「ああ、死んだ」

おそるおそる尋ねると、犬神がきっぱりと答えた。

どうやらこれは本当に夢でも天国でも何でもない、死後の世界らしい。

いや、そこに向かう前に犬神によって呼び寄せられたということか。

「我々が原因で人間の命が失うなどあってはならないことだ。償いをさせてほしい」

「もしかして、僕は生き返ることができるんですか?」

「いや、元の世界での蘇生《そせい》はできない。貴様の魂は大きく欠損しており、そのまま修復することは不可能だ」

「そうなのですか……」

理屈はよくわからないが、どうやら元の世界に戻ることは不可能らしい。

恋人はいなかったが、残してきた両親には本当に申し訳ないと思う。

「だが、異なる世界への転生ならば可能だ」

「それって、異世界に転生させてくれるということですか？」

「そういうことだ」

「……異世界に転生するより、ここで永遠に暮らすってのはダメですか？」

よくわからない異世界とやらで新しい生を受けるより、犬神や柴犬、数多の犬たちとここで戯れる方が幸せな気がする。

「ならぬ」

これまたきっぱりと断られる。

「僕はただ、もふもふたちに囲まれた生活をしたいだけなのに……」

しょんぼりとすると、犬神が呆れたようにため息を吐《つ》いた。

本当にこの犬神は仕草が人間らしい。

「……貴様は動物に並々ならぬ興味を抱いているようだな？」

「はい。物心ついた時からもふもふが大好きなんです」

「であれば、転生先はそういった生物が多い世界にしてやろう」

「本当ですか⁉　できれば、子供の頃からペットなんかをお迎えできる環境がいいです！」

「ならば、動物や魔物をテイムできる貴族の生まれとしよう」

「テイムって、動物や魔物を使役したりできる能力ですか？」

「そうだ」

犬神によると、これから僕が転生する世界はやや文明レベルが低いものの、魔法という力が発達した世界らしい。

その世界には動物だけでなく、魔物も存在しており、これから僕が転生するテイマー貴族はそういった生き物と仲良くなれる魔法を扱えるようだ。

つまり、もふもふたちと合法的に仲良くなれるわけである。最高だ。

「環境だけを用意するにはお詫びとして少し弱いな。貴様が異世界でも生きていきやすいように少しだけ優遇してやろう」

「優遇というのは何かしらの能力を貰《もら》えるんですか？」

「ああ、そうだ。たとえば、大好きな動物と会話できる能力なんてものもある」

「んー、会話の能力は不要ですかね」

「貴様は動物が好きではなかったのか？　言葉を交わしたくはないのか？」

首を横に振ると、犬神が怪訝《けげん》な表情を見せる。

「確かに大好きですが、人間と同じように言葉を交わせるのは違うのかなと。分からないからこそもっと知りたいと思うし、人間とは違った絆《きずな》が生まれるんじゃないかと思います」

これはあくまで僕の持論だ。

大好きだからこそ知りたいと思うが、何もかもを知りたいと思うわけじゃない。

人間がお互いの心を読めないように、わからないからこそ程よい距離感を築けることもある。

「あー、でもやっぱり動物たちがどんなことを考えているか、なんとなく知りたくはあるなー！」

「……どっちなのだ」

犬神が呆れている。

偉そうに持論を語ってみたが、こうやって犬神と会話していると、動物や魔物たちとも会話をしてみたい気持ちも湧いてきた。僕は一体どうすればいいんだ。

「もう貴様の欲望を叶《かな》えられる能力でいいだろう」

犬神の言葉を聞いて、僕はハッと我に返る。

「……僕はもふもふたちに包まれて過ごしたいです」

「わかった。ならば、もふもふに包まれる能力を与えてやろう」

犬神は少し面倒くさそうな声音を漏らしながらこちらに近づき、僕の胸元に肉球を押し付けた。

なにそれ、ご褒美ですか？　と思った瞬間に胸元に温かい力が宿った。

というか、もふもふに包まれる能力ってなに？

「これで準備は整ったな。では、貴様を異世界に――」

「ワンワン！」

「む？」

犬神が僕を異世界に送ろうとしたところで、さっきまでずっと大人しくしていた柴犬が声を上げた。

何かを訴えるような柴犬の声が響き、犬神が神妙な顔つきになる。

「どうかしたんですか？」

「我が眷属が貴様に恩を感じているようでな。異世界についていきたいと言っている」

「本当かい⁉」

異世界にこの可愛らしい柴犬がついてきてくれるなんて嬉《うれ》しすぎる。

「しかし、この者には元の世界を監視する役割がある」

「ダメなんだ」

「くううん」

犬神の言葉に僕だけじゃなく、柴犬も残念そうな声を漏らした。

「……仕方がない。特別事例だ。三年ほど責務をこなせば、異動先としてこやつの転生する世界に飛ばしてやろう」

「ってことは、三年後には会えるんですね⁉」

「ああ」

僕と同じタイミングで異世界にやってくることは無理だが、三年後には僕のいる世界にやってきてくれるらしい。

三歳にもなれば、歩けるようになったりして自由が効いてくるお年頃。

そう考えると、三年後に合流できるというのはアリなのかもしれない。

「やったな！　僕たち異世界でも会えるってさ！」

「ワンワン！」

柴犬は嬉しそうに尻尾を振り、ぺろぺろと僕の顔を舐めた。

ちょっとくすぐったい。

「ところで、この子の名前とかって……」

「眷属に名はない。気になるのであれば、貴様がつけてやるといい」

どうやら僕が名前をつけていいらしい。

僕は柴犬の真正面から見据えて考える。

柴犬といえば、コタロウ、ハナ、サクラなどが人気であるが、どうせ名前をつけるなら何かしらの意味を込めてあげたい。

「僕たちの今後の生活が幸福であることを願って、『フク』なんてどうだろう？」

これもあり触れた名前の一つかもしれないが、新しい人生と犬生に思いをはせる僕たちにピッタリな気がした。

「ワン！」

柴犬はこの名前を気に入ってくれたらしく、合意するように短く声を上げた。

「では、貴様を異世界に転生させよう。フクは地球での役目を終えた三年後に、貴様のもとに転送させる」

犬神が右足をポンッと叩《たた》きつけると、僕の足元に複雑な幾何学模様をした魔法陣が浮かび上がった。

「犬神様、ありがとうございます。それじゃあ、フク。三年後に会おうな」

「ワン！」

フクが答えてくれるのを確認すると、魔法陣は眩《まばゆ》い光を放って僕の全身を包み込んだ。
こうして僕は犬神によって異世界に転生するのだった。

異世界貴族に転生

I want to
enjoy slow living
with mofumofu

犬神に異世界へと送られて目を覚ますと、知らない天井が見えていた。

周囲の情報を拾おうとしてみるが、身体が上手《うま》く動かない。なんだこりゃ。

霞んだ視界の中でなんとか身体の確認をしてみると、ずんぐりとした胴体に小さな手足。

どうやら僕は本当に赤ん坊になってしまったらしい。

赤ん坊というのはこんなに身体が動かないものなのか。なんとももどかしい。

身体を動かすことは困難なので視線を動かすことで情報を拾うことにする。

ベビーベッドの外は西洋風の部屋となっている。

床には赤い絨毯《じゅうたん》が敷かれており、天井にはシャンデリアがぶら下がっている。

よく目を凝《こ》らしてみるとシャンデリアではあるが、蝋燭《ろうそく》は載っていない。

どうやら魔法的な光が灯《とも》っているようだ。

室内柱にアーチのモールディング、マントルピース、壁面のモールディング装飾などディティールにまでこだわったクラシカルな雰囲気の部屋だ。

僕が生活していた社宅の数倍は広い。こんな広い部屋が赤ん坊の部屋だなんて贅沢だ。

「アルク様、お目覚めですか？」

声をかけられてなんとか視線を向けると、クラシカルな雰囲気のメイド服を身に纏《まと》った女性に声をかけられた。

「すぐにご両親がいらっしゃいますのでお待ちくださいね」

にこやかに笑みを浮かべながら言葉をかけてくる。

豪奢《ごうしゃ》な屋敷住まいなことやメイドがいることから僕は本当に貴族の息子として生まれたのだろう。

ほどなくして扉が開くと見慣れない男女が入ってきた。

紺色の髪をした精悍《せいかん》な顔つきをした男性と、銀色の長い髪を垂《た》らした儚《はかな》げな雰囲気の女性だ。

年齢は二十代前半だろうか。とても若い。

二人を観察していると、銀髪の女性が僕の身体を持ち上げた。

少し前まで成人男性をやっていたのでこんな風に持ち上げられるなんて久しぶりだ。

「アルクが私たちを見ているわ」

「本当だ。俺たちの顔が気になるのかな？」

先ほどのメイドといい、この銀髪の女性も僕のことをアルクと呼んでくる。

どうやら僕のこの世界での名前はアルクというらしい。

「もしかすると、目が見えるようになってきたのかもしれないわね」

たしか赤ん坊の視力は生まれた直後はかなり低く、生後二か月から三か月ほどで視力は上昇し、色の識別《しきべつ》も進んでくるらしい。

遠くは若干ぼやけているものの近くのものはしっかりと見えるし、色も識別できるのでちょうど二、三か月といったところなのかもしれないな。

「だとしたら、今のうちに覚えてもらわないとな。アルク、俺のことがわかるか？　ジルオールパパだ」

「私のことはわかる？　ルノアママよ？」

やはり、この美男美女が僕の両親のようだ。

父親がジルオール、母親がルノア。とりあえず、覚えたぞ。

ところで犬神様より動物や魔物をテイムすることができる、テイマー貴族だとお伺いしたのですが、動物や魔物はいないのでしょうか？

なんて聞いてみたいが未発達な赤ん坊の身体ではそのように流暢《りゅうちょう》に言葉を話すことはできなかった。

精々が口をパクパクと動かして、言葉ともいえないような音を鳴らすだけだった。

僕からすれば哀《あわ》れな様子なのだが、身なりが赤ん坊なせいかとても可愛らしく見えるらしい。

ジルオールとルノアは僕の様子を見て、とても微笑《ほほえ》ましそうにしていた。

「今日はアルクの機嫌は随分と良さそうだね？」

「ええ、まったくぐずる様子もないわ」

抱っこされている僕を見て、ジルオールとルノアがきょとんをした顔になる。

今の僕には成人男性の精神が宿っているからね。

多少の不快感があったとしても暴れるようなことはしない。

「これならクロエとエドワルドを呼んでも問題なさそうだな」

「そうね。アルクに会いたがっていたし、呼んであげましょう」

両親がそのように言うとメイドが退出して、ほどなくして少女と少年が部屋に入ってきた。

少女の年齢は三歳くらい。紺色の髪に翡翠《ひすい》色のクリッとした瞳が特徴的だ。

少年は六歳から八歳頃だろうか？　同じく紺色の髪をしており、やんちゃ盛りの年齢ということもあって頬に擦り傷があった。

ルノアがイスに腰掛けると、少年と少女がこちらに寄ってきた。

「ほお、これが俺の弟か！　兄のエドワルドだ！　しっかりと覚えるんだぞ！」

……声がデカい。

そう思ったのは僕だけでなくジルオールとルノアに怒られていた。

僕が赤ん坊だから聴覚が敏感ってわけじゃなかったんだ。

エドワルドというのか。随分と豪快なお兄ちゃんっぽい感じがする。

「……アルク、クロエねえねだよ」

若干舌足らずな声で言ってくるクロエ。

うん、お姉ちゃんであることはわかったから頬を突《つっ》かないでほしい。地味にちょっと痛いから。

中身が僕じゃなかったら多分泣いてるよ？

というか、この両親ってば前世の僕と同じくらいの年齢なのに、僕を含めてもう三人も子供がいるっていうのか。

なんという格差だろう。

僕は二十四歳になっても子供のひとりはおろか、恋人すらいなかったというのに。

異世界に転生して早々に、僕は世の理不尽を感じるのだった。

◆

あれから半年ほどの月日が経過したが、赤ん坊である僕の生活拠点はまったく変わっていなかった。

暇な時間に手足をブンブンと動かしたりして自分なりに運動はしてはいるが、身体を自由に動かせるとは到底言えない状況だ。

仕方がない。まだ生後九か月ほどの赤ん坊だからね。

意識がしっかりとある状態で部屋から出ることができないというのは退屈なものだが、それ以上に堪《た》え難《がた》いものがある。

それは生き物をもふもふできないことだ。

アルクとして意識が覚醒し、僕はこの世界で半年以上の時を過ごしている。

その間、生き物に触れたことは一度もない。

こんなにも長い間生き物をもふもふしなかったことなんて、今まで一度もない。

ほら、見てくれ。もふもふを摂取《せっしゅ》できていないせいで僕の手足が震え始めて――――いや、これはさっき運動をしたせいで手足が疲労を訴えているだけか。

とにかく、それくらい僕の中でのもふもふが足りていないんだ。

あー、早くフクと会いたい。

フクのがっしりとした体に抱き着いて、素晴らしい毛並みを存分にもふもふしたい。

でも、フクには地球での役目が残っているために、再会できるのは約二年後とのこと。

少なくとも僕が三歳になるまではフクをもふもふすることはできない。

この際、フクじゃなくても構わないから何か生き物をもふもふすることはできないだろうか？

などと考えていると、ルノアが部屋に入ってきた。

「アルクちゃん、今日の気分はどう？」

「あうー（生き物をもふもふしたいです）」

要望を伝えてみるが、未発達な僕の喉《のど》から発せられた言葉は喃語《なんご》でしかなかった。

「今日も元気そうで何よりだわ」

ルノアはクスリとほほ笑むと、ベビーベッドにいる僕を抱き上げてくれる。

手でぺたぺたと身体に触れてみるが、そこにもふもふはない。

もふもふはないけど女性特有のいい匂いや柔らかな感触がする。

母親に抱きかかえられると安心するのか、眠くなってしまいそうだ。

瞼《まぶた》が重くなってくるのを感じていると、ルノアが僕を抱きかかえたまま窓際に移動する。

「あら、もうすっかり雪が積もっているわね」

外の景色は一面真っ白だ。

どうやら僕が住んでいる場所はかなりの北国でその中でもずいぶん辺境らしく、一年の半分ほどが雪で覆われている豪雪地帯らしい。

実感が薄いのは僕がまだ一度も外に出たことがないのと、暖炉の魔道具によって部屋が快適な気温に保たれているからだ。

屋敷のすべての部屋がここまで快適なのかは不明だが、僕がまだ身体の弱い赤ん坊なので気温には細心の注意を払ってくれているのだろうな。

生後九か月ほどにもなれば、ある程度散歩させてくれそうなものであるが、うちの家系は安全第一なのか僕の生活圏内はこの広い一室だけだった。

前世よりも文明レベルが低いので病気なんかに罹《かか》るのを恐れているのかもしれない。

大切にされているのはわかるけど、いい加減この部屋以外の場所を見てみたいものだ。

……それにしても屋敷の周りが白いな。

こういった雪国に住んだ経験がなかったので、これほど雪が積もっている風景は新鮮だ。

ぼんやりとルノアと一緒に外の景色を見ていると、視界の中で何かが動くのが見えた。

目を凝らしてみると、雪のように真っ白な体毛に藍色の斑点模様を浮かべた豹《ひょう》のような生き物がいた。

――なにあの生き物⁉

よくわからないけど、もふもふだ！　もふもふがあそこにいる！

久しぶりのもふもふとした生き物に大興奮した僕は身体を必死に動かす。

「アルク？　どうしたの？」

「あ！　あー！」

窓の方に必死に腕を伸ばして、豹らしき生き物を指さした。

「あれは私がテイムしている剣氷豹っていう魔物で名前はセツよ」

どうやらあの真っ白な豹はルノアがテイムしている魔物らしい。

すごい。本当にこの世界には魔物がいて、母さんはそんな魔物をテイムすることができるんだ。

頼む母さん！　あのセッとかいう、もふもふをここに連れてきてほしい。

もふもふがいれば、僕は時間を無限に溶かすことができるんだ。

「セッ！」

「――ッ⁉　アルクが言葉を話したわ！」

僕が喃語ではなく、意味のある言葉を話したことにルノアが驚く。

「でも、最初に呼んだのがママでもパパでもなく、セッだなんてママ嫉妬しちゃうわ……」

いや、僕が何を話したとか、誰の名前を呼んだよかどうでもいいから。早くセッを連れてきてほしい。

「セッに会いたいの？　会わせてあげたいけど、アルクはまだ幼いからダメよ。セッはとっても優しくていい子だけど、アルクが怪我《けが》しちゃうかもしれなから」

そりゃそうだよね。安全とはいえ、生後一年も経《た》たない赤ん坊を魔物に会わせることはできないのだろうな。

わかっているのだがどうにも感情が制御できず、僕は泣き出してしまった。

幼い身体に精神が少し引っ張られているのかもしれない。

滅多に見せることのない僕のギャン泣きにルノアは慌てふためき、ほどなくして泣きつかれた僕は意識を失うようにして眠りについた。

犬神からのアドバイス

I want to enjoy slow living with mofumofu

セツを見かけたその日、僕は転生する時の空間で犬神と対面を果たしていた。

「犬神様だ！」

大きなブルドッグを見た瞬間、僕はなりふり構わずダッシュして犬神に抱き着いた。

「こら！　貴様、なにを勝手に抱き着いている！」

「しょうがないじゃないですか！　こっちはもう半年以上もふもふをお預けされていたんですよ⁉」

久しぶりのもふもふだ。

ブルドッグ特有の短い毛が密集しており、とても滑《なめ》らかな手触りだ。

その下には柔らかいお肉があり、たるんだお肉がまた堪《たま》らないぷにぷに感をしている。

ああ、半年ぶりのもふもふ。最高だ。

ようやく生きていくのに必要な栄養分が摂取できたような気分だ。

「……落ち着いたか？」

小一時間ほどもふもふを堪能《たんのう》すると、犬神がポツリと言葉を漏らした。

「はい。ようやく落ち着きました」

「うむ。憑《つ》き物が落ちたような顔をしているな」

酷《ひど》い言いようだが、もふもふする前の僕はそんなにも酷い顔をしていただろうか？

……していたかもしれないな。

存分に犬神を撫《な》でたからだろうか。今の僕は頭がとてもスッキリとしていた。

今まで溜《た》まっていたもふもふ欲を解消することができたからかもしれない。

「……僕がここにいるってことはまた死んでしまったのでしょうか？」

アルクとして意識が覚醒し、転生して九か月。短い人生だった。

「いや、そういうわけではない。実は伝えなければならぬことがあり、今日は特別に意識だけをこちらに呼び寄せたのだ」

「ああ、そうだったのですか」

ビックリした。犬神の神域に呼ばれたから、また死んじゃったのかと思ったよ。そんなこともできるんだ。

「それで僕に伝えなければいけないことっていうのは？」

「うむ、フクに関することだ」

「フクに何かあったのですか⁉」

「いや、フクに問題はない。あやつはお主との再会を一刻も早く成し遂げるために、地球での役目を必死に頑張っている。このままの調子であれば、フクがそちらの世界に行くのは何も問題はない」

「では、何が問題なのでしょう？」

「フクは曲りなりにも神の眷属だ。それをテイムするのは並大抵の力量では叶わないことは想像ができるな？」

「僕の？」

「貴様の魔力量だ」

「つまり、このままじゃ僕はフクをテイムできないってことですか？」

「その通りだ。そうならぬための知恵を授けるために貴様をここに呼んだのだ」

「なるほど。ありがとうございます」

こんなアフターサービスまでつけてくれるなんてちょっと意外だ。

割と適当な神様なのでそんな問題にも我関せずかと思ったが、眷属であるフクが関係しているから気を遣っているのかもしれないな。

「フクをテイムできるようになるにはどうすればいいのですか？」

「貴様には魔力を増量する訓練に励んでもらう。具体的には魔力を極限まで使い切り、回復させることによって魔力を増量させる」

「それだけでいいんですか？」

「言葉にするのは簡単だが行うのは容易ではない。そちらの世界の人間にとって魔力とは生命を維持するための重要なエネルギーだ。極限までそれを消費するには大きな苦痛を伴うことになる」

急激に魔力を消費すると、めまい、倦怠感《けんたいかん》、頭痛、吐き気などに襲われ、極限まで魔力を消費するとそれらが一気に押し寄せてきて、成人した大人でも立っていられなくなるらしい。

「……でも、フクをテイムするにはそれが必要なんですよね？」

「必要だ」

「だったらやりますよ」

「いい心がけだ。ならば、フクと再会するまでの二年間に魔力を増やしておくのだ」

それがフクと対等でいられるための条件なのであれば、やるに決まっている。やらないなんて選択肢は僕にはなかった。

「一つお聞きしたいのですが」

「なんだ？」

「魔力ってどこにあるんです？」

「…………」

素朴な疑問をぶつけると、犬神がなんともいえない顔になる。

魔力増量訓練をしないといけないのはわかったけど、魔力がどういったものでどこにあり、どうすれば消費できるのか肝心なことがわからない。

「貴様は魔力がない世界で暮らしていたのだな。世界の監視者である我が一人の人間に肩入れしすぎるのは良くないのだが、今回は特別に我が魔力の知覚を伝授しよう」

「お願いします」

ぺこりと頭を下げると、犬神がのしのしと歩み寄ってきて胸に肉球を押し付けてきた。

「感じるか？」

「はい！　柔らかい肉球の感触が……ッ！」

「そっちではない！　魔力だ！」

次の瞬間、体内に温かなものが巡っていくのを感じた。

「……不思議な力を感じます」

「それが魔力だ。魔力は常に身体の中を巡っている。人間でいう第二の血管のようなものだ」

心臓の辺りを中心に身体全体へと巡っていく、温かな力の流れ。

これが魔力か。

「魔力を一度でも認識できれば、後は貴様でもどうにかできるだろう」

「ええ？　もう終わりなんですか⁉」

「これで義理は果たした」

魔力の知覚こそさせてもらったものの、実際の魔力の扱い方は何一つ教えてもらっていない。

犬神からすれば、あとは自分で努力しろということなのだろう。

そちらに関しては言われた通りに努力する。だけど……。

「もっと犬神様や他の眷属たちをもふもふしたかったのに！」

こればっかりは元の世界に意識が戻ってもどうしようもない。

僕は必死に犬神に向かって手を伸ばすが、視界は徐々に遠ざかっていき、気が付けばいつもの屋敷の寝室だった。

身体は犬飼泰三のものから、赤ん坊であるアルクの姿へと戻っている。

さっきの出来事はただの夢なんじゃないだろうか。

あまりにももふもふができないことを不満に思った僕が、心の願望として犬神を呼び寄せたんじゃないだろうか。そんな気がしてならないが、僕の胸には先ほど犬神によって知覚させられた魔力があった。

どうやらさっきのは僕の夢じゃないらしい。

チラリと視線を向けてみると、ベビーベッドの傍《そば》ではメイドがイスに腰をかけてうたた寝をしてしまっている。赤ん坊のお世話を任されているのに目を離していたらダメじゃんと思ったが、周りの目がないのは好都合だった。

「ふん～！」

僕は試しに体内にある魔力を動かしてみる。

すると、ちょっとずつではあるが魔力を移動させることができた。

しかし、ほんの少しだ。一気にたくさんの魔力を動かすことはできないし、素早く移動させることもできない。

だけど、少しは動かすことができる。意外と大変だけど、きっと慣れるしかないのだろう。

地道に踏ん張って動かし続けること小一時間。

僕はなんとか体内にある魔力を指先に集めることができた。

丸っこい僕の指先には魔力が集まっている。ちょっと温かい。

だけど、それだけだ。集めることができただけで肝心の消費することができていない。

魔力を増大させるには魔力を極限まで使い切ることが必要だ。

だとすると、体内で移動させるだけでなく体外へ放出させることが必要となる。

なんとかしてこの魔力を外に出すことができないものだろうか。

ファンタジーで定番の火球……なんかは危ないから水の球でも出ろ。

脳内で放出されるイメージをしていると、僕の指先にドンドンと水のようなものが集まって水球が完成。そして、真っ直《す》ぐに飛んでいって壁に直撃し、バシャッと弾《はじ》けた。

……今のは魔法ってやつだろうか？　まさか、魔力を放出しようとしたら魔法が出るなんて思いもしなかった。

咄嗟《とっさ》にメイドへと視線をやるが、熟睡してしまっているようで起きていない。

そのことがわかり、僕はひとまず安心する。

それと同時にずっしりと身体に倦怠感のようなものに襲われた。

これが魔力を消費したことによる疲労だろう。確かにこれはきついかもしれない。

だけど、こんなのはブラック企業での二十連勤や三徹に比べればどうってことはなかった。

この程度のデバフは社畜サラリーマンにとって日常でしかない。

大人になれば、健康だと感じられる日の方が少ないのだ。

そんなわけで僕は魔力を消費するために再び魔法を行使する。

ただし、今度は水球を飛ばすのではなく、水球を作成するだけだ。

無暗《むやみ》に飛ばしたらメイドが起きるし、部屋の中がびしょびしょになってしまうからね。

空中に水球を浮かべるイメージをし、びしょ濡《ぬ》れにならないように備え付きの水壺《みずつぼ》の上で魔法を発動。

体内にある魔力を振り絞るように集めて、水壺の上に水球を作成する。

……できたッ！　と思った瞬間に頭が猛烈な頭痛に襲われ、僕の意識が遠のいていく。

マジか。たった二回の魔法で気を失うとか僕の魔力少なすぎるだろう。

魔法が解除され、水球が水壺の中に落ちていく音を聞きながら僕の意識は途絶えた。

夕方頃に僕は目を覚ました。頭が重くて身体が全体的に怠《だる》い。

魔力を極限まで使い切ったことによる後遺症のようなものであろう。

並の赤ん坊であれば泣き出したくなるような辛《つら》さだが、心が二十四歳のサラリーマンである僕はなんとか堪えることができた。

ちょっと酷い二日酔いや、胃腸炎の時のような体調だ。しんどいけど、堪えようと思えば堪えられる。

これが仕事のある大人であれば問題ありな体調なのだが、幸いにも僕は何もすることのない赤ん坊だ。

仕事といえば食事をして寝るだけ。

だったらこれからの暇な時間はすべて、魔力増量訓練に励むとしよう。

社会人だった頃と違って今の僕には時間がたくさんある。

待っていろよ、フク。

ちゃんとお前をテイムできるように魔力を増やしておくから。

少しでも魔力の回復速度を上げるために僕は再び瞼を閉じることにした。

そして、三歳に

I want to enjoy slow living with mofumofu

あれから二年半ほどの月日が流れ、僕ことアルクは三歳になっていた。

身体は大きくなってきており、今では屋敷の中を自由に歩き回ることができていた。

ベビーベッドからおさらばすることのできた僕は、今日も屋敷の中にいるもふもふを探し求めて歩き回る。

リビングを通り抜けると、のっそのっそと真っ白な体毛をした熊を見つけた。

「あっ！　ベルだ！」

僕は即座に駆け出して、ベルのお尻に抱き着いた。

「グルウッ⁉」

「あはは、ごわごわしてる～」

突如としてお尻に抱き着かれたベルが驚いたように振り返るが、僕は問答無用でもふもふする。

外側の被毛は長く硬めであるが、内側の被毛は短く柔らかい。

恐らく極寒の環境での体温調整のために二重になっており、防水性と保温性に優れているのだろう。被毛の下には分厚い皮下脂肪を控えており、とてもぷにぷにとして温かい。最高だ。

「こら、アルク！　急にベルに抱き着かないの！」

突如として降ってくる声に反応して顔を上げると、ベルの上にクロエ姉さんが乗っていた。

二年半が経過して僕が三歳を過ぎ、当時三歳だったクロエ姉さんは六歳になっていた。

クロエ姉さんも身体は成長期であり、身長は百二十センチほどになっている。

僕の身長が百センチ程度だから頭一個分くらいは大きい。

紺色の髪を肩で切りそろえており、以前よりも活発的な印象があった。

ちなみに兄であるエドワルドは、八歳から聖騎士団の見習いとして聖都で生活を送っているので今は屋敷にいなかった。

「あっ、クロエ姉さん。いたんだ」

「いたんだって最初から乗っていたわよ！」

「ごめん。気付かなかった」

ベルに夢中で。

「アルクってば、本当にベルのことが好きなのね」

「うん、生き物は大好き。僕も早く姉さんのように魔物をテイムできるようになりたいな」

目の前にいるベルは本来の名称を氷熊といい、クロエ姉さんがテイムした魔物である。

実に羨ましい。誠に羨ましい。

「アルクならきっとすぐにテイムできるわよ」

「そうだといいな。僕も早くもふもふをテイムしたいよ」

僕もクロエ姉さんのように屋敷の中でもふもふの上に乗って移動したい。

もふもふと存分に戯れたい。

「ならアルクもテイムをしましょうか」

振り返ると、ルノアとジルオールがいた。

僕とクロエ姉さんが目覚ましい成長をしているのとは対照的に、こちらの二人は二年半前と何も変わっていなかった。とても若々しい。

「え？　いいの？」

「アルクももう三歳を過ぎた。そろそろテイムの修行に入ってもいいだろう」

「やった！」

今までは幼いが故にテイムの許しは出なかったが、三歳になったことで遂に許しが出たようだ。

「アルクにはまず、うちがどんな役目を持っている家なのかを説明しようか」

まずは講義のようなものをするらしく、僕は両親に連れられて屋敷の中庭に移動した。

「コントラクト家は神聖イスタニア帝国に仕える辺境伯家だ」

棒で地面に地図を描きながらジルオールが説明をしてくれる。

東にはアルドニア王国、ミスフィリト王国が存在し、遥か南にはラズール王国という砂漠の国が存在する。僕たちが住んでいるのはそれらよりも遥かに北方の神聖イスタニア帝国だ。

首都は聖都であり、エドワルドが住んでいる場所である。

コントラクト領はイスタニア帝国の中でも北方にあり、一年の半分が雪に覆われている寒さの厳しい領土だ。

他の領地に比べると寒さに厳しいだけでなく、出現する魔物も強力。

コントラクト家はそんな魔物たちをテイムし、協力しながら領地を守っている。

　コントラクト家は先祖代々テイマーとしての素質が非常に高く、様々な魔物を相棒にすることで脅威を退け、領地を繁栄させてきたそうだ。

「俺たちは契約魔法を扱うことによって動物や魔物を使役することができ、契約を交わした個体を従魔と呼ぶ。契約にはいくつかの種類があり、主に永続契約、仮契約の二種類を使い分けることが多いな。ここまでの説明で何か質問はあるか？」

「永続契約と仮契約の違いって……？」

「永続契約というのは文字通り、永続的な契約を結ぶ関係のことだ」

　主人と従魔が長い時を過ごす契約なので互いに信頼がなければ成り立つことができない。

　セツはルノアと、ベルはクロエと永続契約を交わしているので信頼も厚いようだ。

「仮契約っていうのは？」

「簡単に説明すれば、永続魔法の簡易版だな」

　こちらは永続契約と違い、ずっと一緒にいられるわけでもないが少ない魔力で契約をすることができるようだ。ただ信頼が不完全なので主人の思うように動いてくれるかはわからないところがデメリットのようだ。

　ジルオールのお陰で代表する契約魔法が大まかにわかった。

「契約魔法はどうすればできるの？」

「魔物と魔力でパスを繋《つな》ぐんだ」

「パス？」

「うーむ、こればっかりは口で説明するのは難しいな……」

小首を傾《かし》げると、ジルオールが神妙な顔で腕を組んだ。

「感覚的なものだけど魂を繋ぐような感じよ」

「うん。テイムが成功した魔物はずっと繋がりを感じることができるわ」

ルノア、クロエが補足するように言ってくる。

ジルオールが感覚的なのかと思ったが、そういうわけではないらしい。

「そのパスを繋ぐのは、どの生物にもできるの？」

「テイマーの素質にもよるけど、仮契約であれば可能だ。あそこにちょうどよく鳥がいるな」

ジルオールは空を見上げると、屋敷の上をのんびりと飛んでいる青い鳥に右手をかざした。

『仮契約』

ジルオールが魔力の波動を飛ばすと、屋敷の上を通過しようとしていた青い鳥にパスのようなものが繋がった。身を震わせた青い鳥は旋回すると、ジルオール父さんに寄って肩の上にちょこんと乗ってきた。

「これが仮契約だ」

「可愛い！」

ジルオールの肩に乗っている青い鳥が可愛すぎる。

吸い寄せられるように寄っていくと、青い鳥は僕の頭へと飛び移ってくれた。幸せだ。

「母さんと姉さんもこんな風に鳥と仮契約ができるの？」

「できるけど、ジルオールのように自在に使役することはできないわね」

「そうなの？」

「私たちがテイムできる生き物には相性があるのよ」

どうやら誰しもが同じように青鳥をテイムできるわけではないらしい。

「私はセツをはじめとした虎、狼《おおかみ》といった猛獣系のテイムが得意よ」

「私はまだベルしかテイムしていないけど、熊系だと思う」

猛獣に熊……そんな風にテイムするのが得意な分類があるのか。

「テイムが得意っていうのはどういう風に？」

「相性がいいっていうのかしら？　お互いに見た瞬間に、この子となら上手くやっていけそうってわかるのよ」

「これぱっかりはテイムをしたことがないとわからない感覚だな」

人間関係のようなものか？　社会でもなんとなく一目見た瞬間にこいつとは上手くやっていけそうだとわかる時もある。

相性がいいっていうのはそういうものなのだろうか？

より詳しく聞いてみると、先祖の中には鳥、牛、豚、猪《いのしし》、鹿などのテイムを得意とする人がいたそうだ。変わった人だと虫や魚なんかをテイムするのが得意な人もいたらしい。

どういった種類の動物や魔物をテイムできるかはその者の素養や才能次第のようだ。

「そういえば、お父さんは何をテイムするのが得意なの？」

ルノア、クロエの従魔は見たことがあるが、ジルオールの従魔だけは一度も見たことがなかった。

「よくぞ聞いてくれた！」

「お父さんがテイムできる魔物はすごいのよ?」

尋ねると、ジルオールが嬉しそうにし、ルノアが誇らしげに笑う。

そこまで言われると、ハードルが上がっちゃうんだけど、どんな魔物をテイムできるんだろう。

「せっかくの機会だ。今からここに呼んでやろう」

ジルオール父さんはニヤリと笑みを浮かべると、首から下げている笛を吹いた。

ピイインッと甲高い音が響いたかと思うと、空の彼方《かなた》から大きな影がこちらに接近してきた。

背中からは蝙蝠《こうもり》のような一対の翼が伸びており、その巨躯《きょく》は青白い鱗《うろこ》で覆われている。

この生き物はファンタジーでも定番の……ッ!

「俺がテイムできるのはドラゴンだ!」

ジルオールが叫ぶと同時にうちの中庭に青いドラゴンが降り立った。

ズシンッとお腹に響くような衝撃が地面から伝わる。

ドラゴンはその大きな顔を寄せ、ジルオールは手慣れた様子で撫でていた。

「すごい!」

剣や魔法が存在するファンタジー世界なので、もしやいるのではないかと思っていたが本当にドラゴンが存在するとは。

「アルクに紹介するのは初めてだったな。フロストドラゴンのオルガだ」

「はじめまして! ジルオール父さんの息子のアルクだよ! よろしく!」

僕が元気よく近寄ると、オルガはエメラルド色の瞳をこちらに向けて、おずおずと右脚を上げてくれた。

「触ってもいい？」

「いいぞ」

こちらから爪先に触れてみると、鉄のように硬くてヒンヤリとしていた。

表面はザラザラとしているが先端の方はかなり鋭利で、力のままに振るえば岩くらいなら切断できそうなほどだ。

「わっ、冷たい！」

「フロストドラゴンだからな。今は冷気を引っ込めてくれているが、野生のドラゴンには迂闊《うかつ》に近づくんじゃないぞ？」

そんな調節までできるなんてとても器用だな。

爪のついでに鱗に触れてみると、こちらはツルツルとしている。

まるで鱗の一枚一枚がプレートメイルのようだった。

青白い光が反射し、宝石のようにとても綺麗《きれい》だ。

「アルクは怖がらないんだな？」

無邪気にオルガに触れていると、ジルオールがそんな言葉を投げかけてくる。

「父さんの従魔なんでしょ？　理知的な瞳をしているし、すごく優しくて大人しい子だってわかるよ」

前世も含めてそれなりに動物は数多く見てきた。

瞳を見れば、その生き物がどんな性格をしているか大体わかる。

「クロエの時とは大違いだな」

「お父さん、余計なこと言わないで！　ドラゴンを見ても物怖《ものお》じしないアルクがおかしいのよ！」

「この子は本当に生き物が大好きだからね」

クロエが顔を赤くして恥ずかしそうに叫び、ルノアがやや呆れた様子で言う。

どうやらクロエも三歳の頃にオルガと対面を果たしたらしいが、この見た目にビビッてギャン泣きしてしまったらしい。

僕を見た時にオルガがおっかなびっくりといった様子だったのは、クロエのせいだったのかもしれない。

「ドラゴンという生き物は基本的に気性が荒く高慢な奴らが多いんだが、オルガはその中でも珍しい気性が穏やかで理性的なんだ。一目でそれを見抜くとは、アルクにはテイマーとして素質があるな。案外、俺と同じようにドラゴンをテイムできたりするんじゃないか？」

「うーん、どうだろう？　皆が言っていたようなビビッとくる感覚は今のところはないかな？」

ドラゴンをテイムするのも魅力的だが、やはり僕はテイムするならもふもふとした生き物がいい。

そういえば、もうこの世界にやってきて三年目になるけど、フクはどうしているんだろう。

犬神の言った通りだと、そろそろこっちの世界にやってきているはずなんだけどな。

地球での仕事が長引いてしまっているのだろうか。

久しぶりにフクに会いたいものだ。

契約魔法

I want to enjoy slow living with mofumofu

「それで契約魔法ってどうすればできるの？」

コントラクト家の役割やテイマーについて学ぶと、僕は早速とばかりにジルオールに尋ねる。

「複雑な魔力操作が必要になるんだが、まずは魔力を知覚することからだな」

「魔力操作ならできるよ」

「ははは、本当か？」

「うん、簡単な魔法なら使える」

「それじゃあやってみろ」

僕がそう言ってみると、ジルオールが愉快そうに笑いながら言う。

本当に僕が魔法を発動できるとは思っておらず、ふざけて言っているると思っているのかもしれない。

犬神に呼ばれてから僕はフクをテイムするためにベビーベッドの上で常に魔力増量訓練に励んでいた。自分の力で立てるようになってからは自宅にある魔法教本で魔法についての基礎を学び、水球以外の簡単な魔法をいくつか習得もしている。

ジルオールから許可が出たのであれば、遠慮なくやってしまおう。

フクと出会った時に契約魔法が使えませんなんて状況は嫌だからね。

一刻も早く契約魔法を使えるようになりたいんだ。

そんなわけで僕は体内にある魔力を活性化させた。

その時点で僕の体内から発せられる魔力に気付いたのか、家族の顔色が一斉に変わった。

右手をかざすと活性化させた魔力を指先に集めて、水球を生み出した。

「ほら、できた」

「……ルノア、俺がいない間にアルクに魔法を教えていたのか？」

「いえ、魔法を教えるのは三歳になってからだって決めていたから。それともクロエが？」

「私もアルクに魔法なんて教えてない」

ジルオール、ルノア、クロエからの視線が突き刺さる。

フクのために必死に魔力増量訓練をやっていた副産物とはいえ、三歳児がすでに魔法が扱えるというのは異常のようだ。

僕が転生者であったり、犬神に魔力を知覚させてもらったなどと言っても信じてもらえないだろうな。経緯を振り返ってみて自分でも荒唐無稽だなって思ってしまう。

「なんか暇だったから書斎にある魔法教本を読んでいたらできたんだけど……」

などと述べると、ジルオールとルノアが愕然《がくぜん》とした顔になる。

実際に家の書斎には魔法教本があったことは事実だし、歩けるようになってからはそれを教材として訓練に活《い》かしていた。

一応は事実なのだが、さすがに苦し過ぎる言い訳だっただろうか？

おそるおそる顔を上げると、ジルオールが急に僕の脇の下に腕を入れた。

「アルクは天才だ！　たったの三歳で魔力を知覚し、魔法を扱えるなんて！」

僕の身体を持ち上げ、ジルオールが興奮したように叫ぶ。

「そ、そんなにすごいことなの？」

「そもそも魔力を知覚するのに時間がかかるものだし、それを動かせるようになるのも難しいのよ！　それなのに魔法まで使えるなんて間違いなくアルクは天才だわ！」

ジルオールだけでなく、ルノアも興奮している様子だ。

やはり、三歳で魔法が扱えるというのはとてもすごいことらしい。

天才だなんてもてはやされると困ってしまう。

僕は赤ん坊の頃から前世の知識があり、魔力の知覚も犬神によってアシストしてもらったようなものだ。僕と同じように大人の意識があれば、誰だってこんな風に魔法を使うことができるだろうに。

「やるじゃない、アルク」

「ありがとう、姉さん」

クロエがぶっきら棒ながら寄ってきて頭を撫でてくれた。

精一杯、お姉ちゃんでいようとしている姿が微笑ましい。

「ちなみに姉さんが魔法を使えたのは何歳くらい？」

「……五歳よ」

ちょうどベルを従魔にした年齢だ。

となると、僕は姉さんよりも二年も早いらしい。

「これならアルクはいつでも契約魔法を使うことができるな！　さっそく近くの森に行ってテイムできる生き物を探してみるか！」

「え？　今から？」

ジルオールの突然の提案に僕は驚く。

「ああ。アルクも従魔が欲しいと言っていただろう？」

「う、うん」

「それじゃあ、決まりだ。今から森に向かうぞ」

そんなわけで僕は自身の従魔を見つけるために森に向かうのだった。

◆

コントラクト家の屋敷から三十分ほど北に向かった地点に深い森があった。

やたらと背丈の高い針葉樹林が広がっており、陽光が差し込まないエリアでは雪などが少し残っていた。

今は夏を過ぎた頃合いのため気温はちょうど良く、地面に雪は降り積もっていない。

雪の降る季節になると、森全体が真っ白に染め上がり、とても綺麗になるのだろうな。

などと思いながら森の中を僕は家族と一緒に歩く。

僕がテイムできそうな生き物を探すために。

剣氷豹であるセツが斥候《せっこう》として前を歩いており、その後ろをルノア、ジルオール、僕と続き、後ろをクロエとベルが固める形で進んでいる。

さすがにジルオールの従魔であるオルガは連れてきてはいない。

どうやらオルガを連れてくると、森に棲息《せいそく》している生き物たちが息を潜めてしまうらしく、生き物が見当たらなくなってしまうらしい。

そりゃ、フロストドラゴンなんて現れたら狂暴な魔物だろうと尻尾巻いて逃げちゃうだろうな。

「さて、アルクがテイムできそうな生き物はいるだろうか？」

「……どうだろう」

「グッとくる生き物がいたらすぐに教えるのよ？　こういうのは直感が大事なんだから」

「う、うん」

まだテイムをしたことがない僕にはよくわからないが、どうやらテイムできそうな生き物が直感でわかるようだ。

てくてくと森の中を歩いていると、先頭を歩いていたセツが足を止めた。

「茂みの奥に何かいるみたいよ」

ルノアに手招きされて茂みがある方に寄っていく。

身体を伏せて茂みの奥を覗き込むと、額《ひたい》から黄色い角を生やした兎《うさぎ》がいた。

「あ、可愛い」

ふわふわとした茶色い体毛に丸みを帯びた肉体。

真っ赤で大きな瞳はつぶらで愛らしく、見ているだけで不思議と庇護《ひご》欲がそそられた。

「ホーンラビットね」

「最初にテイムする魔物としては悪くないな。どうだ？　アルク、テイムできそうな気配はあるか？」

ジルオールの言葉を聞いて、僕は改めてホーンラビットに視線を向ける。

とても可愛らしいもふもふだ。

叶うのであれば、是非とも仲良くなりもふもふさせて頂きたい。

「うーん、できるとは思うけど、父さんと母さんが言うようなグッとくる感覚はないかも」

「そうか。なら他を探しにいくか」

正直な感想を告げると、ジルオールは特に気にした風もなく言った。

可愛らしいホーンラビットは放置して、僕たちは森の奥へと進んでいく。

森の中はとても自然が豊かで薬草、山菜、木の実などが生えており、それを野生の動物が食《は》んでいたり、川辺では魔物が水を飲んだりしていた。

「少し休憩にするか」

動物や魔物を観察しながら小一時間ほど移動したところで休憩をとる。

おそらく、体力の少ない僕を気遣ってくれてのことだろう。

「どうだ？　気に入った魔物はいたか？」

大きな切り株に腰を下ろすと、ジルオールが隣に座って聞いてくる。

「うーん、ピンとくるのはいないかも」

「せっかく森にやってきたんだ。契約魔法の練習として仮契約だけでも試してみないか？　男たるもの一夜限りの関係というのも悪くないぞ？」

この父親、三歳児になんていう喩《たと》えをしているんだ。

でも、仮契約の説明を聞いた時、僕もちょっとそれを思ったのは内緒だ。

「……お父さん、一夜限りの関係ってなに？」

「こら、バカ！　声がデカい！」

僕が分からないフリをして尋ねると、ジルオールがとても焦った顔になる。

「……あなた、ちょっとこっちにいらっしゃい」

「…………はい」

僕の声量を絞らなかった声はばっちりとルノアにも聞こえていたらしく、ジルオールは項垂れながらも説教を受けていた。

「なんの話をしてたの？」

「よくわかんない」

ジルオールと入れ替わるようにしてクロエがやってくる。

転生者である三歳児ならまだしも、純粋無垢《むく》な六歳児が知るべき内容ではないからね。

フクとの再会

I want to enjoy slow living with mofumofu

「にしても、アルクってば従魔を探しているのに嬉しくなさそうね？」

「そうかな？」

「うん。いつもの様子だったらもふもふした生き物を見つける度にテイムしようと駆け出してそうなのに、今日はそうじゃないっていうか乗り気じゃない感じ？」

ホーンラビットを見つけてから緑鹿、鎧猪《よろい》、フェネット、白狼、スノウフォックス、ホワイトマッシュといった様々な魔物や動物を見かけている。

その中にも当然素晴らしいもふもふをした生き物はいたが、どうもテイムしたいと思わなかった。

たしかにいつもの僕であれば、クロエの言うとおりに片っ端から可愛らしいもふもふを見つけてテイムしようとしていたはずだ。

それなのにそれをしないのは、多分自分の中で引っ掛かりを感じているからだろう。

コントラクト家として立派なテイマーになるのであれば、一つでも多くの生き物をテイムするのが一番近道なのかもしれないが、やっぱり最初にテイムをするのはフクがいい。

「姉さん、ありがとう」

「なんかよくわからないけど、気が晴れたならよかったわ」

素直にお礼を言うと、クロエは照れくさそうに頬を掻《か》いていた。

自分でもよくわかっていなかった僕の気持ちを察知するだなんて、さすがは姉さんだ。

フクを最初にテイムしたいのであれば、出会うまで待ち続けるまでだ。

皆には悪いけど、適当なタイミングで切り上げさせてもらうとしよう。

「クオオオンッ！」

気持ちの整理をつけたところで傍にいたセツがむくりと起き上がって、警戒するような吠《ほ》え声を上げた。

聞いたことのない高い遠吠えに僕はビックリする。

「な、なに⁉」

「敵襲よ！」

ルノアがセツの元にやってきて前方を警戒する。

どうやらさっきのは敵襲の合図らしい。

「セツがいるってのに俺たちの方にやってくる奴がいるとはな！」

ジルオールが不敵な笑みを浮かべて剣を構える。

剣を構える姿はとても凛々《りり》しく、さっきまで情けなくルノアに怒られていたとは思えない。

「ベル！」

クロエも素早くベルの上に跨《またが》ると臨戦態勢に入った。

ジルオールは敢《あ》えて従魔を連れてきていないだけで従魔がいないのは僕だけだった。

「アルク、俺の傍を離れるんじゃないぞ」

「うん」

魔法が少しは使えるとはいえ、僕は魔物と戦った経験もない三歳児だ。

この中で一番のお荷物は間違いなく僕だ。僕の役目は皆の邪魔にならないようにすること。

無暗に手を出そうなどとは考えなくていい。

そのことを冷静に判断した僕はジルオールの傍にピッタリとくっついておく。

すると、前方の木々を縫うようにして大きな猿のような生き物が飛び出してきた。

で、でかい。猿なのに全長三メートルくらいある。

茶色い毛皮を纏っており、大きく発達した上腕と口外にまで伸びた鋭い牙が特徴的だ。

「ビッグエイプか！」

「餌を求めて縄張りの外にまでやってきたのかしら？」

いかにも狂暴そうな魔物だというのにジルオールもルノアも一切動じていない。

どうやら皆がいれば十分に対処できる魔物のようだ。

「ゴアアアアアアアッ！」

ビッグエイプがこちらを睥睨《へいげい》し、威圧するように咆哮《ほうこう》を放つ。

とても耳障りで内臓が揺さぶられるような感覚だ。

地味に従魔じゃない魔物を見るのは初めてだ。

セツやベルに比べると瞳に理性的な色は宿っておらず、こちらに害を為《な》そうとする意図が透けてみえた。

従魔に囲まれた生活を送っていたので、魔物が人に被害を与えている状況に懐疑的だったけど、こんな魔物が多ければ被害が多いのも納得だと思った。

「アルク、こいつはテイムできそうか？」

「できないよ」

即答すると、ジルオールが愉快そうに笑った。

「だろうな。こいつをテイムするには相当な相性の良さと実力がいるだろうな」

逆にこんな狂暴な魔物でもテイムできる人がいるんだっていうのが正直な感想だった。

テイマーって本当にすごい。

「アルクの従魔を探している中で殺生はしたくないわね」

「そうだな。穏便に縄張りに戻ってもらうとするか」

……いいなぁ。皆して従魔がいて、しっかりと戦う術《すべ》があって。

僕にもフクがいてくれれば、皆と一緒に戦うことができるのに。

ジルオールが地面を蹴り出して前に進もうとした瞬間、僕たちの目の前に一筋の光が差し込まれた。

「な、なんだ？　この光は⁉」

太陽の光とも違った得体の知れない光に誰もが足を止めて警戒し、空を見上げる。

この眩い黄金の光を僕は見たことがある。

目を細めながら見上げていると、不意に何かが落ちてきた。

足元に強い衝撃が響き、激しく砂煙が舞い上がる。

ほどなくして砂煙が晴れると、中心地には栗色の体毛をした柴犬がへっへと舌を出していた。

「ワン！」

丸みを帯びた顔に、鼻は短め。アーモンドの形をした黒い瞳をしている。

小柄ながらも筋肉質な体をしており、お尻にちょこんと乗っている巻き毛。

間違いない。あれはフクだ。

それがわかった僕は一目散にフクの元へと駆け出す。

「待て！　アルク！　迂闊に近づくんじゃない！」

「もふもふだから大丈夫！」

「いや、理由になっていない！　なにが大丈夫なんだ⁉」

ジルオールの必死の制止を振り切って、僕はフクのところへ駆け寄る。

「……フク、僕のことがわかる？」

「ワン！」

転生前は黒髪の冴《さ》えない男であったが、転生しアルク＝コントラクトになってからは銀髪碧眼《へきがん》の美少年といっても差し支えない容姿に変化している。

あまりにも変化してしまった見た目に僕のことがわからなくなっているのではないだろうか。

そんな不安を抱いていたが、フクには僕のことがしっかりと分かるようだ。

再会した喜びを表すようにじゃれてきて、僕の顔をぺろぺろと舐めてくる。

「待って、くすぐったいよ」

身体が小さくなっているせいか、僕はあっさりとフクに押し倒されてぺろぺろの刑に処せられてしまった。こんな幸せな刑なら毎日だって受けたい。

「ゴアアアアアアッ！」

僕がフクとの再会を喜んでいると、それを邪魔するようにビッグエイプが咆哮を上げてやってきた。

僕は咄嗟に魔法を発動しようとしたが、それよりも先にフクが動き出す。

フクは素早く前へと躍り出ると、短い右脚を上げた。

「ワン！」

可愛らしい鳴き声と同時にフクの右脚がビッグエイプの分厚い胸板を触れた。

ドンッという低い音が響いたかと思うとビッグエイプがすごい勢いで吹き飛ぶ。

「うええええ⁉」

吹き飛んだビッグエイプの胸板を見てみると、大きな黄金色の肉球マークがついていた。

……なにこれ可愛い。

「すごいじゃないか、フク！」

「ワンワン！」

フクがもっと褒めろとばかりに頭をぐりぐりとしてくるので僕は存分に撫でてやる。

「ああ、このもふもふを僕は堪能したかったんだ」

夢にまで見たフクの体毛を撫でることができた幸せだ。

このもふもふを僕は欲していたんだ。

「まさか、ただの柴犬があんな大きな魔物を倒すことができるなんてね。いや、フクは犬神の眷属だからただの柴犬じゃないんだっけ？」

「ワフ？」

柔らかい頬をぐりぐりしながら問いかけると、フクが間抜けな声を漏らした。

それを見て僕はクスリと笑う。

まあ、どっちでもいいや。

この素晴らしいもふもふの前ではそんなことは些事《さじ》でしかない。

「……お、おい。アルク、その生き物はなんなんだ？」

「コボルトの変異種？　それともリンクスの亜種かしら？」

フクをもふもふしているとジルオールが尋ね、ルノアが小首を傾げていた。

「ただの柴犬なんじゃない？」

「シバイヌってなんだ？」

フクの犬種を答えると、ジルオールが怪訝な表情になる。

あれ？　もしかして、この世界には柴犬がいないのか？

だとしたら、やたらと家族が警戒していたのも納得だ。

彼らからすれば、フクは動物なのか魔物なのかもわからない。珍妙な生き物に見えているのだろう。

でも、だからといって前世から連れてきた柴犬で、実は犬神の眷属なんですと説明するわけにもいかない。

こちらに関しては僕が転生者であることよりも珍妙な話かもしれないのだから。

「僕、この子をテイムしようと思う！」

変に怪しまれないようにテイムしちゃおう。

僕がテイムしてしまえば、家族もフクがどんな動物か魔物なのか気にしないはずだ。

「正気か！　アルク⁉　どんな生き物かもわからないんだぞ⁉」

ジルオールが中々に酷いコメントをする。

「皆が言うように僕にはビビッときたんだ！　この子ならテイムできるって！　それにもふもふで可愛いから大丈夫！」

「いや、前半の理由はわかるが、後半は意味不明なんだが⁉」

「まあ、アルクがテイムしたいっていうんならいいんじゃない？」

「クロエまで⁉」

「お父さんは仕事で忙しいから普段のアルクを知らないだろうけど、こんな感じよ？」

「そ、そうなのか……？」

ルノアとクロエの言葉を聞いて、ジルオールが怪訝な顔になる。

さっきまで神童を見るような視線だったのに残念な子を見るようなものになった。

別に僕はフクさえテイムできればどうでもいいのだ。

もともとただの凡人だし、天才のようにもてはやされるのは居心地が悪いからね。

「父さん、いい？」

「まあ、アルクがテイムしたいと思ったのならこれ以上は口を出さん」

「ありがとう、父さん」

実質的な許可をもらえた僕は嬉しさのあまりにフクに抱きついた。

「テイムするには契約魔法をすればいいんだろうけど、具体的にはどうやるの？」

「自身の血液と魔力を媒介にして呪文を唱えるんだ。このシバイヌとやらがそれに了承の意を示せば、魂でのパスが繋がり契約が成立する」

え？　血がいるの？　などと思いつつも、そんなことではビビッていられない。

ジルオールからナイフを貸してもらい、僕は指の端を少しだけ切る。

すると、ジルオールが僕の血液を使って、手の平に魔方陣を描き始めた。

ぬるりとした感触が少し気持ち悪いが我慢する。

「これが永続契約の魔法陣だ。詳しい描き方は今度教えてやる」

「う、うん」

今の僕では半分も魔法陣の意味がわからないが、それについては勉強することでどんな効果や誓約があるのかわかることだろう。

「俺が呪文を教えてやるからアルクは口に出しながら魔法陣に魔力を注げ」

「わかった」

こくりと頷《うなず》くと、僕の耳元でジルオールが呪文を囁《ささや》いた。

僕は手の平の魔法陣に魔力を込めながら呪文をなぞるようにして唱える。

「『我が名はアルク＝コントラクト。汝《なんじ》の身を我が元に、我が身の命運を汝の元に。永遠の誓いを胸に抱くのであれば、この意に応えよ！』」

「ワン！」

フクの足元に魔法陣が浮かび上がり、了承の意を示す声を上げる。

すると、僕の手の平とフクとの間に魔力のパスのようなものが出来るのが分かった。

しかし、僕とフクの間に繋がっているパスは弱々しい。

その様子を見て、ジルオールが目を大きく見開く。

「アルク、もっと魔力を注げ！　じゃないと、こいつとは契約を結べないぞ！」

これが二年半ほど前に犬神が言ってくれたことなのだろう。

フクをテイムするには生半可な魔力では足りないようだ。

だけど、そんなことはわかっていた。そして、そうならないように僕は今まで努力してきたんだ。

「わ、わかった！　いくよ、フク！」

「ワン！」

フクが吠えると、僕は体内にある魔力を一気に活性化させて注いでやる。

すると、今にも千切れそうだったものがしっかりと繋がり、僕とフクとの間に力強いパスが生成された。魂での繋がりを得ることができたのだと直感で理解することができた。

「テイム、できたッ……ッ！」

「ワンワン！」

これで永続契約は完了だ。

はじめて契約魔法を行使し、テイムしてみたけど上手くいってよかった。

「その子の名前は？」

テイムが完了すると、ジルオールが傍にやってくる。

名前ならば既に決まっている。

「フク！」

僕たちの人生、犬生に幸福があるようにと願ってのフクだ。

「……色々と言ってやりたいことはあるが、今はおいておくとして初めてのテイムおめでとう！」

「やったわね、アルク」

「うん！　皆、ありがとう！」

こうして僕はフクと三年ぶりの再会を果たすと同時に従魔ができたのだった。

フクの福袋

I want to enjoy slow living with mofumofu

フクをテイムし、従魔にすることができた僕は家族と共に屋敷へと戻ってきていた。

「フク！　屋敷を案内してあげるよ！」

「ワン！」

「アルク、その前にフクちゃんの体を綺麗にしてからにしなさい」

早速、フクをコントラクト家の屋敷に案内しようとすると、ルノアから待ったの声がかかった。

フクは見たところまったく汚れていないし、臭くもなんともない。

犬神の眷属であり、普通の犬とも違うのでかなり清潔だろう。

しかし、家族にはそんな事情を知るよしもないので、さっき近くの森で出会った野生の生き物という認識だ。

先に体を洗わせるのは当然の選択であろう。

「わかった。というわけで、先にお風呂に入ろうと思うんだけど大丈夫？」

「ワン！」

フクは返事をすると、てくてくと軽快な足取りで歩き出す。

水辺で仕事をしていた犬種や泳ぎが得意な犬種に比べると、柴犬は水などが得意ではないことが多い。しかし、フクの様子を見るとそんな様子はなさそうだ。

むしろ、ご機嫌な様子。

もしかすると、お風呂に入るのが好きなのかもしれない。

「ベルもそろそろお風呂に入れてあげた方がいいんじゃない？」

「そうね。ベル、私たちもお風呂に――あっ！　こら、逃げないで！」

クロエが振り向きながら口にした瞬間、ベルが脱兎《だつと》の勢いで逃げ出してしまった。

まるで動物病院を前にして嫌がっている犬や猫のようだった。

「ベルはお風呂が苦手なんだ」

「アイスベアーだからね」

「なら水で洗ってあげればいいいんじゃないの？」

「それも嫌みたい」

ルノアが苦笑しながら言う。

種族の特性というより、性格としてお風呂が苦手なようだ。

「姉さん、僕たちは先に行ってるね」

「ちょっとアルクも手伝ってよ！」

ベルを相手に苦戦するクロエを置いて、僕はフクと一緒に屋敷の裏側へと移動。

そこには小屋があり、中に入ると中央には大きな湯船が設置されていた。

人間が十名くらい入れそうなほどに広いがこれは人間用ではなく、従魔専用のお風呂である。

僕たちが入るお風呂はこれとは別に屋敷の中にある。

まずは湯船にお湯を溜めるために備え付けられた魔道具を起動する。

魔力を流すだけで自動的にお湯が流れていき、湯船に溜まっていく。

細かい仕組みは分からないが家電のようで便利だ。

「まずはブラッシングをしよう」

フクをお湯で洗ってあげる前に、まずはブラッシングだ。

先にブラッシングをしておかないと抜け毛などが取れていない状態でシャンプーをすることになってしまい、上手に洗えない原因になるからね。

ブラッシングの前準備として蒸しタオルでフクの全身を拭ってあげる。

ブラッシングをする前に体についた汚れを落とすだけでなく、毛穴を開かせてあげる意味合いもある。

ごしごしと蒸しタオルで拭ってやると、フクは大人しく受け入れてくれた。

ベルだとこの段階で既に不快そうな声を上げてくるらしいので、それと比べるとフクはとても優しい。

「あれ？　なんだこれ？」

体を拭いていると、フクの首輪に巾着袋がついているのが見えた。

「ちょっと触るね？」

フクに一声かけてから巾着袋に触ってみる。

袋を開けてみると、中に一枚の手紙が入っていた。

送り主はどうやら犬神らしく、袋の詳細について達筆な字で書かれていた。

『フクの福袋』

物を収納することのできる福袋。

袋の中は亜空間に繋がっており、袋よりも遥かに大きな物を収納することが可能。容量はほぼ無制限。亜空間の中では時間が停止しており、食材などが腐ることはない。

ただし、生身の生き物をそのまま収納することはできない。

「すごい！　なんでも入る袋ってことだ！」

ゲームや漫画などであるマジックバッグやアイテムボックスみたいなもの。

この小さな袋があれば、フクと一緒に気軽に外に出かけることができるし、料理だって楽しむことができそうだ。

「うん？　まだ他にも効果があるな？」

手紙の続きを読んでみると、どうやらこの福袋には一日に一回だけ地球の品物を選び取ることができるようだ。

マジか⁉　だとしたら、もうこの世界では味わうことのできない地球の嗜好品《しこう》や便利な道具なんかを手に入れることができるのだろうか？

「福袋！」

早速、今日の分の福袋を引いてみる。

「……高級国産フード？」

福袋から出てきたのは動物を飼ったことのある人なら一度は見たことのある有名メーカーのドッグフードだった。

「ワンワン！」

それを目にして目を輝かせるフク。

立ち上がってドッグフードの入った袋をタシタシと触ってくる。

袋を開けて、手の平に載せると、猛然とした勢いで食べ始めた。

どうやらフクの大好物らしい。

大好物のドッグフードが出てきてくれたのは嬉しいけど、もっと分かりやすい故郷の品が出てくると期待していたので少しだけショックだった。

でも、品物は今日だけでなく、明日も明後日《あさって》も貰えるんだ。次はまた別の物が出てくるだろうし、それを楽しみにしよう。

「よかったな、フク」

「ワン！」

ドッグフードを福袋に収納すると、フクのブラッシングの再開だ。

僕は近くの棚の引き出しを開けて、その中から一本の獣毛ブラシを手に取る。

毛先の柔らかい万能タイプのブラシだ。

「このブラシで大丈夫かな？」

背中から腰に向けて軽く撫でてみる。

フクは驚くようにブラシを見つめたが、特に不快ではなかったのか落ち着いた顔をしていた。

横腹、首後ろなどと他の部位も軽く撫でてみたが嫌がる素振りは見せず、舌を出して気持ち良さそうな顔をしていた。

うん、このブラシなら問題ないようだ。

まずは背中から腰へとブラッシングをしていく。

表面だけを滑らしても毛は抜けないので毛をかき分けるようにして、ブラシをブラッシングをする面と平行に毛の流れに沿って行う。

逆毛でブラッシングをしてしまうと皮膚を傷つける原因にもなってしまうので注意だ。

「思っていたよりも抜け毛があったね」

ブラッシングで除去した毛を見せてあげると、フクが「え？　そんなに毛が取れたの!?」というように二度見をしていたのが可愛らしかった。

「本当はスリッカーブラシ、ラバーブラシ、ファーミネーターとかを使ってあげたいんだけどここには無いからねえ」

とはいえ、これからもフクのブラッシングをするならあった方が絶対に便利だ。大まかな構造はわかっているのでタイミングを見て、作ってもらうことにしよう。

ブラッシングを終えると魔道具からホースを伸ばして、驚かせないようにフクの足元からお湯をかけてみる。

「お湯も平気みたいだね」

嫌がる様子も逃げる素振りもまったくないので、そのままお湯をかけてやる。

耳の中にお湯が入らないように耳を押さえながらかけた。

犬は顔が濡れるのを嫌がるものだが、フクに関しては多少濡れようが気にしていないようだ。

実にお利口さんで嬉しい。

「さて、問題はシャンプーだ」

なにぶん、こちらの世界には犬がいないらしく、コントラクト家の従魔にもいない。

何種類もの従魔用のシャンプーがあるが、フクにはどのシャンプーを使ってあげた方がいいのだろう。

「あら、意外と体は細いのね？」

そんな風に悩んでいると、様子を見に来たらしいルノアが入口から顔を出していた。

「アルク、フクちゃんの体は洗えているかしら？」

ずぶ濡れ状態になったフクはとても体が細く見える。

被毛がふんわりとしているだけでそこまで体自体は大きくないのだ。

「うん、今のところ問題ないよ。ただシャンプーをどうしようかなって……」

「ちょっとフクちゃんに触れてもいい？」

「いいよね、フク？」

「ワン！」

声をかけると、フクが肯定するように吠えた。

ルノアは腰を曲げ、フクを真正面から見据えると、その被毛に優しく触れた。

「……想像よりも毛が柔らかいのね」

「でしょ？」

ルノアもテイマーだけあり、そのもふもふとした被毛を魅力的に感じるようだ。

僕がニコニコと見守っていると、ルノアが我に返って被毛や皮膚を確認するように触れる。

「この毛質ならセツと同じシャンプーを使っても良さそうね。でも、皮膚はそこまで強い感じはしないからちょっと水で薄めて使った方がいいかも」

犬は人間よりも三分の一ほどしか皮膚の厚さがなく、皮膚が弱かったりする。

フクのことをまったく知らないのにちょっと触っただけで、そのことを見抜くなんてさすがはテイマーだ。

「まずは軽く脚にでもつけて様子を見てあげなさい」

「わかった！　そうしてみる！」

僕はルノアに言われた通りにやってみることにした。

セツのシャンプーを拝借し、水で少し薄めてから泡立ててやり、フクの右脚に少しだけ塗布。

「？？？」

フクが「そこだけしか洗わないの？」と言いたげな顔でこちらを見上げてくる。

「フクにシャンプーを使っても問題ないかテストしているんだ。少しだけ待ってね」

少し様子を見てみたが、フクの被毛や皮膚に異常はみられない。

「問題ないみたいだね。じゃあ、全身を洗っていくよ」

湯船にシャンプーを投入し、原液を薄めつつ泡立ててやる。

泡風呂の準備が整ったらそこにフクを投入。

泡風呂が楽しいのかパシャパシャと足踏みをするフク。

ホースからお湯を出して、お尻の方からしっかりと洗ってあげる。

柴犬は被毛がたくさんあるので皮膚や脂を洗いながせるようにたっぷりと濡らす。

そんな姿を微笑ましく思いながら泡を載せるようにして体を洗ってあげる。

マッサージしてあげるかのようにシャンプーを揉《も》み込み、爪の生え際や指の隙間も洗う。

耳も優しく洗ってあげると、一度お湯を使って全身の泡を流す。

一回じゃすべての汚れを落としきることはできないからね。

泡を洗い流していると、フクが体をブルブルと震えさせた。

「きゃあああ！」

「わあああっ！」

ルノアと僕は激しく飛んでくる水分に悲鳴を上げる。

「こればっかりは洗ってあげる時の宿命よね」

「そうだね」

シャンプーをしている時に動物が体をブルブルするのは仕方がないことなのだ。

耳に入ってしまった水を排出できるし、緊張や不快感を落ち着かせることもできる。

我慢させるほうがより大きな負担になるからね。

体を洗い流すと、もう一度シャンプーをつけてもモコモコの泡で洗ってあげる。

全身を洗い終えると、たっぷりとお湯で泡を落としてあげる。

「はーい、シャンプーは終わり。タオルで拭いていくよ」

清潔なタオルでフクの全身を丹念に拭いてやる。

ある程度の水気が取れたら、風を送ることのできるドライヤーのような魔道具でブラッシングをしながら乾燥させてあげる。

これで被毛のもつれの予防にもなるし、血行が促進され、毛艶もアップだ。

「セツの体も洗ってあげているだけあって手慣れているわね」

「大まかなやり方は同じだからね」

前世では友人の犬のシャンプーを手伝ってあげていたし、ルノアに頼み込んで時折セツのシャンプーも手伝わせてもらっていたからね。

フクのシャンプーに大してもたつかなかったのは、そんな経験があったからだろう。

「これで完了！　フク、お疲れ様！」

「ワン！」

シャンプーを終えたフクの体毛は出会った頃よりも数倍も輝きを増していた。

「あはは！　フクの毛がもふもふだ！」

手で触ってみると、フクの毛がとても柔らかい。

「私にも触らせてちょうだい！」

僕とルノアはフクに抱き着き、より素晴らしくなったもふもふを堪能するのであった。

従魔のいる朝

I want to enjoy slow living with mofumofu

……お腹の辺りに妙な息苦しさを感じる。

なんだろう、これは？　まるでお腹に重石でも載せられているような感覚だ。

お腹の調子が悪いのだろうか？　それとも病気か？

ふわふわとした意識の中でそんなことを思っていると、今度は腕の辺りに何かがぶつかる感触。

そして、顔の辺りに生暖かい感触がした。

謎の感触に驚いて目を開けると、僕の視界にはハッハッと舌を出している柴犬ことフクがいた。

「ワン！」

「……朝からもふもふに起こされるとか最高過ぎる」

もふもふを夢見ることと二十七年。僕が何度も夢見たシチュエーション。

感動のあまりに涙が出そうだ。

たとえ、僕が徹夜明けの睡眠不足だったとしても、もふもふに起こされるのであれば本望だ。

「フク、おはよう」

「ワン！」

朝の挨拶をすると、フクが元気に返事をする。

「まだ寝ている人もいるから静かにね」

部屋の明るさからして、いつもより早い時間なのは間違いない。

まだ眠っている家族もいるかもしれないので口の前で人差し指を立てる。

僕は上体を起こし、瞼をこすって伸びをする。

大きく息を吐くと、かまってかまってとばかりにのしかかってくるフクの頭や耳を撫でてやる。

すると、フクは気持ちよさそうに目を細めてジーッとする。

額や頭の辺りは被毛が薄いが、サラサラツルツルとした撫で心地をしていて気持ちがいい。

僕ももふもふできて嬉しく、フクももふもふされて嬉しい。なんて素晴らしい関係なんだ。

朝から何をするでもなく、ただベッドの上で柴犬と戯れるだけの時間が最高。

「アルク様、朝食のお時間です」

そんな至高の時間はメイドからのノックによって終わりを告げた。

「ワン！」

「きゃっ！　なになに⁉」

入ってきたメイドに向かってフクが走っていく。

特にのしかかったりはしないがメイドの周りをうろちょろと動き回っている。

「あはは、初めて見る人だから珍しがってるんじゃないかな」

「そ、そうなんですかね？　はじめまして、私はコントラクト家にお仕えさせて頂いておりますメイドのアレッタです」

おずおずとフクと視線を合わせて、自己紹介をするアレッタ。

彼女はコントラクト家に幼少の頃から仕えてくれているメイドの一人である。

詳しい年齢は怖いので聞いたことがないが多分、十七歳くらいだと思う。

「僕の従魔になったフクだよ。よろしくね」

「ワンワン！」

「はい。よろしくお願いします」

フクが「よろしくな！」とばかりにアレッタの膝にタッチした。

なにそれ可愛い。あとで僕にもやってもらおう。

「見慣れない生き物をテイムされたと聞きましたが、とても可愛らしいじゃないですか！」

「でしょう？」

コントラクト家の屋敷では常に誰かの従魔がうろついている。

基本的にここで働いている使用人は生き物が大好きだ。

というか、そうじゃないとうちではとても働けない。

柴犬のことをまったく知らないアレッタであるが、フクの可愛らしさに早々に気付いたらしい。

「触ってもよろしいでしょうか？」

「いいよ」

僕が許可を出すと、アレッタが膝を曲げてそーっとフクの頭に手を伸ばしていく。

それに対してフクは早く撫でてとばかりに自ら頭を差し出した。

「こ、これは……っ！」

「もふもふでしょ？」

「はい！　もふもふです！」

頭だけでなく背中の被毛も味わい興奮の声を漏らすアレッタ。

すっかりとアレッタはフクのもふもふの虜《とりこ》になったようだ。

「アレッタ！　アルク様を起こすのにいつまで時間がかかってるの？」

夢中になってアレッタがフクを撫でていると、今度は金色の髪をした別のメイドが顔を出した。

アレッタの先輩メイドのソフィーである。

「あ、ソフィー先輩！　えっと、これはですね……」

「あら？　アルク様もう起きているじゃない。準備ができているなら早くダイニングルームに――あら？」

僕たちを見てやや呆れた様子のソフィーにフクが寄っていく。

アレッタと同じ服を着た女性がきたのでまた甘えさせてくれると思ったのだろう。

ちょこんと床に座ると、つぶらな瞳をソフィーに向けた。

「……可愛いわね」

コントラクト家に仕えるメイドの一人であるソフィーもれなく可愛い生き物が大好きなわけで彼女もフクの虜になるのだった。

◆

ダイニングルームにやってくると、僕以外の家族が席に座っていた。

「遅れてごめんなさい」

「はじめての従魔だ。朝の支度に準備がかかるのは仕方がないが、次は遅れないようにな」

「……はい」

ジルオールは僕が大幅に遅れた理由を知っているが、敢えてそういった注意の仕方をしてくれた。

朝の戯れはほどほどにしておきます。

僕がいつもの席に座ると、フクは足元にちょこんと座った。かわいい。

従魔を連れているのは僕だけでなく、セツやベルも床に座って待機していた。

セツの前にあるお皿には生肉が盛り付けられ、ベルの前にあるお皿には冷凍された果物が積み上がっていた。

さすがにジルオールの従魔であるオルガはこの場にはいない。

フロストドラゴンであるオルガは近くの山に巣があるらしく、必要な時以外はそちらで自由に生活をしているようだ。

さすがにあの大きさになると、屋敷で一緒に過ごすのは難しいからね。

「ところでフクちゃんはどんなものを食べるのかしら？」

ルノアから尋ねられて、ふと疑問に思う。

フクは柴犬だけど、犬神の眷属なのでただの柴犬ではない。

昨日、福袋から手に入れたドッグフードは大好物であることはわかっているが、それ以外の食べ物だと何が食べられるんだ？

「森を歩いていた時の様子から野菜とか果物は食べられると思うよ。あとは油や塩が強過ぎるものは省いた方が無難かな」

通常の柴犬であれば、キャベツ、芋、ニンジン、カボチャ、バナナ、イチゴ、リンゴなどの野菜や果物は食べられる。消化の悪い種、茎、芯、皮に注意し、小さく切って加熱するのが適切だ。

しかし、フクは帰り道の森でいくつかの木の実をそのまま食べていた。

犬神の眷属ということもあって、普通の柴犬よりも食べられるものも多く、胃袋も頑丈そうだが、ベースは柴犬と同じように考えた方が安心かもしれない。

「わかったわ。少しずつ与えて様子をみていきましょうか」

「うん、そんな感じでお願い」

僕がこくりと頷くと、ルノアがアレッタに言伝をする。

おそらく、フクに合わせた朝食を作って持ってきてくれるのだろう。

ほどなくしてフクの前にお皿がやってきた。

カットされたリンゴだ。消化の悪い種、芯、皮などは取り除かれている。

全員の準備が揃《そろ》ったところでルノアとクロエが従魔に食事の許可を与える。

「「食べてよし」」

これも従魔としての調教の一つなのだろう。

フクは二人の声と食事を始めるセツとベルに引っ張られそうになったが、僕がまだ許可を出していないことに気付いたのか慌てて座り直した。

こちらを見て「まだ食べていませんよ？」と言わんばかりに取り繕った顔が可愛い。

そうか。今日からは僕も従魔がいるから言ってもいいんだ。

「フクも食べていいよ」

くすりと笑いながら許可を出すと、フクがゆっくりと鼻を近づけてリンゴを口にした。

シャリシャリと小気味のいい音が鳴った。

「それじゃあ、俺たちもいただくとするか」

「ええ、そうね」

従魔たちが問題なく食べるのを確認すると、ジルオールの一声によって僕たちも朝食をいただく。

コントラクト家の今朝のメニューは春の山菜スープに、サーモンとクリームチーズのサンド、自家製のヨーグルトといったメニューだ。

中世ヨーロッパのような食生活に北欧の食文化が入り混じったようなイメージだ。

別の日はミルク粥《がゆ》にフルーツティー、ベリーボウル、スムージー、バナナサンドなどのようなものが出てくる日もある。

朝は断然和食派であり、あまり甘いものを食べなかったのだが、こちらの世界で三年も生活していると慣れてくるものだ。

最近では朝から甘いものが食べられないと、なんとなく落ち着かなかったりもする。

場所が変われば、人とは変われるものなのだと思う。

「ワン！」

食事をしていると、フクが短く吠えた。

お皿を見ると、すっかりと空になっている。

どうやらリンゴは問題なく食べられたようだけど量が足りないようだ。

「今日はフクの食事のテストも兼ねてるから少なめなんだ。ごめんね」

「……くううん」

「あとでこれをあげるから」

テーブルの下で撫でるフリをしながら福袋で手に入れたドッグフードを食べさせると、フクは大人しくなった。

そうやって従魔とのコミュニケーションをとりながらの食事を終えると、ダイニングルームにはまったりとした時間が流れる。

朝から用事がない限り、食後はフルーツティーなどを味わいながらまったりと会話をするのがコントラクト家の日常だ。

「……それにしても、珍妙な生き物だ」

ジルオールがなんともいえない顔でフクを見つめている。

ルノアとクロエはフクのことを認めているが、ジルオールはフクに少し懐疑的な様子だ。

「父さんはフクのことが嫌いなの？」

「いや、嫌いというわけではない。ただ、フクのことがわからなくてだな……」

ジルオールは竜種を、ルノアは猛獣種を、クロエは熊種をテイムすることができ、皆がわかりやすい強さを持った従魔と契約している。

そんな中、次男だけが柴犬などというわけのわからない生き物を従魔にしていれば、心配になるのも無理ないだろうな。

ジルオールがジーッと視線を向ける中、フクはダイニングの床で優雅に寝そべっている。

今は股の辺りが気になるようでぺろぺろと毛繕いをしていた。

実に能天気なものである。

「ジルオールはただアルクとフクちゃんのことが心配なだけよ」

「でも、ビッグエイプを倒せちゃうくらいには強いよ？」

その時の光景はジルオールも目撃しているはずだ。まだまだ魔物の知識については疎いがビッグエイプが普通の魔物より強いことだけは分かる。

そして、そんな魔物を一撃で倒すことのできるフクはもっと強いってことも。

「それでも分からないから心配なのよ」

「まあ、父さんが心配性ってのもあるけどね」

「……おい」

ルノアとクロエに好き放題言われて、ジルオールが憮然《ぶぜん》とした顔になる。

さすがに当主でも妻と娘の勢いには勝てないようだ。

とはいえ、このままジルオールを心配させておくのもよくはないな。

「だったら父さんを心配させないくらいに立派なテイマーになるよ。だから今は見守ってくれると嬉しいな」

僕が転生者ってことや、犬神やフクに関することは説明できないけど、これからの行動でフクを従魔にしてよかったとジルオールにも思わせたい。

「……わかった。困ったことがあったらすぐに相談するんだぞ？」

「うん！」

そんな心意気が通じたのか、ジルオールはふっと安心したような笑みを浮かべるのだった。

フクと散歩

I want to enjoy slow living with mofumofu

「ワンワン！」

フルーツティーを飲み終わると、寝転んでいたフクがむくりと起き上がって吠えた。

なにかを期待するような眼差《まなざ》しがこちらに突き刺さる。かわいい。

「父さん、フクと散歩に行ってきていい？」

「従魔の健康を維持するのもテイマーとして大事なことだからな。行ってくるといい」

ジルオールの許可ももらえたことなので僕はフクと一緒に外に出る。

屋敷の周りは平原が広がっており、一本道が続いている。

今の季節は春なので非常に気候が暖かい。

一年の半分が雪に覆われているコントラクト領の中でも貴重な雪の積もっていない季節。

穏やかな日差しを浴びて草木は伸び伸びと成長しており、平原も青々と生い茂っていた。

空は澄み渡るような綺麗な青色をしており、空には雲一つない。

こんな天気が良く、綺麗な自然の中をフクと散歩できるなんて最高だな。

平原に足を踏み入れたフクは雑草を踏み倒して進み、草花の匂いを嗅いでいる。

これはクン活というやつだ。

犬の視力は人間でたとえると、０・３程度しかないと言われている。だからこそ、嗅覚は外の世界の情報を知るための機能としてとても大切な行いなのだ。ストレスも発散できる。

人通りの多い公共施設や衛生的ではない場合を除けば、できるだけやらせてあげるのがいい。

この世界にやってきたばかりのフクからすれば、ここはまだまだわからないことだらけだからね。存分に匂いを嗅がせてあげよう。

と言いたいところだけど、クン活に夢中過ぎるとちょっとこちらが辛い。

十分くらい経過したけど、まだ屋敷から十メートルしか進んでいないんだけど。

……フクさん、さすがにちょっと進みませんか？

などと思っていると、僕の想いが通じたのかフクがてくてくと歩き出してくれた。

フクはズンズンと前に進んでいき、その後ろを僕はついていく。

最初の長いクン活はなんだったのかと思うほどに軽快な足取りだった。

しばらく道を進んでいくと道が分岐した。

左側はコルネ村へと至る道であり、右側は森へと続く道である。

コルネ村は僕たちの住んでいる屋敷から一番近い村であるが、僕はまだ一度も行ったことがない。

三歳になって身体がしっかりしてきたのでいつでも行ける距離ではあるが、この世界における貴族と平民の関係性を僕はまだわからない。

コントラクト家が悪徳領主なわけはないし、たぶん行っても問題はないだろうけど、行くのであればジルオールやルノアに声をかけた方が良さそうだ。

今日は許可をもらっていないのでそちらには行かず、右側の道を進んで森に向かうことにした。

こちらの森は脅威となる魔物が少ないので、魔法の使える僕とビッグエイプを倒せるほどのフクがいれば問題ない。

見慣れない土地を開拓していくのが楽しいのかフクはかなりご機嫌な様子。

てくてくと前を進んでいく。

丸いキュートなお尻が左右に動き、丸い尻尾がフリフリと揺れている。とっても可愛い。

何度か家族と歩いたことのある道のりでもフクがいるだけで、こんなにも楽しく印象も変わるんだな。従魔との散歩は最高だ。

しみじみと思いながら歩を進めていると、フクが鼻をクンクンと動かして急に道をそれだした。

「フク？　なにか気になるものがあったの？」

フクの後ろをついていってみると、モミジのような葉っぱと垂れるようにして生《な》っている赤い実を見つけた。

「あっ！　森苺《もりいちご》だ！」

うちの領内の森で自生している果物で甘みと酸味が絶妙なバランスをしておりとても美味《おい》しい。

「こんなに自生しているのを見たのは初めてだよ！　すごいや！」

「ワンワン！」

頭を撫でてあげると、フクが嬉しそうに尻尾を左右に振った。

森苺は滅多に見つけることができないらしく、うちの食卓にも上がることが少ない。

持ち帰れば、コントラクト家の皆もきっと喜ぶだろう。

福袋から採取籠を取り出し、採取した森苺を詰めていく。

こういう展開を見越して、福袋に収納しておいてよかった。

福袋には僕とフクが生きていけるだけの水や食料だけでなく、調理道具や食器といったアウトドアに便利な用品を入れてあるからね。福袋さえあれば僕とフクは遭難しても平気だ。

僕が採取をしているのをしり目にフクは森苺に鼻を近づけ、パクリと食べた。

「美味しい？」

「ワン！」

屋敷では一応念入りに食事の検査をしているが、フクは犬神の眷属なので問題はなさそうだ。

僕も森苺を一つ口にする。

柔らかな甘みと酸味のバランスがとてもいい。

今までに食べたイチゴの中でも一番の美味しさだった。

「あはは、口の周りが真っ赤だよ」

「わふん？」

夢中で食べたせいかフクの口の周りが森苺で真っ赤に染まっていた。

ポケットからハンカチを取り出すと、フクの口の周りを拭ってあげる。

果肉なんかは取れたけど、白い毛についてしまった汚れまでは取れないや。

あとで水で口を洗ってあげることにしよう。

「どうせならもうちょっと採取してジャムとか作りたいなぁ……」

フクと一緒に食べ、採取をしたら周辺の森苺がなくなってしまった。

本当はもうちょっと採取したいんだけどな。

「ワン！　ワン！」

なんてぼやいていると、フクが素早く前へと移動して吠えた。

「……もしかして、他にも生えている場所がわかるの？」

「ワン！」

こくりと頷くと、フクは案内してあげるとばかりに前へと進んでいく。

木々の合間を抜け、獣道を進んでいく。

傾斜があろうと木の根が隆起していようとフクは卓越した身体能力で軽々と飛び越えていく。

僕はナイフを振るって邪魔な枝を折り、木の根をなんとかして乗り越えながらフクへと付いていった。

すると、やや開けた空間へとたどり着いた。

「わあ！　森苺がたくさんある……ッ！」

垂れ下がるようにして赤い実をつけている森苺がたくさん生えていた。

まさか、森のこんな場所に森苺がたくさん自生しているとは思わなかった。

人が見つけるには難しい獣道を通らないといけないし、フクの嗅覚がなければ見つけることは困難だったはずだ。

「すごいよ、フク。お手柄だよ」

「くううん」

たくさんの森苺を見つけてくれたことを褒めるために頭を撫でると、フクは誇らしげな顔をしていた。

フクとのもふもふタイムが終わると、僕は森苺を採取する。

先ほどは食べてばかりいたフクも小腹が満たされたからか、あちこちから森苺を持ってきてくれて採取を手伝ってくれた。とてもありがたい。

「うん、これだけあれば十分な量のジャムが作れそうだ」

ただの散歩だったけど、フクのおかげで思いもよらない収穫があったものだ。

まだまだ周囲にはたくさんの森苺は残っているけれど、全部を取り尽くすのではなく、また定期的にやってきて採取する方がいいだろう。

採取籠を福袋の中に収納すると、僕とフクは道を戻ることにした。

木の根に引っ掛かりそうになりながらも何とか道を戻り、僕たちは本来の散歩コースに戻ることができた。さて、散歩再開といきたいところだけど足が疲れてきてしまった。

「フク、ちょっと休憩してもいいかな?」

「ワン!」

ちょうどふわふわとした雑草が生えている場所があったので僕はそこに座り込む。

フクが案内してくれた獣道は足元も悪く、傾斜も激しかったので足に大きな負担がかかったのかもしれない。

気持ちとしてはまだいけるんだけど、身体はまだ三歳児なので無理は禁物だ。

今は休憩を挟んで体力の回復をしておこう。

僕が座って休憩している間にフクは近くの草花の匂いを嗅いだり、地面を掘ったりして遊んでいた。

一匹でも夢中になって遊んでいる姿が可愛い。永遠に見ていられる。

屋敷から結構な距離を散歩してきたけど元気だな。

柴犬は中型犬に分類されるので一般的に二キロ、あるいは三十分から一時間ほど散歩をすれば十分なのだが、フクはそれに当てはまらないのかもしれない。

まあ、あくまで目安なのでそれよりも長い時や短い時はあるが、そこは何度かフクと一緒に散歩を繰り返すことでわかってくるだろう。

「そういえば、今日の福袋をまだ引いていなかったな」

今日の分を引いていなかったことに気付いた僕が福袋の口を開けて引いてみる。

「木綿《もめん》のロープ？」

赤く染色された太い木綿のロープ。

この八の字の形になったロープといえば、犬との遊びに使われる玩具だ。

「――ッ！」

僕がロープを握っていると、一所懸命に穴を掘っていたフクが手を止めてこっちを見ていた。

ロープを動かして誘うような動きを見せてから隠す。

柴犬にとって玩具を「はい、どうぞ」と渡すだけでは楽しいサプライズにはならない。

チラッと見せて興味を惹きつけ、獲物のようにサッと動かしてみることが大事だ。

フクが食い入るような視線を向けてくる中、僕は背中に隠したロープをもう一度見せる。

すると、フクが素早い動きでこちらに寄ってきた。

ゆらゆらとロープを揺らすと、フクが持ち手とは反対の輪っかに噛《か》みつく。

「お、引っ張り合いっこだね！」

犬の狩猟の一連行動は「匂いで獲物を探す↓見つける↓追いかける↓仕留める」というもの。

この木綿のロープは最後の獲物を仕留める（食べる・噛みつく）といった行動を満たす遊びになる。

従魔とのコミュニケーションが取れるだけでなく、フクの狩猟本能まで満たせるのであればやらない手はない。

僕は持ち手に力を入れて引っ張ってやる。

それなりの力で引っ張ってみているが、フクの引っ張る力はとても強くてビクともしない。

僕が想像する以上にフクの顎の力は強いようだ。

一分ほど引っ張り合いっこをした末にロープをゆっくりと離すと、フクはロープを咥《くわ》えながら嬉しそうに尻尾をブンブンと振っていた。

引っ張り合いっこで勝つことができて嬉しかったらしい。

「わふん⁉」

気が付くと、一匹で体をくねくねとさせていたフクの体にロープが巻き付いていた。

フクは必死に体を揺すったり、その場で回ったりするが綺麗に耳に引っ掛かり、胴体にも巻き付いているのでそう簡単に解けない様子。

「あはは、なにしてるんだよ」

僕は苦笑しながら困惑しているフクに近寄って、絡まったロープを解いてあげた。

ドッグフードに続いて、木綿のロープ。

もしかすると、この福袋ってフクに関する用品が出るのかもしれない。

まだ二回しか引いていないのでなんとも言えないけど、今後も福袋はしっかりと引いておこう。

コントラクト家の料理人

I want to enjoy slow living with mofumofu

フクとのお散歩から戻ってくると、僕は厨房《ちゅうぼう》に向かうことにした。

採取してきた森苺でジャムを作るためである。

意気揚々と向かったものの屋敷の厨房にやってくるのは初めてだったりする。

今までは小さな子供だったし、近寄らないようにと両親にも言われていたからね。

でも、僕も三歳になって色々とできるようになったし、少しくらいはいいよね？

おそるおそる出入り口から顔を出して厨房の中を覗き込む。

中央にはピッカピカに磨かれた調理台があり、いくつものシンクや魔道具によるコンロみたいなのも複数設置されている。

戸付の棚には食器皿が収納されており、料理棚にはたくさんの香辛料の入った瓶が置かれていた。

調理台には料理の仕込みをしていたらしい形跡があるが、料理人らしき人は見当たらない。

鍋がぐつぐつと音を立てているが大丈夫なのだろうか？

「おい、誰か知らねえけど邪魔だ！　あたしが通れねえだろ！」

心配に思いながら料理人を探していると、不意に後ろから声が落ちてきた。

振り返ると、両手に木箱をいくつも抱えた女性がいた。

慌てて僕とフクは出入り口の脇へと移動。

「ご、ごめんなさい」

「ったく、ぼさっと立ってやがるのはアレッタだろ？　どうせ今日も賄いを――え？」

女性は木箱を調理台の上に置くと、こちらへと視線を向けて固まった。

金色の髪を後ろで束ねた細身の女性だ。

白い料理人服を纏っていることからうちの屋敷の料理人なのだろう。

「も、もしかして、アルク様ですか？」

「そうです」

面識はないが、この屋敷で銀色の髪をしている少年は僕だけだからね。

こくりと頷くと、料理人がサッと顔色を青くして頭を下げた。

「す、すみません！　てっきりアレッタの奴かと思って失礼しました！」

「いえ、気にしないでください。厨房の出入り口を塞いでいたのは事実ですから。そんなことよりもお姉さんの名前を教えていただけますか？」

「リラです！　コントラクト家で料理人をやらせてもらっている――じゃなくて、います！」

「ご存知かもしれませんが僕はアルクといいます。こっちは僕の従魔のフクです」

「ワン！」

こちらも自己紹介をすると、フクが「よろしくね！」とばかりに明るく吠えた。

「うちの屋敷にいる料理人はリラさんだけなのですか？」

「仕込みの時にアレッタたちが――いや、メイドたちが手伝ってくれる――くれています」

「……………」

少し話しただけでわかる。このお姉さんは堅苦しい会話が苦手なのだと。

なんかすごく言いづらそうだし、ところどころで素が漏れている。

「……無理に敬語を使わなくてもいいよ？」

「本当か？　あとでパパに言いつけるとか無しだかんな？」

「そんなことしないよ」

「はー、焦ったぜ！　まさか、こんなところにアルク様がいると思っていなくてよ！」

敬語を使わなくていいと言うと、リラは襟を緩めてチェアに腰かけた。

すごくリラックスしている。やっぱり、こういうラフな感じが彼女のスタイルらしい。

「ねえ、厨房を見てもいい？」

「アルク様はいいが……」

リラが複雑そうな顔でフクを見つめる。

「フクはお利口さんだから暴れたりしないよ？　でも、衛生的な観念で立ち入りを禁止しているなら従う」

僕がそう言うと、リラはチェアから立ち上がってフクへと歩み寄る。

フクの一歩手前で立ち止まると、リラはそのまま腕を組んで見下ろした。

リラの瞳は虹彩が小さめで白目の面積が多いので目つきじゃ若干怖く見える。

こういうのを三白眼っていうんだっただろうか。

じーっと見つめられると睨《にら》まれているように感じるかもしれないが、フクは動じることもなくつぶらな瞳で見上げていた。

「……ふーん」

感心したような声を漏らすと、リラはヤンキー座りになってフクの頭へと手を伸ばした。

フクの頭や耳を優しく撫でると、むっちりとした頬を軽く引っ張る。

撫でられるのが大好きなフクはみょーんと引っ張られても怒ったり吠えることもなく、へっへと舌を出していた。

「確かにお利口さんみてえだな。調理道具なんかに勝手に触れねえならフクも入っていいぜ」

「ありがとう！」

どうやらリラなりにフクが安全か確かめていたらしい。

許可をもらえたので僕とフクは厨房へと入らせてもらえた。

色んな食材や香辛料の香りのする部屋にフクは興味津々だ。クンクンと鼻を動かし、厨房内の情報を拾っている。でも、リラと僕が中にある物には触れないようにと言っているので無暗に触れることはない。

「入口から見た時も思ったけど結構広いんだね？　貴族の屋敷の厨房って皆、こんな感じなの？」

「いや、コントラクト家は特別さ。なにせこの屋敷じゃアルク様たちの料理以外に従魔の食事も作らないといけねえからよ」

「あー、それで広いんだ！」

人間だけじゃなく、様々な従魔の食事を用意しないといけないとなると、厨房がかなり広いのは納得だ。

「ちなみに従魔の食事ってどんな風に作ってるの？」

「そうだな。クロエ様の従魔は冷凍した果物類や木の実が好きだな。こんな風に冷凍庫で凍らせている」

リラが近くにある大きな冷蔵庫を開けてくれた。

そこには様々な果物や木の実が冷凍されており、丸ごと凍らせたものやカットしたものがケースに収められていた。

こっちの世界でも冷凍して食材を保管する魔道具があると聞いていたが、前世の冷蔵庫と同じような見た目をしている。世界が変わろうと人間が考えることは同じらしい。

「ルノア様の従魔は果物や木の実も食うが、基本的に食うのは肉だからな。その日の体調や機嫌で出す肉の種類を変えているぜ」

「木の実に比べると、肉の量が少なくない？」

「肉の方は地下の氷室にたくさんあるからな。遠いし、寒いからそっちの案内は勘弁な」

そもそもうちの屋敷に地下なんてあったことが知らなかったよ。

「ちなみにリラはフクの食事はどう考えてる？」

「それがちょっと困っていてな。なにせ見たことがねえ魔物だし、ジルオール様やルノア様も知らねえっていうからよ。とりあえず、どんな食材が食えるか把握したら、近親種っぽいリンクスやコボルドの好みのものから試してみようと思ってる」

腕を組んで真剣な表情で考え込むリラを見て、僕は嬉しくなった。

「なに笑ってるんだよ?」

「いや、リラがうちの料理人でいてくれてよかったなって」

「そんな立派なところを見せたか?」

「調理道具もきちんと整理整頓されているし、食材の保管もとても丁寧だよ。厨房内は清潔だし、設置している棚とかかなり衛生面に気を遣ってるでしょう?」

「……わかるのか?」

「そうじゃないと食器棚を戸付の棚で収納したりしないよね?」

わざわざ高い位置の戸棚に食器を収納しているのは、埃《ほこり》などが舞い上がって付着しないように気を遣ってのことだ。他にも食材を洗うためのシンクと調理道具なんかを洗うためのシンクが別々で用意されている。これらは料理をするものが衛生面を気にしていないとできない配置だ。

「……お前、本当に三歳か?」

「三歳だよ」

リラが疑いの視線を向けてくるが、僕の肉体はどう見ても三歳児である。

まあ、中身の年齢を加えると二十七歳児なんだけど、そんなことを見抜くことは不可能だ。

「リラならフクの食事も安心して任せられるよ」

「ま、まあ、そう言われて悪い気はしねえな」

あからさまに視線を逸《そ》らすリラ。思っていたよりも照れ屋なのかもしれない。

人間の食事だけでなく、従魔に対しての食事にも手を抜かない姿勢が好感を持てる。

さすがはコントラクト家が雇っている料理人だな。

森苺のジャム作り

I want to enjoy slow living with mofumofu

「ところでアルク様は何の用でここにきたんだ？」

照れ隠しなのかリラが話題を変えるようにして尋ねてくる。

あ、従魔の食事の話題が楽しくて肝心の用事についてすっかりと忘れていた。

「実はさっきフクと一緒に散歩をしてきてね。森苺を採取したんだ」

「うお！　本当に森苺じゃねえか！　しかも、こんなに⁉」

調理台の上に置いていた採取籠を見せると、リラが驚いた声を上げた。

「フクが群生地を見つけてくれたんだ」

「わふん」

すごいでしょうと言わんばかりにフクが胸を張るので、首元から胸にかけてのもふもふとした毛を撫でてあげた。

「これでジャムを作りたいなーと思って！」

「そりゃいい！　さっそく作るぜ！」

「僕も手伝う！」

手伝いを申し出ると、準備に取り掛かろうとしたリラが動きを止めて目を丸くする。

「アルク様にできんのか？」

「フクが外で食事をするときに果物の皮を剥《む》いたり、切ったりくらいはしてるよ！」

「まあ、果物の皮が剥けるなら大丈夫か……なら、ヘタを切ってくれ」

「わかった」

僕はシンクで森苺を洗うと、調理台で森苺のヘタをカット……しようとしたが高さが足りなかった。

困っているとリラが小さな台を持ってきてくれた。

どうやらクロエが厨房で食材をカットしていた頃に使っていたものらしい。

その時はクロエが料理に興味を出したというより、テイマーとして従魔の食事くらいは用意できるようになれとのジルオールからの命だったようだ。

クロエにもそんな時期があったのだと思うと微笑ましい。

台に乗ると、高さがちょうどよくなったので僕は改めて森苺のヘタを包丁でカットしていく。

ジャムを作るのにヘタや付け根の芯があると、口当たりが悪くなっちゃうからね。

僕が心配なのかリラが横から覗き込んでくる。

そんな風に凝視されると、逆に気になってしまって指を切ってしまいそうだ。

「実が大きいやつは縦に切ってもいい？」

「あ、ああ」

イチゴは半分に切ることで水分が出やすくなる。小粒のものは切らずにそのままでもいい。

果肉のフレッシュさを味わいたい場合はそのままでいいが、時短も兼ねて半分に切っておいた方が無難だろう。

ヘタを落とし、大粒のものはスッと縦に切っておく。

「……なんか姉貴より上手くねえか？」

「そ、そうなの？」

「ああ、勘が良いのか妙に手慣れて見える」

前世では一人暮らしをしており、基本的に自炊の方が多かった。

一時期は料理に凝っていた時もあったので人並か、それ以上くらいにはできる自信があったが
ちょっと三歳児が披露していい包丁の動きではなかったかもしれない。

「アルク様は料理人の才能があるんじゃねえか？」

「ほんと？　なら将来はもふもふカフェとか経営してみようかな？」

別に料理人に興味はないが、もふもふカフェを経営して軽食を作ってあげるくらいなら悪くない。

「……もふもふカフェってなんだ？」

「僕がテイムしたもふもふの従魔と触れ合えるカフェさ！　もふもふを触ったり、食事をあげてコミュニケーションを取ったり、もふもふ好きの人と交流を深めたりできる癒しの空間だよ」

「アルク様は不思議なことを考えるんだな」

「え？　変かな？　一応、帝国にも僕たち以外のテイマーもいるんだよね？」

コントラクト家は契約魔法を用いて従魔と深い絆を結ぶことができるが、世の中にはうちとは違った独自の魔法で契約を結ぶテイマーや、生まれながら動物や魔物に好かれる体質を持っており

行動を共にするテイマーもいるとジルオールから聞いた。

うち以外にもテイマーがいるのであれば、そういった形態のカフェの一つや二つくらいはあるんじゃないか？

「いるっちゃいるけど、そんなカフェを開いてるやつは聞いたことがねえよ」

どうやらうち以外のテイマーのほとんどは冒険者か商人、国に仕官している兵士などが多いらしく、さっき僕が述べたようなもふもふカフェを経営している者はいないようだ。嘆かわしい。

もし、将来的に余裕ができたら、もふもふカフェを経営してみるのも面白そうだ。

「よし、カットができたらボウルに入れるか！」

リラが持ってきてくれたボウルに切った森苺を入れて、大量の砂糖、レモンの搾り汁を加える。

レモンの搾り汁に関しては変色防止のためだ。一般的なイチゴのジャムでは、煮たあと仕上げに加えることが多いのだが、煮る前に加えた方がよりイチゴの色が綺麗に出るからね。

ヘラで森苺を混ぜて、砂糖を全体的にまぶすと、最後にスライムシートをかけて冷蔵庫に入れた。

「あとの工程は一晩経ってからだな」

砂糖が馴染み、森苺から水分が出るまで僕たちにできる作業はない。

「最後までやりたいから明日の朝も来てもいい？」

「ああ、構わねえぜ」

明日もリラと一緒に作ることを約束し、この日は厨房を後にした。

◆

翌朝。今日もフクに元気よく起こされた僕は、真っ先に屋敷の厨房へと向かうことにした。

使用人たちは既に朝の仕事を開始しており、厨房からも灯《あか》りが漏れていた。

「おはよう！」

「あ、アルク様!?」

入口で声をかけると、メイドのアレッタが驚いた様子で僕を見た。

仕込みが忙しい時はメイドに手伝ってもらっているって言っていたっけ。

どうやら今日はアレッタがお手伝いでいるらしい。

「おお、もうきやがったか」

「せっかくなら朝食でジャムを食べたいなーって！　いいかな？」

「いいぜ。そのためにアレッタに頑張ってもらってるしな」

「今日はいつもより作業が速いと思っていたけど、そういうことだったんですね～？」

ちょっと恨めしそうにしながらも肉を必死に解体するアレッタ。

なんかちょっとだけ申し訳ない。

「これが一晩経った森苺だ」

苦笑いしていると、リラが冷蔵庫から冷やしたボウルを取り出してくれた。

スライムシートを外すと、森苺からたっぷりの水分が出ているのがわかる。

「まずは選別だな」

ザルを使って森苺の果肉と水分を別のボウルに別《わ》ける。

リラはコンロに火をつけると鍋を置き、森苺の水分を投入した。

「この魔道具、本当に便利だね」

「魔道コンロっていってな、ミスフィリト王国から流れてきたんだ。ボタン一つですぐに火が点《つ》くし、レバーを調節すれば簡単に火を調整できる。料理人からすると神の魔道具だぜ」

前世でもあったコンロのまんまだね。これも冷蔵庫と同じように共通する悩みから開発されたのか、あるいは僕と同じように過去に転生者でもいたのか。

今のところは判断がつかないけど、こうやって日本から転生している僕がいるわけだし後者がいてもおかしくはないと思う。

「アルク様、煮汁が飴《あめ》状になったら教えてくれ。あと灰汁《あく》が出てきたらレードルで取ってくれよな」

「わかった」

こくりと頷くと、リラは仕込み作業に戻った。

朝食の前だけあって忙しいらしい。

台の上に立って鍋を見つめていると、森苺の水分が加熱されてグツグツと音を立てる。

沸騰して泡が立つと、徐々に灰汁も出てくるようになったので端に寄せ、レードルで取り除いた。

そのままジーッと鍋を見つめていると、徐々に細かかった泡が大きなものに変化し始めた。

レードルを動かしてみると、煮汁が飴状になっている。

「リラ！　飴状になったよ！」

「おう！　ならさっき別けておいた森苺をぶち込め！」

ちょうどリラはフライパンに卵を流し込んでしまったらしく手が離せないようだ。

特に難しい作業でもないので言われた通りに、僕は森苺の果肉を鍋に投入。

魔道コンロを操作して火加減を中火に落とすと、レードルで灰汁を取りながら煮詰め続ける。

十五分後。森苺に透明感が出て、とろみがついたところで火を止めた。

ジャムはゆっくりと弱火で煮詰めるイメージがあるが、それは間違いであり、強めの火加減で短時間で仕上げるのがポイントだ。こっちの方がフレッシュ感が残り、色艶が良く仕上がる。

「どうだ？　焦がさねえでできたか？」

「うん！　これでどう？」

「おお！　綺麗に出来てるじゃねえか！」

鍋の中身を見てリラはニヤリと笑って、ポンポンと僕の頭を撫でてくれた。

普段からこうやってフクを撫でているが、撫でられる側も中々に悪くないものだ。

「せっかくだし、ちょっと味見してみるか」

「うん！」

スプーンですくいあげると、息を吹きかけて冷ましてから口へ運んだ。

「甘い！」

「森苺のいい味わいが出てるな！」

一口食べると、森苺の香りが口の中いっぱいに広がった。

フレッシュな果肉感が程よく残っており、本来の甘さと砂糖の甘さが絶妙に混ざり合っている。

爽やかな酸味が甘さをより一層と引き立てており、しつこくないし非常にスッキリだ。

これはトースト、ヨーグルト、パンケーキ、クッキー……なんにでも合うだろうな。

前世も含め、今までに食べてきたジャムの中で断トツの美味しさだ。

「くぅうん」

森苺のジャムの美味しさに浸っていると、今まで大人しくしてくれていたフクが後ろ脚で立ち上がり、二本の前脚でポンポンとしてきた。

どうやらフクも食べてみたいらしい。

僕はスプーンでジャムをすくうと息を吹きかけて冷ましてやり、上向けに口を開けているフクの舌に垂らしてあげた。

「美味しい？」

「ワン！」

どうやら気に入ってくれたらしい。

普通に外で森苺を食べてはいたが、ジャムとなると結構な量の砂糖を含んでいる。

フクなら問題ないと思うが、甘いものがどれだけいけるか不明なので少しずつ様子を見ながら与えてみようと思う。

「よし、瓶に詰めるか」

リラが戸棚から様々な大きさの瓶を取り出してくれる。

そこに一緒に詰め込もうとしたところでリラが真剣な表情を浮かべた。

「詰める前にちょっと相談なんだが……」

「もちろん、お裾分けするよ」

「さすがはアルク様。話がわかってるじゃねえか」

僕やコントラクト家が楽しむ分とは別に、報酬を確約するとリラは喜びの声を上げた。

美味しい森苺のジャムとくれば、普通に個人で楽しみたいだろうし、料理にも幅が出るだろうからね。

家族で使用するものとは別の大きな瓶に詰めて、リラの分のジャムをあげた。

「アルク様……」

目を潤ませながらアレッタがこちらにやってくる。

「協力してくれたアレッタにもあげるよ」

「ありがとうございます！」

僕のジャム作りのせいでいつもよりお手伝いが大変だったし、彼女には日ごろからお世話になっているからね。これくらいの役得はいいだろう。

「ちょうど朝飯の準備も整ったし、そろそろダイニングに行ってきな」

「うん、わかった。ありがとう」

リラに送り出してもらって僕とフクはダイニングルームに移動する。

ダイニングルームにやってくると、既に僕以外の家族は席についていた。

今日も別に遅刻をしているわけじゃないので怒られることはない。

いつも通りに朝の挨拶をして席につく。

「早くに起きてたみたいだけど、なにしてたの？」

「まだ秘密」

「秘密ってどういうことよ？」

クロエが不満そうにしていたが、ダイニングルームの扉が開いてメイドたちが入ってくると口を閉じた。

本日の朝食はスパニッシュオムレツ、オニオンスープ、サラダ、チーズ、トースト、ヨーグルトといったメニューだ。今日もとても美味しそうだ。

「ん？　今日は蜂蜜やジャムはないのか？」

メニューが並び終えると、ジルオールが不服そうな顔になる。

ジルオールは毎朝ヨーグルトを食べており、そこに蜂蜜やジャムといった甘いものを載せるのが好きだ。クロエやルノアもトーストには蜂蜜などをかけるタイプなので付属物がないことに不満そうだ。

「じゃーん、今日は僕が用意しました！」

僕はサプライズとばかりにポケットに入れておいた森苺のジャムが入った瓶を取り出した。

「森苺のジャムだよ」

「森苺のジャムだと⁉　本当か⁉」

「本当だよ」

ジルオールがかっさらうように瓶を手にし、指の先に垂らして口に含んだ。

「……間違いない。森苺のジャムだ」

じっくりと味わった後に恍惚《こうこつ》とした表情を浮かべるジルオール。

「どうやって採取したの？」

「昨日、散歩していた時にフクが群生地を見つけてくれたんだ」

「ワン！」

すごいでしょと言わんばかりにフクが胸を張った。

自慢げにしているフクの胸の辺りを僕はもふもふしてやる。

「へー、やるじゃない。森苺はなかなか見つからないってのに」

「テイマーとしての一歩を確実に進んでいるわね。偉いわ」

稀少《きしょう》な森苺を採取してくれたことも嬉しいが、それ以上にテイマーとしての採取のやり方をしてくれた方がルノアにとっては一番嬉しいようだ。

たしかにこうやって従魔の特性を活かして目的を達成できるのはテイマーの強みなのかもしれない。

僕一人じゃ間違いなく森苺を見つけることはできなかったからね。

「よし、早速いただこうじゃないか」

森苺のジャムを早く味わいたいのかジルオールがやや逸《はや》るようにして家長として声を上げた。

そんなわかりやすい様子に僕はクスリと笑って、食事に手をつけるのだった。

テイマーの修行

I want to
enjoy slow living
with mofumofu

散歩から帰ってくるなり、僕はジルオールに呼ばれて屋敷の中庭にやってきた。

そこにはジルオールだけでなく、ルノアとクロエもおり、従魔であるセツとベルもいた。

「今日はどうしたの？」

「アルクにはテイマーとしての修行をしてもらう」

尋ねると、ジルオールが腕を組みながら鷹揚《おうよう》に言った。

「アルクにはまだ早いんじゃない？」

「ちょっと早いかもだけど、アルクにはもうフクちゃんがいることだし、テイマーとしての修行は早ければ早いほどにいいわ」

クロエが心配げな声を上げ、ルノアがそれに対する意見を述べる。

三歳児から修行となるとかなりスパルタのように思えるが、前世でも三歳頃から習い事を始める子はいたし、この世界には危険な動物や魔物だっている。

自分の身を守ることを考えると、こういった修行は早い方がいいだろう。

「というわけで、今日から定期的にテイマーとしての修行を始めるが問題ないな？」

「わかった！　お願いするよ！」

「ワンワン！」

僕だけじゃなく、フクも覚悟ができているらしく勇ましく吠えた。

「では、早速修行に入る前に戦闘スタイルの確立だ。アルクは従魔とどのように戦いたい？」

「どのように戦うって？」

「この間のようにビッグエイプが襲ってきた時、アルクはどのようにする？　フクだけを戦わせて自分は後ろにいるだけなのか？」

「それは嫌だ」

前回はビッグエイプの襲撃やフクの登場と色々なアクシデントが重なってしまい、何もすることができなかったが、もし今後同じようなことがあるとすれば、前回のようなことは避けたい。

従魔だけに危険な役割を押し付けて、自分は後ろで隠れるなんてことは僕にはできない。

「だったらお前はどうする？」

フクと一緒に戦う？

いや、三歳児の僕が強靭《きょうじん》な肉体をした魔物を相手に戦うなんて不可能だ。

僕が前に出れば、間違いなくフクの足手纏いになるだろう。

「僕は後方でフクの戦いを支援する魔法使いになるよ」

「なぜその選択をした？」

「子供の僕が剣を持って戦ったところでフクの邪魔にしかならないから。だったら初めから僕は後ろにいて、フクがもっとも動きやすいように魔法で援護すればいいと思った」

生半可な武器を手にして前に出れば、かえってフクの邪魔になる。

いずれは僕も一緒に前で戦えるくらいの実力になりたいが、今は絶対に無理だ。

「それでこそコントラクト家の人間だ。従魔に戦闘を任せるだけのテイマーなど三流もいいところだ。コントラクト家の者であれば、従魔と共に戦って力を倍増しなくてはな」

「アルクは魔法も得意だし、その方向性で間違いないと思うわ」

ジルオールがしきりに頷き、ルノアが賛成するようにパチパチと手を叩く。

一流のテイマーである二人から見ても、僕の選択は悪いものではなかったらしい。

「ちなみに父さんはどういう風に戦うの？」

「俺は魔法剣士スタイルだな。地上でも前衛として戦えるが、オルガの背中に乗って空から魔法を撃ち下ろす方が多いな」

フロストドラゴンであるオルガが空から氷のブレスを吐き、背中にいるジルオールがいくつもの魔法を放つ姿を想像した。

……なにそれ反則過ぎない？　うちのパパがチートなんだけど。

「母さんは？」

「私も主に魔法よ。従魔を強化する付与魔法をかけたり、障壁を展開して守ってあげたり、いざという時は回復もしてあげることができるわ」

「あれ？　回復魔法って、この国の聖女しか使うことができないんじゃ？」

軽く文献で調べた程度であるが、イスタニア帝国には付与魔法や回復魔法を扱うことのできる聖女がいる。それらの魔法を使える者はとても稀少で適性があるとわかったものは教会に招集され、生活を保障される代わりに、その才能を伸ばす訓練を受けるのだとか。

そんなごくわずかな人しか使えないはずの魔法をどうしてルノアが使えるのか。

「アルク、知らないの？　母さんってば元は聖女だったのよ！」

「え？　そうなの⁉」

「重要なところが抜けているわ。聖女見習いよ」

慌てて視線を向けると、ルノアが強調するように言って否定した。

「最終試験までいったんだから同じようなものじゃない！」

「実際の聖女様と最終試験で落ちるような見習いとでは天と地ほどの差があるのよ」

ルノアがどこか遠い眼差しをしながら言う。

楚々《そそ》とした見た目をしているが、過去にはルノアにもたくさんの苦労があったのだろう。

「でも、そこまでいっただけでもすごいよ！　さすがは母さん！」

「ありがとう、アルク」

付与魔法や回復魔法が使えるなんて従魔からすれば心強さしかない。

まさしく、ルノアにしかできない従魔の支援の仕方だろう。

「最後に姉さんは？」

「私は今のところ投擲《とうてき》武器と魔法かしら」

「今のところ？」

「……正直、自分でこれが合っているかまだわからないのよ。私はアルクみたいに魔法の才能があるわけじゃないし……」

勝気なクロエがそのような不安を吐露するとは珍しい。

どうやらクロエは今の戦闘スタイルが正しいのか疑問があるようだ。

アイスベアーであるベルは氷魔法を扱うことができ、単純な戦闘力もかなり高い様子。

体格もかなり大きく後方から魔法で支援するのも難しい。かといってベルと一緒に並び立って前に出るといのも相当な気概と実力が必要になるだろう。

「クロエはテイマーになって一年だ。まだ焦ることじゃない。身体が大きくなればできることの幅は増え、おのずと道は見えてくる」

「そうよ。クロエもまだ六歳なんだからそこまで深刻に悩むことはないわ。これからしっくりくるものを見つけましょう」

「……うん」

ジルオールが優しい声をかけ、ルノアが悩む娘をあやすように頭を撫でた。

「姉さんでもそんな風に悩むことがあるんだね」

「うるさい」

意外に思ったことを伝えると、クロエに睨まれてしまった。

まあ、僕だってそれが正しいか本当にわからないし、やってみてしっくりこなかったら別の方向で考えればいい。なにせまだ三歳児だ。まだまだこれから色々と試すことができる。

「さて、アルクの修行は俺がやろう」

ジルオールが僕の前にやってくると、ルノアとクロエがペアになって別の修行らしきものを開始する。

「同じ魔法支援だったら母さんが適任じゃないの？」

「俺と修行するのは嫌なのか？」

面倒くさい父親ムーブをしないでくれ。

「いや、単純な疑問だよ」

「今日やる基礎の技術は俺の方が得意だからな！」

にっこりとした笑みを浮かべながら言うと、ジルオールはどこか得意げな表情で言った。

「なにするの？」

「今から教える技術は『身体強化』なんだが……もしかして、これもできたりするのか？」

「なんとなく知ってはいるけど、やったことはないよ」

魔法教本でそういう魔力の使い方があるとは知っていたが、身体が未成熟ということもあって怖くて使用していなかったのだ。

「そうか、安心したぞ。身体強化は失敗すれば、己の肉体が損傷する恐れが高いからな」

……怖い！　本当に興味本位で試さなくてよかった。

「ちなみにアルクは身体強化がどのようなものか知っているか？」

「魔力で肉体を覆うことで、自身の身体能力を上げたりできるんだよね？」

「うむ。正確には肉体だけでなく、物質も強化することができて攻撃力を強化したり、物質としての強度を上げることも可能だ」

魔力量が多いものは天然の鎧を纏うことができ、応用すれば視力や聴覚を強化したりもできるらしい。

「身体強化が便利なのはわかるけど、どうしてこれが最初の修行なの？」

コントラクト家のテイマーとして強くなるのであれば、従魔の力を高める技や、テイマーにしか使えない技を獲得するのがもっとも強くなる近道なのではないだろうか？

「従魔と共に戦うのであれば、テイマーは最低限として身を守れるようにならなければいけない。どれだけテイマーとしての技を修めようが、主《あるじ》が真っ先に倒れては意味がないだろ？」

「あ、そっか」

だから、テイマーの訓練の第一歩として身体強化を学ぶんだ。

身体能力で大きく劣る人間でも、まだ未成熟な三歳児であっても、身体強化をすれば、それなりに逃げ回ることはできる。それができるだけでフクは安心できるだろう。

「わかった！　まずは身体強化を覚えるよ！　どうすればいいの？」

「俺がわかりやすく手本を見せよう。まずはそれを見てくれ」

深呼吸をするとジルオールの体内にある魔力が活性化し、両足へと収束されていく。

ジルオールは腰を低く落とすと、足にグッと力を入れてジャンプした。

「これが身体強化による脚力の強化だ！」

「おおー！　すごい！」

その跳躍の高さは六メートルを超えている。普通に人間が跳躍できる高さではない。

程なくしてジルオールは地面へと着地した。

高所からの着地だったが、足全体を魔力で強化しているためにまったく問題ないようだ。

「ただ魔力を流すんじゃなくて、魔力で強化したい部位を包み込むんだね」

「その通りだ。試しにやってみろ」

「わかった」

ジルオールに言われ、僕は体内にある魔力を活性化させる。

ただ漫然と魔力を流すのではなく、強化したい足部分を覆うように。

こういった魔力操作は犬神に言われて、赤ん坊の頃から練習してきたので得意だ。

僕の足が青い光に包まれる。温かく、それでいて力強い光だ。

しかし、こうやって魔力で足全体を覆うだけでいいのだろうか？

どうせなら跳躍で使う筋肉まで意識し、効率良く強化した方が良さそうだ。

僕は人体の筋肉を頭の中で思い出し、実際に使う部位を想像し魔力を浸透させながらジャンプした。

すると、視界がグーンと上がって僕の身体が浮遊感に包まれた。

「うわわわっ！　すごい！」

ジルオールが驚いた顔になり、フクがぽかんとした顔でこちらを見上げていた。

離れたところで訓練をしているルノアやクロエも驚いた顔でこちらを見ていた。

ほどなくして重力に引っ張られて僕は地面に着地する。

高所から落ちる瞬間が一番怖かったが魔力で足全体を強化しているために平気だった。

「父さん、できたよ！」

高さは四メートルくらいだっただろうか。

ジルオールを超えることはできなかったが、三歳児では到底跳躍できない高さだった。

これが身体強化による恩恵か。

「まさか、一発でできるとは思わなかったぞ」

「えへへ」

ジルオールがごつい大きな手で頭を撫でてくれる。

ルノアやリラのような柔らかい女性の手もいいが、ゴツゴツとした大きな指で撫でられるのも安心感があって悪くない。

「かなりの高さまで跳んでいたが、俺が言っていたこと以上のことをやったな？　そうでなければ、アルクの身体であそこまで跳ぶことは不可能だ」

さすがはジルオール。魔力の流れを見て、僕が工夫を凝らしたことに気付いているらしい。

「実際に使う筋肉を意識して魔力を浸透させてみたんだ。その方が魔力の無駄を減らして効果的になるかなーって」

「……それに関しては、まだまだ先の技術なんだがな。アルクの魔力操作技術は凄《すさ》まじいな」

「そう？」

魔力の流れを意識してみればわかる情報だと思うんだけど、普通の人にはそこまで見えていないのだろうか？　コントラクト家以外に魔力を扱える人に出会ったことがないのでわからないや。

「ワンワン！」

振り返ると、フクが可愛らしくお尻を突き出して伏せの状態になっていた。

退屈になって僕に構ってほしくなったのかと思ったが、次の瞬間フクの体内で魔力が活性化し、黄金色の光が両脚を包み込んだ。

「ワーン！」

遠吠えをしながら上空へとフクが跳躍。

その高さはジルオールや僕を遥かに超える高さであり、十メートル以上は軽く跳躍していた。

これにはジルオールもぽかんとした顔だ。きっと僕も同じような間抜けな顔をしているだろう。

程なくしてフクはシュタッと地面に着地した。

「ええ！　フクも身体強化ができるの⁉」

「ワン！」

「もしかして、僕らがやっているのを見て、フクも身体強化を覚えたの⁉　すごすぎるんだけど！」

その事実に興奮し、僕はフクをわしわしと撫でた。

うちの子は天才だ。

「フクは俺たちが思っている以上に高位の魔物なのかもしれんな」

しみじみとフクを見下ろしながら呟《つぶや》くジルオール。

「フクがどれだけすごい存在でもフクはフクだよ」

「それはそうなのだが、従魔が身体強化を使えるとなるとアルクはさらに精進しなければいけないな」

身体強化は主が従魔との差を詰めるための技術でもあるのに、従魔までもがその技術を扱えるとなると、僕とフクの力関係は永遠に縮まらないことになってしまう。

「……それについてはおいおい頑張るということで」

愛犬にして最愛の従魔が、一番の強敵になりそうだよ。

僕、フクの成長速度についていけるかな？

◆

テイマーとしての修行を開始して、僕はフクに追いつくために身体強化を行っていた。

フクと一緒に散歩に行くときはもちろん、屋敷内での日常動作でも常に魔力を纏わせて身体強化。

それと同時に限界まで魔力を消費して、魔力の増量訓練も平行して行っていた。

なかなかにきつい生活ではあるが、立派なテイマーになるための訓練だとわかっているので堪えることができていた。

フクは犬神の眷属なので僕なんかとは格が違うと分かっているが、フクの主である以上は努力を怠りたくない。

やっぱり、従魔とは肩を並べて歩きたい。

従魔に大きく見劣りする主なんて言われたら、僕はまだしもフクが可哀想《かわいそう》だからね。

だから、僕は慢心することなく訓練に取り組む。

以前のように孤独な状態であれば、心が折れていたかもしれないが、今の僕にはフクという相棒がいる。

疲れていても、フクが傍にいてもふもふさせてくれるだけで僕の疲れは吹き飛ぶ。

もふもふのためであれば、僕はどこまでも頑張ることができる。

そんな生活を一週間ほど送っていると、ある日フクに元気がないことに気付いた。

僕の部屋でぐでーっと横になっている。

「……フク？」

近寄って話しかけると一応は視線を向けてくれるが、耳をペタンと閉じており、どうにも元気がない。

「お腹が空《す》いたの？」

フクの大好物であるドッグフードを近づけてみるが食べる様子がない。

福袋に収納しておいた森苺を近づけてみるも、こちらも反応がなかった。

別にお腹が空いているわけではなさそうだ。

そもそも今朝の食事も普通に食べていたし、歩いたり走ったりしている姿にも異常はなかった。

「うーん、どうしたんだろ？」

寝転んでいるフクの頭や耳を優しく撫でてやる。

いつもこうやって撫でてやると、手をぺろぺろとしてきたり、ご機嫌そうに尻尾を振るんだけど今日は反応が薄い。まさにされるがままだった。

気になった僕はクロエを呼んでみることにした。

立ち上がって部屋を出ようとすると、フクがチラッと視線を向けてきたが、すぐに目を閉じた。

その反応が気になりつつも僕はクロエの部屋の扉をノックする。

「姉さん、ちょっと来て」

「なに？　私、これから勉強するところなんだけど」

「フクの様子が変だから見てほしいんだ」

「え？　フクが？」

やや面倒くさそうな素振りを見せていたクロエであるが、フクに関することだとわかるとすぐに応じてくれた。

クロエを連れて僕の部屋に戻ると変わらず、フクが元気のない様子で寝転んでいた。

「ただ眠いだけじゃないの？」

「いや、いつもはこの時間に昼寝はしないし、なんだか全体的に元気がないんだ」

「確かに私が入ってきたのに元気よく寄ってこないわね」

基本的に人懐っこい性格をしている。

僕の部屋にいる時に誰かが入ってくれれば、勢いよく走り出して構ってとばかりに密着しにいく。

しかし、クロエが入ってきてもフクは寄っていくことなく、ジーッと寝転んでいた。

眠いのであれば目を瞑《つむ》って寝ようとするはずだが、普通に目を開いている。

明らかに眠るつもりはない。

「……元気がないっていうよりかは、なんかふてくされて拗《す》ねているような感じなんだよね」

「それって最近アルクが構っていなかったせいじゃないの？」

「ええ？　僕が構っていないせい？」

「ここ最近、身体強化とか魔力操作に夢中であんまりフクに構ってあげてなかったじゃない」

「確かにフクと遊ぶ時間は減ったかもだけど、日課の散歩はちゃんとしているよ？」

「そうだけど、散歩している時もどこか上の空だったでしょ？　そういうの従魔にはわかっちゃうんだからね？　たまには散歩だけじゃなく思いっきり遊ばせてあげないと」

クロエの指摘する通りかもしれない。

ここ最近は自身の訓練ばかりでフクと遊ぶ時間は減っていたし、散歩の時も訓練が優先的になっていた気がする。

フクからすれば、散歩の時間が僕と思いっきり二人で遊び、コミュニケーションを取れる大事な時間だ。そんなときに他のことに夢中で上の空の奴がいれば、一緒に過ごしていて楽しいわけがない。

確かにフクの主として立派になることは大事だが、だからといって大事な従魔をないがしろにしていいわけがない。

「ごめん、フク！　今日は訓練を休みにするから外で思いっきり遊ぼう！」

素直に謝ると、フクの耳がピンと動き、曇っていた瞳に光が宿った。

「ワン！」

フクはスッと立ち上がると元気良く吠えた。

あ、やっぱりクロエの言う通り、僕と思いっきり遊べなかったから不貞寝《ふてね》していたんだ。

そんなところもかわいいじゃないか。

「それじゃ、私は部屋に戻るから」

「姉さん、ありがとう！」

「いいのよ。私もたまにやっちゃうことだし」

「……え？　姉さんも僕と遊んでもらえないのが寂しくて不貞寝するの？」

「違うわよ！　ベルのことよ！　あの子も定期的に川で水浴びさせないとしょげるのよ。今の季節はいいけど、真冬なんかは川も凍っているし寒いから大変なの」

テイマーとしての意味ってことか。ビックリしちゃったよ。

クロエもなんだかんだと真面目《まじめ》だからつい自己研鑽《けんさん》に夢中になるところがあるからね。

そっちはそっちで仲良く付き合っていくのが難しそうだ。

「それじゃあ、フク！　僕たちはお出かけしようか！」

「ワン！」

クロエが部屋から出ていくと、僕とフクは気分転換のために外に遊びに行くことにした。

外に出ると、僕とフクは屋敷のすぐ傍にある平原へと移動。

平原にやってくるなりフクが嬉しそうな声を上げて走り出した。

「ワンワン！」

やはり、いつものお散歩コースを歩くのと、屋敷の中を自由に歩き回るのとは解放感が違うようだ。

平原を走り回るフクの表情は実にイキイキとしている。

そんな姿を眺めていると、フクが立ち止まってチラッとこちらを見る。

それからタタタッと前を走り、またもや立ち止まってチラッとこちらを見た。

明らかに遊びへと誘《いざな》うような動きをしている。

「よーし！　なら追いかけっこだ！」

僕が走り出すと、フクが嬉しそうに舌を出して走り出す。

そんなフクに追いつこうと僕は必死に手足を振って前に進むが、距離がまったく縮まることはなかった。柴犬は犬の中でもトップクラスの速度を誇っているわけではないが、それでも十分に速い。

大人の成人男性ならばともかく、三歳児の走る速度では敵《かな》うはずもない。

僕がゼーハーと息を切らせるもフクは前を走りながらもチラチラとこちらの様子を窺《うかが》うような余裕があった。

素の身体能力で敵わないのであれば、魔力で身体能力を引き上げるまでだ。

僕は足に魔力を纏わせ、身体強化を発動させた。

すると、瞬く間に僕の走行速度は上がり、フクを追い抜いた。

「どうだ！　追い抜いてやったぞ！」

目を丸くしているフクがとても可愛い。

それにしても身体強化はすごいな。

一歩踏み出すごとにグンと身体が前に進んでいく。

走る速度が三歳児のものじゃない。既に一般的な人間が引き出せる速度を超えている。

この一週間、魔力操作や身体強化を練習した甲斐《かい》があったというものだ。

自身の努力の結果に感動していると、僕の視界を黄金色の光が通り過ぎた。

光の軌跡を追いかけると、フクが身体強化を発動して前を疾走していた。

「ちょっとフクが身体強化を使うのはズルいって！」

ただでさえ速いフクに身体強化をされてしまっては追いつけるはずもない。

というか、身体強化を維持しながら全力で走るのって本当に難しい。

全力で走りながら頭の中で複雑な数式を解いているような気分だ。

しんど過ぎてもうやめたい。

だけど、前を走っているフクは実に楽しそうな表情をしており、もっと一緒に走ろうとばかりにこちらを誘ってくる。

「くっそー！　絶対に追いついてやる！」

こんなに楽しそうにしているフクを見れば、やめるなんて選択肢はない。

僕はやけくそ気味に叫びながら前を走るフクを追いかけ続けることにした。

◆

全力での追いかけっこをすること五分。

僕の体力はすっかりと無くなり、平原に埋もれるようにして倒れていた。

「くううん」

「……ごめん。フク、休ませて」

突っ伏している僕の頬をぺろぺろと舐め、もっと追いかけっこをしろとばかりにタシタシと叩いてくる。

いつもよりかなり強引だ。さっきの追いかけっこが余程楽しかったらしい。

ごめんね。やってあげたいのは山々だけど、体力が限界で身体が動かないんだ。

あと魔力による無理矢理の強化のせいで全身が鉛のように重い。

……これ、明日になって酷い筋肉痛になったりしないよね？

そんなことを考えながら身体を休めていると、さすがにフクも僕が動けない状況であることを理解したらしい。

僕の真正面へと寝転がると、真っ黒な瞳でジーッとこちらを見つめてくる。

とりあえず、今は待ってあげるけど、休憩が終わったらすぐに追いかけっこと言わんばかりのプレッシャーだ。

まずいな。休憩が終わると、また身体強化による追いかけっこをやらされるかもしれない。

もう一度やろうものなら僕のか弱い足の筋肉が断裂する恐れがある。

早急に僕が動かずにフクが満足できる遊びを考えなければいけない。

福袋に何か面白い玩具でもなかっただろうか。

なんて思考を巡らせていると、まだ今日の分の福袋を引いていないことに気付いた。

「そういえば、まだ今日の福袋を引いてないや」

一日一回の贈り物である福袋。油断すると、つい忘れそうになるから困る。

この一週間に引いたものはドッグフード、お皿、犬用ベッドマットレス、犬用バックパック、犬用ソファーといったものだった。

ここまでくると、さすがに福袋による贈り物がフクに関する用品だということがわかる。

まあ、元々福袋は僕への贈り物というより、犬神からフクへの贈り物って感じだったし、こっちの世界でもフクが上手く生きていけるためのサポートなのだろう。

さて、今日は何が出てくるのか。

福袋をごそごそと漁《あさ》っていると、平べったい青い布だった。

「……これはフリスビー？」

しかも、日本フリスビードッグ協会が正式で使っている布製のフリスビーじゃないか。

フリスビーなら僕は動く必要はない。

遠くに投げて、フクがキャッチするだけだ。これならまったく動くことのできない僕でもフクの遊びに付き合うことができる。

「フク、フリスビー遊びをしよう！」

フリスビーを手にした僕は小鹿のように震える足をなんとか奮い立たせて立ち上がり、フクに提案した。

「わふ？」

「今からこれを遠くに投げるからフクが走ってキャッチするんだ。わかった？」

「ワン！」

怪訝な顔をしていたフクだが、スッと立ち上がると尻尾を激しく振った。

「それじゃ、いくよー！」

声を上げながら僕はフリスビーを飛ばした。それと同時にフクが駆け出した。

水平から浮き上がるようにしてグングンと飛んでいくフリスビー。

フクは素早く足を動かし正確に落下地点へと入ると、跳躍して落下するフリスビーを口でキャッチした。

「ワン！」

フクは着地すると、フリスビーを咥えてブンブンと体を振る。

遊びに興奮し、嬉しい時にする仕草だ。

興奮してフリスビーを何度も落としながら口で拾い上げる、フクはこちらに戻ってくる。

やばい。フリスビーを咥えて、嬉しそうにしている姿がかわい過ぎる。

もし、カメラがあったのであれば、今すぐにでも写真に収めてやりたいくらいだった。

「空中でキャッチするなんてすごいじゃないか！」

どこか誇らしげ様子のフクの頭をワシワシと撫でてやる。

ひとしきり頭を撫でると、フクがもう一度とばかりにフリスビーを渡してきた。

どうやらフリスビー遊びが気に入ったらしい。

「じゃあ、もう一回行くよ？」

フクから猛烈な視線を感じつつも、僕はフリスビーを投げた。同時にフクも駆け出す。

フリスビーは途中まで真っ直ぐに飛んでいったが風と回転による影響か左へと曲がっていく。

さすがにフクもこれをキャッチするのは無理か。などと思っていると、フクもその軌道に素早く反応してみせた。

落下地点を修正するように動いて、地面に落ちるより前にフリスビーをキャッチしてみせた。

先ほどのように空中でキャッチはできなかったものの地面に落とさなかったのがすごい。

フクはフリスビーを咥えると、再びこちらに戻ってきた。

よかった。この遊びながら僕の身体が悲鳴を上げることはないな。

フリスビーを投げ続けるだけなのに非常に楽だな。

「ワン！」

そう思ってフリスビーを投げ続けること二時間が経過した。

フクがまたしてもフリスビーを咥えて戻ってくる。

「………あの、フクさん、そろそろ終わりにしない？」

「ワン！」

思いっきり遊ぶことに飢えていたフクの衝動はとても強く、フリスビー遊びが終える頃には僕の腕はパンパンになっていたのだった。

感覚共有

I want to enjoy slow living with mofumofu

「いたたたっ！」

「わふ？」

いつもであれば、もふもふによる快適な目覚めによってスッキリということが多いのだが、今日は激痛によって嫌な目覚め方をした。

理由は筋肉痛である。

昨日は身体強化を使ってフクと思いっきり追いかけっこをした。

やはり、幼いこの肉体で身体強化による全力ダッシュは負荷が強いらしく、かなり重度の筋肉痛となっていた。それだけならまだいいんだけど、その後に腕がパンパンになるまでフリスビーをしたからね。もはや、全身のほとんどが筋肉痛といっても過言ではない。おかげで上体を持ち上げるのにもかなり苦労する始末だ。

「フク、今日は筋肉痛みたい」

「わふ？」

筋肉痛であることを告げると、フクが僕の身体を心配するようにペタペタと足で触ってくる。

だけど、それは的確に筋肉痛である太腿《ふともも》を刺激していた。

めちゃくちゃ痛い。だけど、フクは僕を労《いた》わってくれているだけで悪気はないのだ。

それがわかっているので僕はフクを抱き上げて、ベッドから部屋の床へと下ろしてあげた。

いつもの二倍以上の時間をかけて身支度を整えると、ダイニングで家族と共に朝食を済ませる。

「アルク、どこか身体の調子が悪いのか？」

食事が終わると、ジルオールが心配そうに尋ねてくる。

「実は全身が筋肉痛で……」

「なるほど、それで動きがぎこちないのか」

昨日、フクと遊んだ時に身体強化を使って思いっきり追いかけっこをしたことを話すと、ジルオールは苦笑した。

できるだけそう見せないようにしていたがバレバレだったらしい。

「アルク、少し身体を診てもいいかしら？」

「うん」

ソファーへと移動すると、ルノアが僕の前にやってきて触診を始めた。

「『我は願う　傷つきし者に　癒しの光を　ヒール』」

ルノアが涼やかな声で詠唱すると、翡翠色の光が僕の身体を包み込んだ。

「これは？」

「回復魔法よ」

おお、これが回復魔法か。実際にかけてもらうのは初めてだった。

身体の調子を確かめるために僕は勢いよく立ち上がる――すると、普通に痛かった。

「え？　痛いんだけど……？」

「あくまで負担が強く出ていた筋肉を癒してあげただけよ。筋肉痛は損傷した筋肉がより強くなるためのものだから回復魔法で癒したら意味がないの」

クスリと笑いながら説明してくれるルノア。

「そうなんだ。あっ、でもさっきより身体が動かしやすいや」

「ならよかったわ」

主な筋肉痛は残っているが、不要な筋肉の強張《こわば》りなどは減っている。

きっとルノアが調整して癒してくれたのであろう。

「こんなにすごい魔法が使えるのに母さんは聖女になれなかったの？」

「聖女になるには、より高度な回復魔法の習得と、他の上級魔法の習得が求められるのよ」

ルノアは大きな傷こそ癒せるものの、欠損してしまった手足などを癒せるほどの力もなく、他の上級魔法を習得することはできなかったようだ。

僕からすれば、傷を瞬時に治せるだけですごいと思うのだが、どうやら聖女になるにはそれ以上を求められるらしい。というか、欠損した部位を癒せるってどんだけすごいんだ。

こちらの世界は前世と比べると基本的に文明が劣っていると犬神より聞いていたが、一部の魔法技術に関しては前世を遥かに凌駕《りょうが》しているな。

「あれから一週間が経過したことだし、今日は身体強化の訓練をしようと考えていたんだが、その様子だと無理そうだな」

「無理無理！　死んじゃう！」

こんな状態で身体強化の訓練なんてやったら身体がバラバラになっちゃう。

「今、激しく身体を動かすのは避けた方がいいわね」

「ふむ、だったら今日は別の訓練にするか」

あ、訓練をすることに変わりはないんだな。その辺りはコントラクト家も厳しいと思う。

気を取り直して中庭へと移動すると、ジルオールが腕を組みながら告げた。

「今日はコントラクト家の秘術である『感覚共有』を教えよう！」

「「感覚共有？」」

僕とクロエは揃って首を傾げる。

どうやら彼女も知らない技術のようだ。

「コントラクト家の契約魔法は主と従魔が魔力による繋がりを結ぶ。感覚共有はその魔力による繋がりを利用し、従魔の感覚器官を共有する技術のことだ」

「つまり、フクが見ている景色を僕が見ることができるの⁉」

「それだけじゃなく、他の聴覚、嗅覚、味覚、触覚といった感覚も共有することができるわ」

「それってすごいじゃない！」

想像以上なコントラクト家の秘術に僕とクロエは興奮した。

この技術が使えるのはテイマーの中でも契約魔法を扱えるコントラクト家だけらしい。

つまり、一般的なテイマーにはできない技術であり、他のテイマーと一線を画すと言われる所以《ゆえん》の一つのようだ。

「それでは、従魔との魔力の繋がりを意識し、従魔の見ている視界を見るようにイメージしてみろ」

契約魔法による繋がりを利用しているだけなので、特に呪文などの詠唱は必要ないらしい。

ジルオールに言われて、僕はフクとの繋がりを意識する。

フクが動画カメラで僕が再生機のようなイメージでパスを通じて情報を受け取る。

すると、僕の脳内にフクの視界が流れ込んできた。

「できたっぽいけど、なんか見づらいや……」

自分の視界とフクの視界が同時に展開されている。

互いの視点が違う上に見ているものが違うので非常に見づらい。

別のチャンネルを同時展開して重ねられているかのようだ。

「アルクはもうできたのか？　中々イメージが難しくて習得に時間がかかるんだがな」

すぐにできる技術ではないらしくジルオールが驚いていた。

「姉さんはできた？」

「……全然できない。逆にどうやればできるの？」

自分を受信機のように思えばいいんだよとアドバイスしそうになったが、そもそもクロエには受信機がどのようなものかわからない。

僕の場合は前世で便利な道具に触れていたために、他人と視覚を共有するという突飛なものでもイメージがしやすかったのかもしれない。

「うーん、ごめん。どう言えばいいかわからないかも」

別の言い方を考えても前世の道具がどうしても出てきてしまうので、僕は曖昧に笑って誤魔化すことにした。それらのイメージが無くてもジルオールやルノアはできているんだ。きっと二人に教えてもらえばクロエもできるようになるはず。

クロエのことは横に置いておくとして、僕は自身の視界を意識する。

二つの視界を安定させようとするが、上手く纏まらない。

「視界が気持ち悪くて酔いそう」

「最初は自分の目を閉じるのがやりやすいわ」

ルノアに言われて目を閉じてみると、フクの視界だけが鮮明に見えるようになった。

「あ、これなら大分見やすいや」

視界が大分低い。僕、クロエ、ルノア、ジルオールが大きく見えた。

これがフクの見ている光景なんだ。面白い。

まるで、ヘッドマウントカメラをつけているかのようだった。

「フク、ゆっくりと歩き回ってみて」

ちょこんと座って大人しくしていたフクが僕の指示を聞いて、中庭を歩き回ってくれる。

視点が低いからか想像以上に速く感じる。

普段から目に入っている景色でも視点が違うと、こんなにも新鮮なんだ。

「視覚共有ができると偵察とか便利そうだね」

「俺たちでは手に入れることのできない情報を拾うことができるからな。特に視覚共有は便利だ」

ジルオールによると、建物に潜入する時は鼠《ねずみ》などの小さな動物と仮契約をし、視覚共有をして内部の構造を把握するのに使ったりするそうだ。他にも鳥と仮契約をし、上空から地形を把握するのにも使えるという。前者については僕に使う時がくるかはわからないが、後者についてはとても便利そうだ。

もし、迷子になったりしても、上空から地形を把握することができれば、現在地の把握や帰るべき方向くらいはわかるだろうからね。

「せっかくだからフクちゃんに屋敷の中を歩かせてみるといいんじゃないか？」

「確かに！　フク、屋敷の中をぐるっと散歩して戻っておいで！」

「ワン！」

ルノアの名案に乗って指示を出すと、フクが屋敷へと入っていった。

◆

感覚共有により、視界を共有したフクがカーペットの敷かれた屋敷の廊下を歩いていく。

順調に廊下を進んでいたフクの視界が急に横にブレた。

何事かと思っていると、フクの視線の先には厨房があった。

今は視覚しか共有できていないのでわからないが、さぞかしそこからはいい香りがするのだろう。

引き寄せられるようにしてフクが厨房の出入り口に向かうと、ちょこんと座る。

僕がいない時でも勝手に厨房に入らないようにしているらしい。それは偉い。

厨房の作業台には仕込みをしているリラがおり、フクの存在に気付くと笑みを浮かべて近づいてきた。

何事かを喋《しゃべ》っているが、視覚しか共有していないために言葉までは聞こえない。

口パク状態だ。どうせならリラが何を話しかけているか聞いてみたい。

僕は魔力パスをコード、自身の耳をイヤフォンとするようなイメージで音を拾ってみる。

『フク、またおやつを貰いにやってきたのか？』

「わっ⁉」

なんてことのないリラの言葉であるが、僕にとってはかなりの大音量だったために咄嗟に音を切断する。

「どうした、アルク？」

「声を聴いてみたいなと思って聴覚を共有してみたら、すごく声が大きくて……」

突然声を上げてしまった事情を説明すると、ジルオールは「もう聴覚共有もできるのか……」と心底驚いている様子だった。

「聴覚がいい従魔だと、私たちが想像する以上の音が響いてしまうのよ。そういう時は魔力を絞るようにして聴いてみるといいわ」

「わかった」

ルノアのアドバイスを意識して、魔力を絞るようにして聴覚共有を試してみる。

『フクの大好きなジャーキーだぜ』

すると、リラの声が適切な音量で聞こえるようになった。

逆に魔力を緩めると、リラの声や周囲の物音を大きく拾えるようになった。

うん、イヤフォンを操作し、自分の聞きやすい音量で音楽を再生する時のようなイメージと一緒だ。

「フクは今何をしているんだ？」

「厨房でリラからジャーキーを貰ってる」

フクの様子を伝えると、ジルオールが陽気な笑い声を上げた。

リラが手に持っているのはジャーキーでフクの視界にはそれしか映っていなかった。

大好物が目の前にあると犬ってこんなにも視界が狭くなるのか。

リラがフクを撫でている。

……普段は鋭い目つきをしており、粗雑な言葉遣いが目立つリラであるが、こんなに穏やかな表情ができるんだ。

前回、お邪魔した時は意識していない様子だったけど、意外とフクのことが気に入っていたらしい。

これもフクと視界を共有できているからこそ知ることのできた情報だな。

フクはジャーキーを食べ終わると、僕の指示を思い出したかのようにフッと厨房を離れていく。

視界の端では少し残念そうにしているリラが見えたが、しょうがないとばかりに立ち上がって仕込みに戻る姿が見えた。

厨房を離れると、フクは僕の指示を遂行せんとばかりに屋敷の中をグングンと進んでいく。

その途中に屋敷の清掃をしてくれているメイドや執事が視界に入り、その度にフクが声をかけられていた。

最初は珍妙な生き物として敬遠されていたフクだが、いつの間にか使用人たちと仲良くなっているようだ。

こうやって遠隔でフクの視界を眺めていてふと思う。

こちらから声を飛ばして指示を出すことはできないのだろうか？

「ねえ、父さん。僕の声をフクに飛ばすことはできないの？」

「できるぞ。魔力パスを通じて、声を届けるようなイメージでやるといい」

「いきなり声を届けると驚いちゃうから小さめの声でね？」

……やっぱりできるんだ。

二人のアドバイスを参考に、今度はフクの耳を受信機のようにイメージして声を送ってみる。

「フク、そこの廊下を右に曲がって」

「ワフ⁉」

僕が中庭から声を飛ばした瞬間、フクが耳をピーンと立てている雰囲気が伝わってくる。

視界が右に左に、上下へと回る。

恐らく、首を振って周囲に僕がいないかを確かめているのだろう。

僕とフクは永続契約を交わし、魔力でパスが繋がっているので互いにどの辺りにいるのかを知覚することができる。だからこそ、中庭にいるはずの僕の声が直接耳に響いてきたことに混乱したに違いない。なんとなく悪戯《いたずら》が成功したようで僕は笑う。

「フク、これは僕が声を飛ばしているんだよ」

優しく諭すように言ってみると、フクは落ち着いたようだ。

そういうものなんだと受け入れ、廊下を右に曲がって進んでいく。

感覚共有って本当に面白いな。離れていても従魔の感覚を共有し合うことができるなんて。

でも、これって視覚がない従魔に試したらどうなるんだろう？

「ねえ、父さん」

「なんだ？」

「たとえば、スライムみたいに視覚を有していない従魔と感覚共有を試したらどうなるの？」

「できはするが、効果は何もないな。スライムには目が無いから視覚は存在しない。よって発動させても何も見えないということになる」

「じゃあ、聴覚は？」

「スライムは体内にある振動器官で情報を読み取ることができると言われている。振動によって音を拾うことはできるので声を聞くことはできる」

「へえ、そうなんだ」

その辺りの動物や魔物によっての感覚共有の変化は、それぞれの個体の性質によって変わりそうだな。これ以上の細かい原理は生物学的なことになるだろう。

とりあえず、すべての生き物に感覚共有が使えるわけではないというのがわかれば十分だ。

「他の感覚共有も試してみたらどうだ？」

「そうする」

ジルオールに言われて、僕は残っている嗅覚、味覚、触覚の感覚共有を試してみる。

「……うーん、嗅覚、味覚は難しいな」

触覚に関しては不完全ではあるができたが、嗅覚と味覚については共有することが難しかった。

これらに関しては前世のイメージがあまり適応できなかったかもしれない。

ちょっと落ち込んでいるとジルオールが僕の頭に優しく手を置いてくれた。

「本来、感覚共有は長い修練を重ねて習得するものだ。短時間で三つも習得できただけですごいことなんだ。そこは誇っていい」

「ありがとう、父さん」

映像や音を共有することは慣れていたが、嗅覚、味覚に関しては共有するコンテンツなどもなかったからね。その辺りに関しては何かしらのわかりやすいイメージがあれば、いずれは習得できるようになるかもしれないな。

さて、そろそろフクに戻ってきてもらって一旦休憩しようと思っていると、フクの視界にアレッタとソフィーが現れた。

「あっ！　ソフィー先輩！　フクちゃんがいますよ！」

「あら、本当だわ。今日もかわいいわね」

二人はフクを見かけるなりしゃがみ込んで身体を撫で回してきた。

そんな光景を眺めていると同時に僕の全身になんともいえない感覚が襲った。

「わひゃっ⁉」

思わず間抜けな悲鳴が漏れてしまう。

なにこの全身を撫でられているかのような感覚は？

僕が混乱している間にも頭、背中といった部分が次々と撫でられる。

そうだ。今の僕はフクと触覚を共有しているんだ。

だから、アレッタとソフィーがフクの体を撫でている感覚がダイレクトに僕へと伝わるんだ。

……こ、これは危険だ。

急いで触覚の共有を切ろうとするが、妙な心地よさが身体を駆け巡って解除することができない。

おそらく、これはフクが撫でてもらっている感触だろう。確かにこんなに気持ちよかったら撫でてほしがる気持ちがわかる。これは永遠に浸っていたい感覚だ。

などと分析していると、不意に持ち上げられ、視界がグンと上がった。

それと同時に後頭部の辺りに妙に重みがあって柔らかい感触があった。

「うふふ、フクちゃんってば本当にかわいいわね。こうやってずっと抱いていたいわ」

「ああ、ソフィー先輩ずるいです！　次は私に抱っこさせてください！」

どうやらフクはソフィーに抱かれているらしい。

メイドの中でもソフィーは特に胸元が豊かだ。

となると、この後頭部に伝わってくる感触は彼女の胸というわけで——それがわかった瞬間、僕は急いで感覚共有を切断した。

共有していた視界、聴覚、触覚の感覚がなくなり、目を開けるといつもの屋敷の中庭の光景と怪訝な表情をするジルオールがいた。

「突然、変な声を上げてどうしたんだ？」

「い、いや、なんでもないよ」

「そうか？　疲れたのであれば、すぐに休むんだぞ。感覚共有は神経を使うからな」

「……うん」

触覚共有でメイドたちに身体をまさぐられる体験をしましたなどと素直に言えるはずもない。

ジルオールの問いに僕は曖昧に笑って答え、屋敷の中では迂闊に触覚共有をしないでおこうと心に誓うのであった。

アジリティをやろう

I want to enjoy slow living with mofumofu

「フク！　アジリティをやろう！」

「わふ？」

犬と一緒に生活をしていれば、やってみたいこと。

それはアジリティである。犬と人が一緒に走りながら設置された障害物をクリアし、タイムを競い合うというドッグスポーツの一つである。

人はハンドラーと呼ばれ、犬に指示を与えながら並走。犬は瞬時にその指示を理解して、正しいコースを進む。飼い主と体を動かすことのできるアジリティは、飼い主との信頼関係を強固にし、犬にとっても楽しさや喜びが大きい。

つらつらと説明をしたが、要するに僕がフクとやってみたいだけである。それ以外の細かい理由は特にない。

そんなわけで僕はアジリティができる場所を探して、フクと共に中庭へとやってきた。

相変わらずうちの屋敷の中庭は広い。具体的に表現すると、日本の小学校の運動場くらいの広さがある。

中庭は土エリア、芝エリアと分かれている。

芝であれば、フクの足腰への負担も少なく、怪我もしにくい。

アジリティをやるのであれば、芝エリア一択だな。

中庭自体が広いので芝エリアをアジリティで独占したとしても怒られることはないだろう。

「あとは障害物だね」

アジリティには主に二つの競技がある。

すべての障害物を使用するアジリティ、登り系障害物を使用しないジャンピングがあるが、今回はわかりやすく普通のアジリティでやろう。

もちろん、うちの中庭にはアジリティ用の障害物なんてものは設置されていない。無いものは作るしかないだろう。障害物のひとつひとつを自作するのはかなり大変であるが、この世界には魔法という便利なものがある。

「『我は願う　集え、固まれ、形を為せ　クリエイトストーン』」

土魔法を発動させると、障害物のハードルを作り出す。

「わふ？」

フクが不思議そうにハードルへ顔を寄せて匂いを嗅いでいた。

前脚で棒を突くと、ハードルが落ちてしまってビクリと身を震わせる。

そんなフクの仕草を微笑ましく思いながら僕はハードルの位置を元に戻してあげた。

未熟な土魔法で作った障害物であるが、ちょっとやそっと当たっただけで倒れるほどに稚拙ではなくて安心した。

ハードルの作成が上手くいったので同じ調子でダブルハードル、タイヤ、レンガ、ロングジャンプ、Aフレーム、シーソー、ドッグウォーク、スラローム、パイプトンネルと十種類の障害物を作り出すことに成功した。
「うん！　アジリティの完成だ！」

中庭の芝エリアを見渡すと、十種類の障害物が設置されていた。

こうやって障害物が並ぶと、随分とアジリティらしさが増したじゃないか。

初めて作ったにしては随分といいクオリティなんじゃないだろうか？

「アルク、勝手に中庭をいじくって何してるの？」

出来栄えを自画自賛していると、屋敷の方からクロエとベルがやってきた。

どうやら部屋から僕の様子が見えたらしく、気になってやってきたようだ。

「アジリティだよ」

「……あじりてぃ？」

「従魔とテイマーによる障害物走みたいなもの」

そう説明すると、クロエにも何となく理解できたのか設置した障害物を見て感嘆の声を漏らした。

「へー、面白そうね！　ちょっとどうやるのか見せて」

「いいよ。完成したばかりだから練習からになるけど」

「構わないわ」

クロエとベルが障害物から少し離れた芝エリアに腰を下ろした。

「ワンワン！」

クロエとの会話が終わると、フクが早く走ろうとばかりに吠える。

「うん、早速走ってみようか！」

「ワン！」

最初は障害物を見て、怪訝な顔をしていたフクであるが、僕がどのような目的で作ったのか理解できたようだ。今は障害物に向かって走りたくてたまらない様子。

「フク、付いてきて！」

僕がゆっくりと走り出すと、フクもそれに合わせて走ってくれる。

最初に道を阻むのは二本のハードルだ。

「フク、ジャンプ！」

最初の一本目へと誘導すると、フクは華麗にジャンプ。

続いて二本目のハードルが立ちふさがるが、それも見事に飛び越えることでハードルをクリア。

だけど、次のシーソーはどうかな？

「わふ？」

見たことのない障害物にフクが戸惑いの声を漏らして足を止めた。

「足場が変化するから気を付けて進んでみて」

僕が手で誘導しながら言うと、フクはおずおずとシーソー台に足を乗せて前に進んでいく。

フクが前に向かったことでシーソー台が動いた。

「そのまま前に進んで！」

フクはシーソーの軌道の変化に驚きながらも指示通りに足を前に動かすことでクリアした。

フクの体重がかからなくなったことでシーソーが元の位置に戻るようにして跳ね上がる。

チラリと確認しながら走るフクの心の声は「わー、ビックリした」というようなものだろうか。

なんとなく心の声が伝わってくるようで面白い反応だ。

シーソーを越えると、次は曲線のパイプトンネル。

「入って入って！」

指示すると、フクは喜んでパイプの中に入っていき、スムーズに出口から出た。

アジリティに慣れていない多くの犬は興奮して、トンネルを潜《くぐ》らずに走り行ってしまうがフクはとても賢くて冷静だ。

パイプトンネルを越えると、直線のドッグウォークだ。

細い平均台のようなものにフクは難なくと飛び乗って、ちょこちょこと足を動かして前に進んだ。

人間であれば、足を踏み外して転んでしまいそうになる細さでもフクにとっては楽勝らしい。

直線のドッグウォークを越えると、ハードルが設置されているのでフクはそれを飛び越え、Uターンすると、次はタイヤだ。

タイヤはこちらに無いので土魔法で生成した円形の穴の開いた円盤をぶら下げている。

「真ん中を潜って！」

こちらも指示をすると、フクは中心点に向かってダッシュし、見事に穴の中に体を滑り込ませ飛び越えてくれた。

タイヤを越えると、今度は十四本のポールが等間隔で並んでいるスラローム。

こちらに関してはどう進んでいいのかわからないのかフクが立ち止まる。

僕はフクの前に移動して、手でジグザグに進むように指示をする。

すると、フクが手を追いかけながらポールをジグザグに避けて進んでくれる。

「その調子でジグザグに早く！」

「ワン！」

「そうそう！」

半ばまで進むと、この障害物の進み方を完全に理解したようで僕の先導が無くてもフクはジグザグにスラロームを進んでくれた。

まだ一回目なので動画で見ていた競技シーンのような鮮やかな身のこなしとはいえないが、何度もこなす内に近づいていくに違いない。

スラロームが終わると、ダブルハードルを二つほど飛び越えて、Ａフレームを乗り越えていく。

最後にレンガ、ハードルを乗り越えるとゴール地点にたどり着いた。

「おめでとう！　アジリティ、クリアだよ！」

僕が駆け寄って抱きしめると、フクが振り返って突進してくる。

これはフクの楽しかったり、嬉しかったりする時の仕草だ。

股の方にぐいぐいと食い込んでくるフクに苦笑しながら、僕は背中やお尻の方をポンポンと撫でてあげた。

「へー、こんな感じで進むのね！　私もベルとやってみたいわ！」

僕たちのアジリティを見て、クロエが興奮した声を上げる。

是非やってくださいと言いたいところだけど、フクとベルでは明らかに体の大きさや重さが違う。

ドッグウォークやパイプトンネルは間違いなく通れないだろうし、スラロームなんてポールを潰して突き進むことになりそうだ。

「じゃあ、ベルに合わせた障害物を作ろう？　姉さんも土魔法は使えるよね？」

「使えるけど、ここまで精緻な障害物を作る自信はないわ」

「最後の調整はやってあげるからできるところはやってみて」

「……わかった」

ベルは体が大きいのでそれに合わせて障害物も大きくなる。

僕がフクのために用意した障害物のように精緻な造りをする必要はないだろう。

基本的な障害物は同じにして少し離れたエリアにベルのための障害物を作ることにした。

「フクは遊んでいていいよ」

「ワン！」

フクが飛ぶような勢いで走り出し、アジリティをこなし出す。

さっき一緒にやってみたアジリティがよっぽど楽しかったようだ。

フクが遊んでいるのを横目に僕とクロエは障害物作りだ。

クロエが障害物を作っていき、僕が形を整えたり、重さなどを調整してあげる。

僕が全部作ってあげる方が圧倒的に早いけど、クロエの今後のことを思えばいい訓練になるからね。

「こんなものかしら？」

「うん、これならベルが使っても安全だと思う」

正直、アイスベアーであるベルにどれだけの身体能力があるかは不明だが、ちょっとやそっとのことでは壊れないように硬度を上げたつもりだ。

「ベル、一緒にやってみましょう！」

「ガウウッ！」

珍しくやる気になっているベルを連れて、クロエが走り出す。

障害物の乗り越え方や、どのようにコースを走るかについては僕とフクがお手本を見せているので問題ないだろう。

「ベル、ジャンプ！」

クロエが指示を出すと、ベルがのっしのっしと走ってハードルを飛び越えた。

少しハードルを低めにしておいたがあの巨体で飛び越えられたことに素直に驚いた。

ベルは二本目のハードルを飛び越えると、シーソーへと差し掛かった。

「進んで進んで！」

クロエに言われて、おずおずとシーソーへと進んでいくベル。

しかし、体重移動によって足場が動くのが怖いのか、ベルは中ほどで足を止めてしまう。

フクに度胸があるだけで、急に足場が移動すれば怖いと思うのは当たり前だよね。

「ベル、怖くないから前に進んでみよう？」

クロエが何度か声をかけると、ベルはようやく決心がついたのかゆっくりと前に足を進ませる。

しかし、シーソーはゆっくりと進んでしまうと、体重移動によって大きく動いてしまう。

結果としてシーソーは大きく傾いていき、怯《おび》えて中途半端に止まってしまったベルは体勢を崩して前に転がることになった。

「ベル！　大丈夫⁉」

クロエが慌てて声をかけるが、ベルは特に気にした様子もなく進んでいく。

幸いにしてシーソーに沿うように前転したので落下などの衝撃はないようだった。

それはそれで器用なクリアの仕方だと思う。

シーソーを越えると、次は曲線のパイプトンネルだ。

「入って！」

クロエが指示をしてベルがパイプトンネルの中へと入っていった。

しかし、十秒ほど待ってみるがベルが出てくる様子はない。

「……あれ？　ベル？」

出口で待っているクロエは待ちぼうけである。

気になったので僕はコースに入り、クロエと一緒にパイプトンネルを覗き込んでみる。

すると、パイプトンネルの中ほどでベルが落ち着いた様子でくつろいでいた。

「ちょっとベル！　なにトンネルの中でくつろいでるの⁉　障害物走なんだから越えないと！」

「グオオオン」

クロエがパイプトンネルに入って声をかけるが、ベルは嫌だとばかりに声を上げる。

しばらく見守っていると、クロエだけがパイプトンネルから出てきた。

「どうしちゃったの？」

「パイプトンネルの居心地がいいみたい。あの子、暗くて狭いところが好きだから」

そういえば、クロエがテイムをする前は洞窟に穴を掘って、そこに暮らしていたと聞いたことがある。僕たちの作ったパイプトンネルは、その巣穴を思い起こすことになったようだ。

居心地が良くて気に入ったのなら仕方がないよね。

本当はフクとベルが同時に走って、タイムを競い合ったりしたかったんだけどなぁ。

「二人とも面白そうなことをしているじゃないか」

残念に思っていると、屋敷からジルオールとルノアがやってきた。

「ちらっと見ていたけど、従魔の障害物走みたいな感じかしら？」

「うん、アジリティっていうんだ。従魔を誘導して、設置した障害物をクリアしていくんだよ」

アジリティの説明をすると、ジルオールが感心の声を漏らした。

「我が息子ながらテイマーとしての意識が高いな。日常的にこのようなものを作り、従魔を訓練し、連携を高めようとするとは偉いぞ」

……え？　僕はただフクとアジリティをして遊びたいからやっていただけなんだけど。

僕からすれば、やりたいことをやって自由に遊んでいるだけなのだがジルオールからはそのように見えるらしい。

まあ、僕からしたらその方が好都合なので適当に頷いておこう。

土魔法で作ったものだからいつでも撤去できるとはいえ、勝手に中庭をいじくったことを怒られないのならそれでいい。

◆

「ねえ、私たちもアジリティっていうのをやってみてもいいかしら？」

いつの間にやってきていたのだろうか。ルノアの傍には剣氷豹であるセツがいた。

「いいよ！　せっかくだし、フクと競争しよう！」

「それは面白いわね」

ルノアとセツと共にコースへ移動すると、僕は障害物の主なクリアの仕方と正しい進み方を説明する。

「やり方はわかったわ。早速、やってみましょう」

「……練習しなくていいの？」

「少し前から見ていたから大丈夫よ。ねえ、セツ？」

「ガルルッ」

ルノアが話しかけながら背中を撫でると、セツが当然とばかりに唸《うな》り声を上げた。

どさくさに紛れて僕も撫でてやると、ヒンヤリとした体表に滑らかな被毛が最高だった。

続けて堪能しようとすると、するりとセツが逃げてしまう。

「なんで逃げるの？」

「アルクが撫でると長いからよ」

「ええ!?」

セツは基本的にコントラクト家の敷地内にいることが多いが、矜持《きょうじ》が高く、気まぐれな性格なので一か所に留《とど》まっていることが少ない。屋敷の屋根にいたり、物置部屋にいたり、庭を徘徊《はいかい》していたりと見つけるのが難しい。触れ合える時間が少なければ、よりたくさんもふもふしたいと思うのは当然だというのに。

「じゃあ、僕たちが勝ったらセツを思う存分にもふもふさせて！」

もふもふさせてくれないのであれば、勝負に勝って思う存分にセツをもふもふさせてもらおう。

「お、明確な勝ち負けがある方が面白そうだな。ルノアも何か条件をつけてやれ」

僕が条件を突きつけると、ジルオールが面白そうに笑いながら言う。

「そうね。私たちが勝ったら、ちょっとした採取のお仕事をお願いしようかしら」

「わかった！」

僕たちにはできないとんでもない仕事であれば無理だが、そんな無茶を言ってくる母親ではない。

どんなものを採取するかは知らないが、ちょっと面倒なものなのだろう。

だけど、そんなことはどうでもいい。要は勝てばいいのだ。

「そういうわけでフク、絶対に負けられない戦いだよ！」

「わふう？」

「セツをもふもふできるんだよ⁉　もっとやる気を出して！」

メリットを提示するが、フクはまるで興味がない様子。退屈そうに毛繕いしている。

そんなバカな。セツをもふもふできるっていうのにやる気が出ないなんて……。

「頑張ってくれたら本気の追いかけっこしてあげるよ！」

「ワンワン！」

苦渋の決断として提案すると、フクはやる気を出したかのように立ち上がった。

酷い筋肉痛になってからは身体強化にやる追いかけっこはしていない。フクはもう一度やってほしそうにしていたが、負担が大きいので避けていたんだよね。

しかし、セツをもふもふするにはフクに頑張ってもらう必要があるので仕方がない。

「競い合うのは速さかしら？」

「うん。指定した障害物の順番を飛ばしたり、バーを落としたりしたら＋五秒ってことで」

「わかったわ」

厳密なアジリティのルールとは違うが、さすがにわかりづらいのでシンプルにした。

「審判は俺がやろう！　クロエはこの砂時計で時間を計ってくれ！」

「え？　うん、わかった」

ジルオールが審判を買って出ると、ベルの説得を諦めて戻ってきたクロエに砂時計を渡した。

砂時計の砂が多く落ちている方が遅い。それで十分だ。

「じゃあ、最初は僕とフクから行くよ」

「いいわ」

先手を譲ってもらった僕とフクはレースのスタート地点へと移動。

ジルオール、ルノア、セツ、クロエが離れたところから見守る中、僕たちはスタート位置に着いた。

「フク、身体強化を使ってもいいからね？」

「ワンワン！」

フクとセツにどれだけの身体能力の差があるかはわからないが、もふもふを懸けている以上は全力で走らないとね。

やる気満々のフクをスタート地点に待機させると、僕はハンドラーとして誘導しやすいように前へ移動し、ジルオールに視線を向けた。

「始め！」

ジルオールから合図の声が響いた瞬間にフクは弾丸のような勢いで飛び出した。

黄金色の魔力を纏って二つのハードルを飛び越え、瞬く間にシーソーを駆け抜けると、三番目のトンネル、四番目のドッグウォークといった障害物を次々とクリアしていく。フクのスピードについていけるように僕も身体強化を駆使して加速し、フクがコースを間違えないように順番を誘導していく。

一緒に走ったのは一回だけなのに、フクは成長が凄まじい。

一回目はポールを避けることに意識をして、まったくスピードが出なかったスラロームだが今となっては凄まじい速度で駆け抜けている。

体が当たってポールが倒れることもない。完璧なスラロームだ。

スラロームを越えると、フクはさらに加速してダブルハードル、Ａフレーム、レンガ、ハードルを飛び越えて、見事にゴールした。

「……すごい。最初に走った時よりもかなり速いわ」

最初にゆっくり走っていたのを見ていたクロエは、僕たちの進化具合にかなり驚いているようだ。落ちた砂時計の量を目にして、目を丸くしている。

「障害物のスルーやバーの落下も見受けられない。減点は無しだ」

走っている最中に厳しい視線を向けていたジルオールだが、僕たちの走りは完璧だったようだ。

「やったね、フク！　これはいい速さだよ！」

「ワン！」

二本脚で立ってかわいらしくタッチしてくるフク。

時計がないので細かいタイムはわからないが、体感では十秒も経過していない。

普通のアジリティでは到底考えられないタイムだ。

まあ、フクは普通の柴犬じゃないし、身体強化とか使っているから当然かもしれないけど。

「次は私とセツね」

僕とフクが喜び合っていると、その横を優雅にルノアとセツが通り過ぎる。

結構なタイムを出したつもりだが、まったくプレッシャーになっていないように見える。

「一度、軽く走ってみなくていいの？」

「アルクとフクちゃんが走っているのを見ているから不要よ」

公平を期すためにもう一度声をかけたが練習は不要らしい。一度も練習をしていないが、それでも僕たちよりも速い自信があるようだ。

セツがスタート地点に待機すると、ルノアが先導しやすい位置に着いた。

「いつでもいいわ」

「では、始め！」

ジルオールが声を上げ、クロエがもう一つの砂時計をひっくり返した。

それと同時にセツが消えた。

いや、消えたんじゃなく、いきなり最高速で駆け出したから僕の目が追いつかなくて消えたように見えただけだ。

僕の目がセツに追いついた頃にはドッグウォークを越えている。ハンドラーであるルノアも身体強化を駆使して、セツの速さについていって的確に誘導をしている。

僕たちの練習を間近で見ていたとはいえ、練習無しでこんなに的確にコースを走ることができるんだ。

セツはその先の障害も難なくと越えていき、ほとんど減速させることなく旋回。

ハードル、タイヤを突破し、フク以上の速さと鮮やかな身のこなしでスラロームを越えていく。

「えええええええっ⁉」

僕が驚愕の声を上げている内に、Ａフレーム、レンガ、ハードルを越えて、セツはルノアと共にゴールした。

「クロエ、砂の量はどうだ？」

「さっきの半分も落ちてない！」

二つの砂時計を並べてみると、落ちている砂の量は一目瞭然だった。

僕とフクのタイムが八秒強だとしたら、ルノアとセツのタイムは四秒弱だろう。

「勝者はルノアとセツだな！」

ジルオールの快活な声が中庭に響き渡る。ちょっと速すぎて意味がわからない。

傍にいるフクも「え？　負けたの？」というような呆然《ぼうぜん》とした表情を浮かべていた。

「二人とも速すぎない？　ここを走るのは初めてだよね？」

「私とセツはここよりももっと過酷な場所で魔物を討伐しているのよ？　これくらいの障害物じゃ、私たちの障害にはならないわね」

僕とフクが慌てて詰め寄ると、ルノアが微笑みながら言い、セツが呑気《のんき》に欠伸《あくび》を漏らした。

詳しく話を聞いてみると、ルノアとセツは定期的に山に出入りしているようだ。

そこは僕たちが入っている山よりも遥かに地形が厳しい。傾斜や崖も多く、落ちたら命を落としかねないほどの悪路が多いらしい。

さらに出現する魔物も桁違いの強さのようで、そんな危険地帯を涼しげに走り回っているガチの二人にアジリティ初心者の僕とフクが勝てるわけがなかったのだった。

ここ掘れワンワン！

I want to enjoy slow living with mofumofu

翌日、僕とフクはコルネ村の近くにある山にやってきていた。

アジリティの勝負に負けた僕は、勝者であるルノアから、とあるものの採取をお願いされたからである。

ルノアから採取をお願いされたのはタロイモという根菜。

ふっくらとした楕円《だえん》形をしている芋でねっとりと軟らかな食感をしており、煮物にするととても美味しい食材らしい。多分、サトイモのようなものだと思う。

春から初夏にかけての今が旬のようで、この季節になると採取に赴いているのだそうだが、地面に埋まっているので採取するのが難しい。

先日、森苺を採取するのに大活躍したのもあって、面倒なタロイモの採取を勝者の権限で僕とフクに任せることにしたようだ。

我が母ながらいい性格をしていると思う。

「とりあえず、この辺りを探してみようか」

「ワン！」

山の中腹辺りで見つかることが多いと言っていたので、そこにたどり着いた僕とフクはタロイモの捜索を開始。

フクの様子を見ると、地中にあるタロイモを嗅ぎ分けようと地面に鼻を近づけている。

入念のクン活をして情報を集めているようだ。

せめて、タロイモの現物があれば、フクが匂いを記憶して、すぐに探し出すことができたんだけど、屋敷の食糧庫には無かったのでしょうがない。

その傍らで僕もタロイモを探してみる。

タロイモを見つけるには地上に出ている丸い葉を見つければいいらしいのだが、山の中には似たような葉っぱをした植物が生えているわけで見分けがつかない。

タロイモ採取初心者の僕では視覚で見つけるのは難しいのかもしれない。

かといってフクだけを頼りにして採取をするのも申し訳ない。

「そうだ。嗅覚共有で僕も探してみよう」

僕は嗅覚共有を応用し、フクの鋭敏な嗅覚能力を獲得。

すると、フクの嗅いだものを共有するのではなく、自身の嗅覚が強化された。

土、草、花、木といった様々な匂いが感じられる。

日常的に生活をしていてこんなにも匂いを身近に感じたことは初めてだ。

匂いという情報が飽和し過ぎており、なんの匂いなのかわからない。

フクはいつもこんなにも情報が飽和した世界から必要な情報を選び取っているのか。すごいな。

その場で深呼吸を繰り返し、何度も匂いを嗅いでいると、ようやく嗅覚が落ち着いて情報を選び取れるようになってきた。

僕はフクの反対方向の地面の匂いを嗅いでみる。

スンスンスンスン……って、あれ？　そもそも僕ってタロイモを見たことがないし、嗅いだことがないのに嗅ぎ分けることなんてできるのだろうか？

匂いを嗅ぎながらそんなことを思ったけど、地面を嗅いでいると微妙に様々な匂いがすることがわかる。

土の匂いだけでなく薬品っぽい薬のような匂いがする。

試しにそこを掘ってみると、屋敷の薬草図鑑で見たことのある薬草が出てきた。

「あ、キルク草だ……」

薬をすり潰して塗布すれば切り傷の治癒を早めてくれたり、軟膏《なんこう》薬の一種として使われていた気がする。

こんな風に嗅いだことがなくても何かがあるということはわかるらしい。

もしかしたら、地道にやっていけばタロイモが見つかるかもしれない。

キルク草を福袋に収納し、僕は地面の匂いを嗅いでいく。

クンクンクン……この辺りは腐臭のようなものがするな。

もしかすると、ここの下には何かの生き物の死体が埋まっているのかもしれない。

気になるけど、掘り返してもいいことは無さそうなのでやめておく。

「うーん、中々見つからないな」

「わふう」

前回の森苺と違って実が外に露出しており、わかりやすい香りを放っているわけでもないので嗅覚を頼りにしているフクも探しにくいようだ。

嗅覚を共有して僕も探しているが土の中には色々な匂いの情報が混ざっていて嗅ぎ分けることが難しい。

すぐ傍に生えている丸い葉っぱの雑草を見つけたので手当たり次第に掘ってみるも、なんてことのない細い根が出てくるだけだ。

やはり、タロイモなのか雑草なのか見分けをつけられるようにならないと……あっ、葉っぱの見分けが視覚的に難しいなら嗅覚で見分けをつければいいんじゃないか？

そう思った僕は丸い葉っぱが群生している地帯に移動し、そこに四つん這《ば》いになって匂いを嗅いでみる。青臭い雑草の匂いが充満する中、青臭さが控えめでほのかに甘い匂いのする丸い葉っぱがあった。

……もしかして、これがタロイモなんじゃないだろうか？

微《かす》かに甘い匂いがした葉っぱを左手で握りながら、僕は福袋から取り出したスコップで地面を掘り返してみる。

すると、柔らかな甘い匂いがドンドンと強くなり、地中からふっくらとした楕円形の芋が出てきた。

「やっぱり、タロイモだ！」

皮は茶色く、真ん中で割ってみると白くてねばねばとした身が露出する。

タロイモの特徴と合致している。これで間違いないだろう。

僕がタロイモを見つけたことで、フクがてててとこちらにやってくる。

「フク、これがタロイモの匂いだよ」

割ったタロイモを差し出すと、フクは鼻を近づけてクンクンと確かめるように匂いを嗅いだ。

タロイモの匂いを記憶したのか、フクはスッと離れて周囲を捜索し出す。

「ワンワン！」

すると、すぐにタロイモの匂いを見つけたらしく地面を前脚で指し示す。

「そこにあるのかい？」

「ワン！」

スコップで地面を掘り返してみると地中からゴロゴロとタロイモが出てきた。

「こっちにもタロイモだ！　さすがはフクだね！」

タロイモを見つけたことを褒めるために僕はフクの頭や首回りを撫でてあげる。

すると、フクはまたしても移動を開始し、タロイモがある地点を前脚で印をつけていく。

まさに、ここ掘れワンワン状態だ。

フクが印をつけたところを順番に掘っていくと、すべての地点からタロイモが出てきた。

嗅覚共有をして、一時的にフクの嗅覚を手に入れた僕でも、こんなに早くタロイモが埋まっている場所を見つけることはできない。

フクと同じ嗅覚を手に入れたとしても、それを使いこなすにはとんでもない修練が必要だということを僕は痛感した。

「よし、これだけ採取できれば十分だね！」

目の前の籠にはたっぷりとタロイモが入っていた。

全部で三十個くらいあるだろうか？　これだけあれば、炒《いた》め物、揚げ物、煮物と色々と家族で楽しめるだろうし、ルノアからの依頼も達成できたと言えるだろう。

「ちょっとお腹が空いたね。少しだけ食べて帰ろうか」

「ワン！」

フクが賛成とばかりに吠える。

朝から山に入ってずっとタロイモ探しをしていたせいか小腹が空いてしまった。

ルノアには申し訳ないけど、先に僕たちで食べさせてもらおう。

さて、どうやって調理してやろう。

外でも料理ができるように調理道具一式については福袋に収納しているので、山の中でも調理は可能だ。

「わふ？」

「どうしたの、フク？」

タロイモをどうやって調理しようかと考えていると、不意にフクが空を見上げ始めた。

フクの視線を追いかけるように僕も空を見上げると、青色をした大きくて丸っこい鳥がこちらに向かって飛んでくる。

……なんだろう、あの丸くて大きな鳥は？　鳥とは思えないくらいに丸くてもふもふしている。

呆然と見上げていると、大きな丸い鳥は僕たちの真横を通過した。

光沢のある青色の背中に額と喉が橙《だいだい》、ふっくらとしたお腹の毛は真っ白で、おもちのように丸い鳥だった。

「……かわいい！　もふもふだ！」

素晴らしいもふもふだと認識した瞬間にビビッとした感覚に襲われる。

この感覚はこの世界でフクと再会した時以来の感覚だった。

「ワンワン！」

さっきの丸い鳥を目に焼き付けていると、フクが何かを訴えるようにして僕の足をポンポンと叩いて吠えていた。

「んん？　フク、どうしたの――って、タロイモが盗られてる⁉」

視線を下に落とした瞬間、僕はさっきまでそこにあったタロイモの入った籠がないことにようやく気付いた。

見上げると、丸い大きな鳥の脚には籠らしきものが引っ掛けられている。

「フク！　あいつを追いかけよう！　追いかけてテイムするんだ！」

僕はあのもふもふした大きな鳥が気に入った。

だから、絶対に追いかけて僕の従魔になってもらうんだ。

◆

僕とフクは身体強化を使って、大きな丸い鳥を追いかける。

山の道のりは険しくて非常に走りづらいが、フクに先導してもらうことで何とか進めていた。

しかし、そんな僕たちの前に大きな崖が立ち塞がった。

空を飛んでいる丸い鳥は、その頂上部分に住処《すみか》があるのか翼をはためかせて悠々と上昇していく。どうやらこの崖を登らないことには、あの丸い鳥をテイムすることはできないし、タロイモを取り返すこともできないようだ。

「フク、悪いけど僕じゃここを登ることは――」

「ワン！」

崖を見上げて諦めていたところフクが傍に寄ってきて吠えた。

身を屈《かが》めている姿は、まるで背中に乗れとでも言っているかのようだ。

「……フクの背中に乗れってこと？」

「ワン！」

尋ねると、フクがそうだとばかりに威勢よく吠える。

「さすがにフクの体の大きさじゃ難しいよ。フクが大きくなってくれないと……」

などと口にした瞬間、フクの体が黄金色に光り出した。

眩い光が放たれたと思った次の瞬間、僕の目の前には二メートルを超える巨体となったフクがいた。

「えええええ⁉　フクの体が大きくなった⁉　なんで急に⁉」

フクの肉体は一般的な柴犬となんら変わらない大きさだった。

それなのに急に巨大化した意味がわからない。

「わふ⁉」

困惑しているのは僕だけでなく、フクも同じだった。

大きくなった自身の肉体と小さくなった僕を見て、フク自身も驚いているようである。

となると、フクが自分の意思で巨大化したわけじゃないのか？

可能性としては感覚共有と同じ契約魔法を応用した力ということであるが、ジルオールやルノアからそんな力の使い道があるなんて聞いたことがなかった。

「ワン！」

「そうだね。今は深く考えず、フクの体を堪能させてもらうよ」

僕は大きくなったフクの体に抱き着いた。

……うわ、すごい！　もっふもふだ！　全身がもふもふに包まれている！

体が大きくなったお陰で被毛も長くなっている。小さい体の時よりももふもふ感が倍増だ。

これはヤバい。フクのもふもふが最高過ぎる。ずっとここに埋まっていたい。

恍惚とした表情で被毛に埋もれていると、フクが僕の襟を咥えて背中へと乗せてくれた。

浮遊感に驚きつつも、僕はきちんとフクの背中に跨り、落っこちないように被毛を掴《つか》む。

僕の準備が整ったことを確認すると、フクは真っ直ぐに走り出した。

そうだった。さっきの丸い鳥をテイムするためにもタロイモを取り戻すためにも、崖の上に行かないと。

大きくなったフクのもふもふがあまりにも魅力的だったのですっかりと頭から飛んでいた。

そんな事を思い出している間にフクは加速し、崖へと飛びついた。

ほぼ直角ともいえる崖をフクは見事な身のこなしによって登っていく。

僅かな凹《へこ》み、突き出した石、平地を即座に見分け、そこを足場にして上へと跳躍。

「うわわわわわわっ！」

あまりの高速移動に僕は悲鳴を上げるも、何とか振り落とされないようにフクに抱き着く。

目を瞑っている間にフクはグングンと上昇していき、最後に大きな跳躍をしたかと思うと安定した地面に着地。

おそるおそる目を開けてみると、僕はいつの間にか崖の頂上にたどり着いていた。

頂上にはなだらかな平地が続いており、中央には木の枝を集めて作った巣に鎮座する丸い大きな鳥がいた。

「――ッ！」

まさか、僕たちが崖の頂上まで来ると思っていなかったのか丸い鳥が驚いたような顔になる。

丸い鳥は自身の存在を大きく見せるように青色の翼を広げた。

「チュン！」

甲高い鳴き声が頂上に響いた。

……今のは威嚇の声なのだろうか？　随分とかわいらしい。

僕たちを警戒し、精一杯翼を広げているのはわかるが、丸々とした体のせいでどうにも怖いとは思えない。つぶらな瞳と可愛らしい鳴き声も相まって微笑ましいという感想しか出てこなかった。

「フク、ちょっと降ろしてくれる？」

フクが屈んでくれ、僕は背中から山頂の地面へ降りた。

僕はそのまま前に進んでいくと、丸い鳥がよりそれ以上近づいてくるなと言わんばかりに翼を揺らしてくる。それに対して僕は足を止めると、大きく息を吸い込んだ。

「君、僕の従魔になってくれないかな？」

「チュン？」

率直な要求を伝えると、丸い鳥は小首を傾げて固まった。

何を言われたかよく理解していないような顔だ。

「君は素晴らしいもふもふをしている！　気に入った！　だから、僕と契約して従魔になってくれないかい？」

「………」

先ほどよりも丁寧に要求を伝えると、丸い鳥は無言になった。

どこか怪しむような視線をこちらに向けており静止している。

……もしかして、この鳥には言葉が通じないんだろうか？　いや、でも僕が言葉を発すると、明確に反応はするのでおおよその言葉を理解できるほどの知能はあるはず。

追いかけてきたのにこちらが危害を加えない時点で友好的に接したいという意図は理解できるはずだ。

あとはそれを汲《く》み取って、なにかしらの返事をくれたらいいのだが……。

ジーッと待ち続けていると、丸い鳥は大きく広げていた翼を収納し、傍にあるタロイモをついばみ始めた。

「ちょっと!?　僕の言うこと聞いてる!?」

思わずそんな突っ込みをするが、丸い鳥は黙々とタロイモをついばんでいくだけだ。

僕たちが敵意を持っていないことはわかってもらえたとはいえ、盗んだ相手の目の前で堂々と食うとはなんという図太さだろうか。

「チュン！」

話を聞いてもらうためにタロイモを回収しようとすると、丸い鳥が凄んでくる。

可愛らしい声のせいで全然怖くないけど。

「元は僕たちが採取したものなんだけど……」

こちらの言い分を主張すると、丸い鳥は渋々といった様子でタロイモを渡してくる。四個だけ。

代わりに残りの全部は僕のものねと言うかのように丸い鳥は、残りのタロイモを自らの懐へと寄せていく。

普通は逆なんじゃないだろうか？　なんで採取した僕たちの分が四個で、君が残りを独り占めしているのだろう。このやり取りで確実にわかったことは、この丸い鳥はかなりの食い意地を張っているということだ。

タロイモが特別に好きなのか、食べ物自体が好きなのかはわからないが、この丸い鳥は食には大きな興味を示している。だとすると、こいつをテイムする鍵は食事なのかもしれない。

ジルオールが言っていた。

テイムしたい時は、相手の利となる物を与えなければいけないと。

長年一緒に過ごしていれば別だが、初対面となる動物や魔物を説得してテイムするのは簡単ではない。魔物は弱肉強食であるために一定の力を示せば、従ってくれる個体もいるが、すべての個体がそうというわけでもない。

この丸い鳥は最初に僕たちを見つけても襲いかかるのではなく、タロイモだけを奪うという選択をしてみせた。つまり、僕やフクと戦うことに興味はなく、戦いを重要視していないのだろう。

だったら、この丸い鳥を口説くには強い興味を持っている食事がいい。

僕の従魔になってくれれば、日常的に美味しい料理を食べることができるというメリットを明確に提示してやるんだ。

そんなわけで僕は福袋から調理道具一式を取り出す。

ボウルに水を入れると、タロイモを水洗いして皮の表面についている土を落としていく。

「チュン？」

突然、目の前で料理を始めた僕を見て、丸い鳥が不思議そうに見つめていた。

汚れを落とすと、周囲に散らばっている巣の残骸の枯れ枝を回収し、一か所に集めて魔法で火をつける。焚火《たきび》ができたら石を積み上げて、その上に鍋を置いて水を投入。

お湯になったらタロイモを投入し、十五分ほど茹《ゆ》でる。

皮付きのまま茹でると、内側のぬめりが残りやすくなり、味が濃くなり、栄養の流出が抑えられる。

茹で終わったら水に浸して粗熱を取り、包丁で端を切り落としたら皮を剥いていく。

サトイモと似たような性質を持っていたので同じように下処理をしてみたが、これで間違っていなさそうだな。

皮を剥いたら食べやすい大きさに包丁で乱切りにする。

ボウルの中に自作したマヨネーズ、水、薄力粉、片栗粉、青のり粉、塩を入れて混ぜ合わせ、さらに乱切りにしたタロイモを混ぜ合わせることで衣をつける。

フライパンに深さ一センチほどの油を入れて中火で熱すると、衣を纏わせたタロイモを投入。底が狐色《きつね》に近くなるまで加熱し、ひっくり返して裏面も加熱したら油を切って、お皿に盛り付ける。

「サクコロタロイモの完成！」

福袋を駆使して作り上げた、アウトドア料理だ。

僕は出来上がったサクコロタロイモを口へ運んだ。

衣はサクッとしており、中からは熱々のタロイモがほっくりと顔を出していた。

ねっとりと濃厚な甘みが口の中にじんわりと広がる。混ぜ合わせた青のり粉がふんわりと潮の風味を利かせていた。

「うーん、ほっくりして美味しい！」

「ワンワン！」

舌鼓を打っていると、フクがちょうだいと催促するようにのしかかろうとしてくる。

「わわわわ、ちょっと待って！　今のままで乗られると潰れちゃうから！」

今のフクは見上げるような体躯をしている。これまでのノリでじゃれつかれると、僕の身体が潰れかねない。

「くううん」

慌てて指摘すると、フクも思い出したのかシュンとした様子で肩を落とす。

そんなフクも可愛らしいけど、大きい体のままだと色々と不便だな。

「小さくなってくれればいいんだけど……」

僕がそう口ずさんだ瞬間、フクの体が黄金色の光に包まれて元の体に戻った。

「わっ！　元の体に戻った⁉」

フクも驚いており、くるりとその場で回って自身の体を確かめているようだった。

……もしかして、フクの体が変化するのは、フク自身の力じゃなくて僕の力なのか？

「ワン！」

この体ならいいよね？　と甘えるようにフクが僕の身体にもたれかかってくる。

大きいフクも最高だったけど、平時だったらこれくらいがいいよね。

僕はタロイモを半分に割って少し冷ましてから、フクの口の中にサクコロタロイモを入れてあげた。

フクはもぐもぐと咀嚼《そしゃく》して呑《の》み込むと、すぐに次をねだってきた。

「ちゃんと噛んでる？」

不安になってしまうくらいのがっつき具合だったが、美味しいと思ってくれているのは間違いないだろう。

強請《ねだ》るように脚でポンポンしてくるので、もう半分も渡してあげた。

そうやって僕たちがタロイモを食べていると、丸い鳥がいつの間にか近くまでやってきていた。

僕たちを警戒して決して傍にやってこなかったが、サクコロタロイモに惹《ひ》かれたようだ。

「君も食べてみなよ」

別のお皿に盛り付けて、サクコロタロイモを差し出す。

すると、丸い鳥はこちらを五秒ほど凝視し、僕の作ったサクコロタロイモをついばんだ。

すると、丸い鳥は「あ、これめっちゃ美味しいやつや」というように目を見張り、二口、三口とフクを越える勢いで食べてくれた。どうやら気に入ってくれたようだ。

食べ物に夢中になっている今ならもふもふとした羽毛を触らせてくれたりしないだろうか？

僕はそーっと手を近づけてみる。

丸い鳥はすぐに気付いて視線を向けてくるが、威嚇してきたりついばんでくる様子はなかった。

食事のお礼にとりあえずは触れてもいいってことかな？　そう判断して触れてみる。

「うわ、すごく柔らかい！」

少しざらつきのあるフクの被毛や、滑らかな絹のようなセツの被毛とも違う。

ふんわりとしたボリュームをしながらも軽く、まるで巨大な綿毛に埋もれているような感触だった。

「……やっぱり、僕の目に狂いはなかった。君には是非とも僕の従魔になってほしい！」

もふもふしながら言うと、丸い鳥はちょっと嫌そうに目を細める。

ぐぬぬ、素直に首を縦には振らないか。

当初の作戦通り、食事を餌に僕は勧誘することにする。

「僕の従魔になったら美味しい料理を食べさせてあげるよ？」

「…………」

僕の提案に丸い鳥は考え込むように黙った。

少なくとも正面から従魔になってとお願いするよりも効いているような気がする。

やっぱり、食事方面でアプローチをかけて正解だ。

「タロイモをそのまま食べるよりも調理した方が美味しかったでしょ？　他の食材ももっと美味しくなるよ？」

「チュン！」

最後の一押しとばかりに畳みかけると、丸い鳥は了承するかのように頷いた。

僕はナイフを取り出して、指の端を少し切る。

滴る血液を使い、僕はジルオールから教えてもらった永続契約の魔法陣を手の平に描いた。

魔法陣を描いた右の手の平を丸い鳥に向け、僕は永続魔法のための祝詞《のりと》を紡いだ。

『我が名はアルク＝コントラクト。汝の身を我が元に、我が身の命運を汝の元に。永遠の誓いを胸に抱くのであれば、この意に応えよ！』

「チュン！」

丸い鳥の足元に魔法陣が浮かび上がり、了承の意を示す声を上げる。

僕と丸い鳥との間に魔力のパスが形成される。だけど、思っていたよりもか細い。

フクほどではないが、この丸い鳥も永続契約を結ぶにはそれなりの魔力が必要とされるらしい。

前回と同じようにたくさんの魔力を注いでやると、僕と丸い鳥の間に力強いパスが生成された。

「テイム、完了……ッ！」

フクをテイムした時と同様に魂での繋がりができたのがはっきりとわかった。

無事に丸い鳥と永続契約を交わすことに成功したようだ。

「君に名前をつけてもいいかい？」

尋ねると、丸い鳥はこくりと頷いた。

いつまでも丸い鳥と呼び続けるのはさすがに不便だし、せっかく相棒になってくれたのであれば名前で呼んであげたいからね。

「……チロルでどうかな？」

「チュン！」

提案すると、丸い鳥は気に入ったというように甲高い声を上げた。

かわいらしい鳴き声から連想した名前だったけど、気に入ってくれたようで良かった。

「やった！　僕の従魔が増えた！」

「チュン」

新たな従魔をテイムしたことを喜んでいると、そんなことはいいからお代わりとでも言うようにチロルが嘴《くちばし》で皿を差し出してくる。

どうやらサクコロタロイモをもっと食べたいらしい。

永続契約を交わした余韻もへったくれもない。だけど、この方がチロルらしいか。

「……しょうがない。今作るからちょっと待っていて」

チロルのために美味しい食事を用意してあげるのが約束だからね。

犬神の与えた能力

I want to enjoy slow living with mofumofu

山頂でタロイモを食べ終えた僕は、気になっていたフクのサイズ変化について検証することにした。

「フク、大きくなれ！」

キーワードと思われる言葉を唱えてみると、フクの体が黄金色に光って大きくなる。

それからすぐに「小さくなって」と口ずさむとフクが元の大きさへと縮んだ。ちなみに具体的な大きさをイメージすると、ちょうどいい大きさになってくれた。

この能力は僕が原因なのか？　でも、フクは犬神の眷属だ。普通の柴犬とは違うのでフクだけが特別という可能性もある。

それを確かめるために僕はチロルにも同じ実験をしてみることにする。

「チロル、大きくなれ！」

同じように体が大きくなるイメージをして言ってみると、チロルの体が黄金色の光に包まれて巨大化した。

「チュン⁉」

元の大きさは少し見上げる程度であったが、今のチロルは四メートルを超える大きさとなっていた。チロルも驚いているのか翼を広げ、自身の大きくなった体を興味深く見つめている。

フクだけでなくチロルにも巨大化ができることを考えると、この能力は僕が原因のような気がする。明らかに僕のイメージによって体の大きさが変わっているし。

「なんで?」

これもコントラクト家のテイマーならば会得できる魔法なのだろうか?

さっぱりわからない。後で屋敷に帰ったらジルオールとルノアに相談してみよう。

「まあいいや。今は屋敷に帰ろう」

これ以上、一人で考えてもわからないので思考を切り上げる。

帰るのが遅くなるとルノアたちが心配しそうだからね。

チロルがタロイモを気に入ったせいでかなりの量が減ってしまったが、半分ほどは福袋に保管しておいていたのでルノアが満足する量は確保できていると言えるだろう。

さて、山頂から屋敷に戻るにはこの崖を下る必要がある。

崖から顔を出してみると、あまりにも高所だからか地上部分が見えなかった。

……こんな高いところを僕とフクは崖上りしていたんだ。

「ワン!」

フクが「背中に乗って下りる?」と言うかのように背中を向けてくれる。

気持ちは嬉しいが、フクの背中に乗っているだけでもこんな高さの崖下りに堪えられる自信がなかった。これまでなら、たとえ怖くてもそれで帰るしかないが、今の僕には新しく従魔になったチロルがいる。

「ねえ、チロル。僕たちを乗せてくれないかい？」

「チュン！」

僕が頼み込むと、チロルはいいよと言わんばかりに体を寄せて屈んでくれた。

僕とフクはチロルの背中へと乗り込む。

綿毛のような羽毛がとても柔らかく腰を下ろすと、弾力性のクッションのように少し反発していた。僕とフクがしっかりと座り込むと、チロルはこちらの様子を確認し、ゆっくりと翼を羽ばたかせた。

チロルの両脚が地上から離れ、空へとドンドン上昇していく。

「わあっ！　すごい！　僕たち空を飛んでるよ！」

「ワン！」

山頂から高度百メートル以上はあるだろうか。僕とフクがえっちらおっちらと苦労して登ってきた山が丸見えだった。

上空からは広々とした平原が見え、山の稜線《りょうせん》がくっきりと見えている。さらにはコルネ村やコントラクト家の屋敷までもが見えており、空からの景色は格別だった。

しばらく空を漂っていると、チロルが少しスピードを上げる。

視界を流れる速度が速くなり、滑空するように滑り降りていく。

それに伴い強い風圧が僕とフクを襲った。

僕の髪が激しく舞い上がり、フクの顔がブルブルと震えている。

まだスピードを手加減してくれているので何とかなるがこれ以上の速さとなると、ゴーグルのようなものが欲しいかもしれない。あと安定して乗れるように鞍《くら》や手綱のようなものを装着した方がいいかもしれないな。

なんてことを考えながら背中にしがみついていると、コントラクト家の屋敷の近くへとやってきた。

「チロル！　屋敷の中庭に下ろして！　あそこが僕たちの家だから」

降りる場所を指定すると、チロルがそこに向かってくれる。

チロルがゆっくりと降下していくと、屋敷の屋根にいるセツがこちらを見上げて臨戦態勢に入っているのが見えた。

まずい。なんの報告も無しに屋敷の中庭に下りたのでセツがかなり警戒している。

「セツ！　僕だよ！　チロルは僕の従魔だから攻撃しないで！」

顔を出しながらそう言うと、セツは逆立てていた毛を元に戻してくれた。

ひと安心して中庭に降り立つと、屋敷からジルオール、ルノア、クロエが出てくる。

「なにこの丸い鳥は⁉」

「どこから連れてきたのよ⁉」

突如、僕の連れてきた従魔に家族たちは呆然としている。

「この子はチロル。僕の従魔になってもらったんだ」

「チュン」

チロルの背中から降り、家族たちに紹介した。

「……仮契約じゃなく、永続契約なのか？」

「うん、永続契約だよ」

おずおずとしたジルオールの問いかけに僕にはきっぱりと答えた。

「アルク、永続契約とはそのように軽々しく行うものじゃないんだぞ？」

「それはわかってるよ」

「いいや、お前はわかっていない！　どうせお前のことだ！　チロルがもふもふでかわいいから従魔になってくれとでも迫ったのだろう？」

「うん、そうだよ」

「おい！」

まだチロルを従魔にした経緯を説明していないのに、まるで見てきたかのように言ってくるジルオール。少し前までは僕のことをあまりわかっていなかったが、フクをテイムしてからは何となく思考回路がわかるようになったらしい。

「そもそも永続契約とは、生涯を通して共に過ごす覚悟を決めてから行うものであってな……」

ジルオールがくどくどと小言を言ってくる。

まるで、早急に結婚を決めようとしている息子を諭そうとする父親のようだ。

「まあ、アルクのテイムの基準がおかしいのは今に始まったことじゃないし……」

クロエがチラリとフクを見ながら言う。

僕としては最強のもふもふコンビなのであるが、家族からすると僕の従魔は一般的な従魔ではないようだ。

「それにしても、チロルちゃんはブルーバードなのかしら？」

ルノアがチロルを見上げながら小首を傾げた。

「いや、ブルーバードとは顔つきも違うし羽の色も違う。恐らく、フロストバードだろう」

「でも、フロストバードってもっと細くない？　こんなに丸っこくないわよ」

「確かに大きさに関しては違和感があるが、この色艶のある青色の羽と、氷の魔力を宿した尾羽は間違いなくフロストバードだ」

ジルオールに言われて、尾羽に触れてみると確かにヒンヤリとしており、氷属性の魔力を感じられた。

どうやらチロルの個体名称はフロストバードのようだ。

「にしても、こんなにデカくなることがある？」

「通常種とは違った亜種なのかもしれん」

本来のフロストバードを知っているのか、クロエとジルオールが神妙な顔をする。

「あ、大きさに関しては僕のせいかも」

「……アルク、それはどういう意味だ？」

「小さくなれ」

ジルオールが怪訝な声を上げる中、僕はチロルに元のサイズに戻るように言う。

すると、四メートルほどあったチロルの体が二メートルにまで縮んだ。

「……はっ⁉　フロストバードが急に小さく？」

「小さくするだけじゃなく、大きくすることもできるよ。大きくなれ」

ジルオールが目を剥く中、僕はフクの体を大きくした。

「えっ！　フクちゃんの体が大きくなったわよ⁉」

「さっきまでは私よりも小さかったのに……」

先ほどのチロルに匹敵する大きさとなったフクにルノアとクロエが驚くように一歩後退《あとずさ》る。

「アルク、これはどういうことだ⁉」

「え⁉　従魔のサイズを調整できることにさっき気付いたんだけど、これって契約魔法の応用とかじゃないの？」

「そんな応用は聞いたことがないぞ⁉」

……ええ！　てっきり感覚共有みたいなコントラクト家のテイマーだけが習得できる技術だと思っていたのだがジルオールたちの反応を見る限り違うようだ。

じゃあ、僕のこの能力ってなんなの？

こんな特異な能力に関係あるとすれば、犬神しか思い浮かばないんだが、そんな能力を与えられるようなやり取りがあったっけ？

僕は転生する前の犬神とのやり取りを思い出す。

「――わかった。ならば、もふもふに包まれる能力を与えてやろう」

そういえば、なんかこっちの世界で過ごしやすくするための優遇をくれるとか言っていた気がする。動物や魔物と話せるのは良いことか、否かの議論に夢中になっていてすっかりと忘れていたが、なんか肉球を押し付けられて力を注がれていた。

あの時の僕はもふもふに包まれたいとか言っていた気がするんだけど、まさか犬神はもふもふを大きくすることで僕が物理的にもふもふに包まれると思ったのか？

いや、もふもふに包まれたいっていうのは、たくさんのもふもふした生き物に囲まれて平和に過ごしたいって意味で、そんな物理的に大きなもふもふに囲まれたいって意味じゃない。

……でも、これはこれですごくありだな。

うん、ということはこの先僕がテイムしたもふもふはすべて大きくできるのか。

つまり、もふもふの従魔を増やせば、僕は比喩表現ではなく、現実的に物理的にもふもふに包まれることになる。最高じゃないか。

とはいえ、前世のことや犬神から与えられた能力のことなんて家族に伝えられるわけもなく、僕は訝《いぶか》しんでくる家族たちの追及を必死に誤魔化すのだった。

チロル

なんやかんやありつつもチロルは家族からも従魔として認めてもらえた。

今日からチロルも一緒に生活することになったので屋敷の案内をする前に、恒例のお風呂タイムである。

「チロル、お風呂に入るよ」

「チュン？」

お風呂のことがよくわかっていないのかチロルは首を傾げながらも付いてきてくれる。

「フクもついでに体を洗っておこうか」

「ワン！」

前回、フクがお風呂に入ってから一か月以上経っているので、フクの体も綺麗にしてしまおう。

そんなわけで僕はチロルとフクを連れて、屋敷の裏側にある従魔専用の浴場へと入る。

備え付けられた魔道具を起動し、浴槽にお湯を溜めていく。

じょろじょろと流れ出したお湯を見て、チロルが興味深そうに覗き込んでいる。

「ヂュン!?」

「熱かった？」

こくりこくりと頭を動かし、お湯の溜まっている湯船から距離を取るチロル。

アイスベアーであるベルは大のお湯嫌いなので、フロストバードであるチロルもお湯は苦手なようだ。

鳥はお湯を浴びてしまうと必要な油分が落ちてしまうというし、それもあってダメなのかもしれない。

「お湯を浴びることは苦手でも常温の水ならいけるかな？」

前世で棲息していた文鳥やインコなどの多くの鳥類は水浴びをしていた。

単純に水浴びが好きな個体もいるが、水浴びをすることによって羽についた寄生虫や脂粉などを落として自身を清潔に保つために必要な行動でもあった。

チロルが健康的な生活を送るために、できれば水浴びはしてもらいたい。

魔道具を操作し、お湯ではなく常温の水をシャワーとして床に撒《ま》いてみる。

放出されたものをお湯だと勘違いしているチロルは浴場の端に慌てて避難した。

まるで、危険物を見るかのような反応が面白くてクスリと笑ってしまう。

「こっちは水なんだけど、どうかな？」

ゆっくりとチロルの方に水を飛ばしてやると、足元に飛沫《ひまつ》するものが冷たいものであると気付いたようだ。

チロルはぺたぺたと水の温度を確かめるように足踏みをし、体を寄せるようにして水を浴びにきてくれた。

「気持ちいい？」

「チュン！」

チロルが嬉しそうに声を上げた。

くるりと体を回転させて、翼、背中、お尻と万遍なく水を浴びている。

どうやらチロルにとっては水浴びが正解だったようだ。

しばらくシャワーで水をかけていると、チロルが翼と体を同時に震わせた。

「うわあっ！」

「わふ⁉」

チロルの綿毛のような体から激しく水分が放出され、僕とフクはずぶ濡れになってしまう。

フクも体をブルブルさせて水分を飛ばすことがあるが、チロルの場合は体が大きいことや翼もあることによって勢いが段違いだ。あまりの風圧と水飛沫《しぶき》で浴場内に設置されているブラシやシャンプーなどがガタゴトと音を立てて落ちてしまう。

このままじゃ浴場内がとんでもないことになりそうだ。

「小さくなれ」

僕はチロルの体を小さくすると、右手の甲に乗せてやる。

浴場内にある桶《おけ》を用意するとシャワーで水を注ぎ、チロルの足元が覆われるくらいの深さにしてやった。

「こういうのはどうかな？」

桶の中に手を差し入れると、チロルはゆっくりと手の甲から降りて着水。

ぱしゃぱしゃと水の溜まった桶の中を歩くと、気に入ったとばかりに水浴びを始める。

しきりに翼を震わせているが、体が小さくなったために水飛沫や風圧も大したことがない。

うん、これなら浴場内がめちゃくちゃになることもないし、僕がずっとシャワーを当て続ける必要もないだろう。

「ワン！」

チロルの様子を見て満足していると、今度は僕の番とでもいうようにフクが吠えた。

「はいはい、お待たせ。フクも体を綺麗にしようね」

濡れてしまったフクの体をタオルで拭うと、僕はシャンプーの前のブラッシングを始める。

丹念に毛を梳《す》いてやり、余分な汚れや皮脂を落としてやると、シャワーをかけてお湯の温度に体を慣らしてあげる。慣れてきたらそのまま全身をお湯洗いしてから従魔用シャンプーで揉み込むようにして体を洗う。お湯でシャンプーをしっかりと洗い落とすと、フクも豪快に体をブルブルする。

バスタオルで包むようにして水気を取ると、風の魔道具で被毛を乾かしてあげた。

「はい。フクの体も綺麗になったよ！」

「ワン！」

一か月と少しぶりのお風呂により、フクのもふもふも見事な小麦色の被毛を取り戻していた。

「洗う前よりももふもふだ！」

抱き着いてみると、フクの被毛の感触はより素晴らしいものになっていた。

いい匂いがするし、前よりも毛が艶やかで柔らかい。幸せだ。

こうやって綺麗になった姿を見ると、フクの体も汚れていたんだな。

ずっと一緒にいるからあんまり気付かなかったけど、やっぱり一か月に一回くらいは体を洗ってあげた方がいいね。

フクの体が綺麗になる頃には、チロルも水浴びをすっかりと終えており、桶の縁で優雅に毛繕いをしていた。

チロルを桶から下ろし、元の体の大きさに戻してあげる。

「チロルももふもふになってるね！」

こちらも抱き着いてみると、羽毛の感触がより滑らかになっておりクッション性が上昇しているように思えた。

水浴びをしたことによって羽毛の膨らみが増しており、前にも増して全体のシルエットが丸々としているように見える。本当に空を飛べるのか怪しく思える姿だが、これがチロルの可愛らしさだからね。

こんなにも素敵なもふもふを従魔として迎えることができて僕は幸せだな。

◆

翌朝、目を覚ますと僕はもふもふに包まれていた。

……これは一体、何に包まれているんだろう？

手でもふもふをかき分けて顔を出すと、僕はチロルの羽毛に包まれていたことがわかった。

体の大きなチロルは寝室の床に毛布を敷いて、そこで眠っていたはずだが、いつの間にかベッドに入り込んできたらしい。

「これこそが真の羽毛布団ってやつだ」

異世界といえど、こんなにも贅沢な羽毛に包まれて眠っているのは、僕だけなんじゃないだろうか。朝からちょっぴりと贅沢な気分である。

ふと羽毛の中を見ると、僕だけじゃなくフクもいる。

いつもは一番に目覚めて、僕を起こしてくれるのであるが、チロルの天然羽毛がかなり心地いいらしく今日はお寝坊さんのようだ。

天然羽毛布団を満喫していると、フクがぱちりと目を開けた。

フクは「くあああ」と欠伸を漏らすと、ブルブルと体を震わせる。

その衝撃でチロルも目を覚ましたらしく、パタパタと翼を動かしてベッドから降りた。

「あー、僕の天然羽毛布団が……」

もふもふによる幸せまどろみ時間は終わりを迎えてしまったようだ。

このまま余韻に浸って寝転んでいたい気持ちはあるが、多分フクによって叩き起こされるだろう。

僕は起き上がると、フクとチロルを撫でて朝一番のもふもふ成分を摂取する。

これがないと僕の朝は始まらないからね。

従魔とのコミュニケーションを終えると、身支度を整えてダイニングに移動して朝食を摂《と》る。

「アルク、新しく従魔となったチロルだが空は飛べるのか？」

食事をしていると、ジルオールがチロルを見ながら尋ねてきた。

「ちゃんと飛べるよ？　昨日だって山頂からチロルの背中に乗って帰ってきたし」

「……この体で本当に飛べるのか？」

通常のフロストバードよりも体が大きく、丸々とした体型をしているのでジルオールには飛行ができるように思えないようだ。

まあ、そう疑ってしまうのも仕方ないくらいにチロルは丸々とした体型でもふもふとしているからね。

「よし、今日はチロルの飛行能力のテストをするぞ」

「飛行能力のテスト？」

「チロルがアルクを乗せた状態でどこまで飛ぶことができ、どれくらいの速さを出せるか調べるんだ」

確かにチロルの飛行能力が、どれほどのものか調べておくのは大切だな。

今のところ山頂から屋敷まで僕とフクを乗せた状態で問題なく飛行できることは知っているが、それ以外の情報は何も把握できていないからね。

「チロルの能力を把握することには賛成だけど、なんか急だね？」

「それは私も思った」

僕だけじゃなくクロエも違和感を抱いたようだ。

まだチロルをテイムして一日しか経過していない。

フクをテイムした時は一週間くらい従魔との絆を育むために好きに時間を過ごさせてくれていたので、やや前のめりなジルオールの様子が気になった。

「ふふふ、確かに期待し過ぎているかもしれないわね」

「まあ、そうだな」

ルノアがクスリと笑い、ジルオールも自覚があったのか苦笑いする。

ジルオールが僕にどんな期待をしているのかわからない。

「チロルちゃんの飛行能力によっては、将来的にジルオールの仕事を任せることができるからよ」

「仕事ってどんなの？」

「簡単なところものだと税の徴収や領内の村や町の視察などだな」

交通網が発達していないこの世界において陸上を移動するのと、空を移動するのでは桁違いに速さが違う。通常の文官が領内にある集落、村、街を視察しようと思うと、一か月以上の時間がかかる。

しかし、空を高速で移動することのできるオルガを従えているジルオールや、チロルを従えている僕は別であり、時間を大幅に短縮することができる。

「なるほど。チロルの背中に乗って各地を回るのは楽しそうだね」

「ちなみに簡単じゃない仕事はどんなものがあるの？」

僕がチロルやフクとの空の旅を思い描いていると、クロエがジルオールに現実的な問いかけをする。

「領内、領外による魔物被害の解決だな」

「領外も？」

「そちらは利害の一致や報酬次第となるが、他の貴族から正式な依頼として頼まれることもある」

桁外れの速度で移動できる飛行戦力を有しているジルオールが、コントラクト領の問題だけでなく、他の貴族の領地の問題にも手を貸してやることがあるそうだ。

「もっとも重い仕事だと、尊き御方を送り届ける役目もある」

「さすがにそれはやりたくないいんだけど……」

「安心しろ。さすがにこれは俺も任せるつもりはない」

きっぱりと告げたジルオールの言葉に僕は安心した。

皇族の護送なんて考えただけで胃が痛くなる。仮に僕がコントラクト家の当主になったとしても、そんな責任重大な仕事だけはやりたくないな。

「あとはやれ式典に参加しろだの、急遽《きゅうきょ》開催されるパーティーに出席しろだのと細かい仕事が多くてな」

空を飛んで移動できるオルガとジルオールのコンビは重宝されているらしく、いいように仕事を振られやすいようだ。ドラゴンテイマーと名高いジルオールにも苦労はあるようで、元社畜だった僕は妙に親近感が湧くのだった。

◆

「そういうわけですぐに仕事を任せるわけじゃないが、チロルの飛行能力がどれだけのものかと確かめておきたい」

「わかった」

そういう事情があるのであれば、早めにチロルの飛行能力を確かめておいた方がいいだろう。

そんなわけで食事が終わるなり、僕、ジルオール、フク、チロルは屋敷の中庭へ移動。

ジルオールは中庭にたどり着くなり、首に下げている笛を吹いた。

ピイインッと甲高い音が響き渡ると、遠くから青白い鱗を纏ったオルガが飛んでくる。

「父さんもオルガと空を飛ぶの？」

「ああ、何かあった時に助けられるのは空を飛べるものだけだからな」

てっきり屋敷の中庭で待機してくれるものかと思ったが、どうやら一緒に空を飛んでくれるらしい。

「オルガ！　久しぶり！」

中庭にゆったりと着地したオルガに声をかけると、オルガは理知的な翡翠の瞳をこちらに向けて瞬いてくれた。

オルガが姿勢を低くすると、ジルオールが手慣れた動きで背中へと飛び乗る。

ジルオールは腕から魔力の帯のようなものを伸ばし、オルガの体へと巻き付けた。

「父さん、それは？」

「魔力縄だ。背中から落ちないようにするためや進行方向を伝達するのに便利だぞ」

「……僕にもできるかな？」

「アルクならできるはずだ」

僕とフクもチロルの背中に乗り込むと、ジルオールのような縄をイメージして魔力を放出してみる。

すると、魔力が縄のようになって飛び出し、チロルの首へと巻き付いた。

「チュン？」

「ごめんね。僕が背中から落ちないようにするために必要だから」

首に巻き付いた魔力縄がチロルは気になっているようだが、理由を説明すると納得してくれた。

魔力縄を繋ぐことに大きな拒絶がないようで安心した。

契約魔法でお互いの魔力をパスとして繋いでいるから、そこまで嫌がられないのかもしれない。

魔力縄を追加で伸ばして、フクの体も飛んでいかないように固定しておく。

「……フクも乗るのか？」

僕と一緒に乗り込んでいるフクを見て、ジルオールが微妙な顔になる。

「僕がチロルに乗る時はフクも一緒だから」

「ワン！」

絶対に乗れないならまだしも、乗せられる状況なのであればフクを置いていくようなことは有り得ない。フクも僕と離れるつもりはないらしく当然とばかりに吠えた。

「そ、そうか。じゃあ、早速空を飛ぶぞ」

ジルオールがそう言った瞬間に、オルガが翼をはためかせて空へと舞い上がる。

うおお、すごい。ドラゴンが飛び立つ姿を間近で見ると、とても迫力があるな。

おっと、ボーッと見上げていたら怒られてしまう。

「チロル、僕たちも空を飛ぶよ。今回は魔力縄を繋いでいるから安心して」

「チュン！」

背中をポンと叩きながら言うと、チロルは翼をはばたかせて空へと舞い上がった。

前回よりもやや強引な急上昇。重力や風圧が一気に襲いかかってくるが、魔力縄があるお陰で振り落とされるような心配はなかった。

グングンと空を上昇し、コントラクト家の屋敷が小さく見えるくらいになった。

屋敷の上空を飛んでいると、オルガがゆっくりと僕たちの横にくる。

「まずは、二人を乗せた状態でどれだけ速く飛べるのか確かめてみてくれ！」

「うん！　チロル、速度を上げて飛んでみて！」

「チュン！」

指示を出すと、チロルが速度を上げた。

力強く翼をはためかせる度にグングンと前に進んでいく。

体感にして時速八十キロくらいになっただろうか。でも、まだまだ速くなる。

もっと加速させてチロルがどれだけ速く飛べるのか確かめたいが、風圧がすごくて目が開けられない。

このままじゃドライアイになっちゃう！

僕は速度を落とすように頼み込むと、チロルはゆっくりと減速してくれた。

「どうした、アルク？　チロルはもっと速く飛べそうだったが？」

「風圧で目が開けられなんだ。というか、父さんはどうして平気なの⁉」

加速したチロルと並走してオルガもスピードを上げているのに、背中にいるジルオールは実に涼しげな顔をしている。ゴーグルを着けているわけでもないのに、どうして平気なんだ。

「俺は魔力で瞳を覆っているからな」

え？　そんな方法があるなんて聞いていない。

ジルオールにやってみろと言われたので膜を張るようなイメージで瞳に魔力を集めた。

すると、魔力が防護膜となり、激しい風圧が気にならなくなった。

「おお！　これなら目が余裕で開けられそう！　チロル、もう一度加速してみて！」

「チュン！」

減速していたチロルが再びスピードを上げる。

それに伴い激しい風圧が襲いかかってくるが、魔力で瞳を覆っているために平気だった。

高速飛行中でもパッチリと目を開いておくことができ、周囲の様子を確かめる余裕がある。

「チロル！　もっと加速してもいいよ！」

楽しくなってきた僕はチロルにドンドンとスピードを上げるように言う。僕が平気だとわかったのか気を遣っていたチロルがグングンと速度を上げていく。

前世の自動車で体験したことのあるスピードはあっという間に超えてしまい、未体験の領域だ。

景色が流れるというより、後ろにバックしていくような感覚。

かなりの速さになっているけどフクは大丈夫だろうか？

心配になってチラリと振り返ると、フクは顔面の肉をブルブルと震えさせてしっかりと座っていた。別の意味で心配な状態だが、こちらも問題はないようだ。

そのまま視線を横に向けると、チロルの速度に合わせてオルガも加速していた。当たり前のようにチロルの加速にピッタリと付いてきているのがすごい。

こんなに大きな体躯をしているのにこれだけ速く飛べるのが神秘的過ぎる。

周囲の情報を拾っていると、チロルがまたさらに加速した。

空気が壁のように感じられる。魔力縄を握っている手がプルプルと震えてきた。

生身の状態では堪えられないので身体強化を発動。

「チロル、まだいけるよ」

声をかけながら魔力縄を握る手に力を入れると、チロルがさらに加速した。

本能的に恐怖を感じるようになってきた。

だけど、速いからなんだ。

チロルは地上を歩いたりするよりも、空を飛ぶことの方が自然であり、得意とする領域。

自分の従魔の力を信じないでどうする。

僕はただチロルを信じてジッとしていればいい。

身体強化を維持しながら佇《たたず》んでいると、チロルがもっと加速する。

自分が大気を切り裂く弾丸になったかのようだ。

キイイインッという甲高い音がどこからともなく鳴り響いてくる。

これがチロルの普段感じている世界。自分が風と一体化するような感覚だ。

もっと加速して、チロルの世界を肌で感じたい。

しかし、僕の身体がついてこられなかった。

魔力縄を握る手がプルプルと震えており、足腰もガクガクだった。

身体強化を発動しようが基礎としての肉体は三歳児なので仕方がない。

「チロル、スピードを落として！」

自分の限界を悟った僕は、声を絞り出しながら魔力縄を握り込んだ。

すると、チロルが徐々にスピードを落とし、加速する前のゆったりとした飛行に戻ってくれた。

景色の流れる速度がゆっくりとなり、世界に音が戻ってきた。

「アルク！　平気か⁉」

「うん、大丈夫だよ！」

問題ないことをアピールするように手を振ると、並走していたジルオールが安堵の表情を浮かべていた。

「アルク、無茶をし過ぎだ。俺の心臓に悪い」

「ごめんなさい。自分がどこまでいけるか確かめたくて」

飛行能力テストとはいえ、限界ギリギリを攻め過ぎたと思う。

僕とチロルがあまりにも速度を出していたためにジルオールもかなりハラハラしていたようだ。

心配をかけて申し訳ない。

「まさか、チロルがここまでの速さを出せるとはな……」

「チロルって、かなり速い？」

「飛行型の中でもトップクラスだろうな」

ジルオールの口ぶりからすると、飛行型の魔物の中でもチロルの速度はかなりの上位に入るらしい。

「チロルの様子を見ると、まだまだ速く飛べそうだよ」

「チュン！」

僕の言葉にチロルが同意するように声を上げた。

これよりも速く飛べるとなるとどんな世界なのか非常に気になるが、今の僕の身体では確かめることはできないようだ。

その後は、僕の身体に負担のかからない速度で飛行し、どこまで飛んでいけるかを確かめてから帰還するのだった。

想像以上に高い僕とチロルの飛行能力にジルオールは実にご満悦だった。

あんまり早い内から大変な仕事は任せないでね？

はじめてのコルネ村

I want to enjoy slow living with mofumofu

「アルク、今日は俺とコルネ村に行くぞ！」

リビングのソファーでフクとじゃれ合っていると、ジルオールがそう言ってきた。

「僕も行っていいの？」

「ああ、アルクもかなり大きくなったからな」

あれから二年の月日が流れ、僕は五歳となっていた。

身長は二十センチほど伸びており、日常的に転ぶ回数も大分減ってきた。

とはいえ、所詮は五歳児なのでまだまだ子供であるが、三歳の頃に比べると大分肉体はしっかりとしてきたといえるだろう。

「アルクにはもう従魔がいるから領民たちに顔見せしておかないとね」

新しく従魔になったフクやチロルのことを周知しておかないと、外で村人たちが見かけた際に混乱してしまう可能性がある。

そういった事故を防ぐためにも従魔の顔見せをしておく必要があるのだそうだ。

「確かに何も知らずに姉さんの従魔と遭遇したら大騒ぎだもんね」

「なんでよ？　ベルはこんなにもかわいいのよ？」

クロエが不満そうに頬を膨らませて冷凍リンゴを食べているベルに抱き着いた。

いや、クロエは自分の従魔だから平気なのかもしれないけど、見慣れていない村人からすれば恐怖でしかないと思う。

それにしても、クロエも八歳になって成長したな。

僕も五歳になってかなり成長したけど、クロエはさらに成長しているので身長はまだまだ追いつくことはない。ベルに抱き着いている姿は年相応であるが、このままドンドンと綺麗になっていくのだろう。

というか、ジルオールもルノアも二年前と変わっていなさ過ぎだ。

前世では外国の人は老けるのが早いと言われていたが、うちに関してはそんな片鱗《へんりん》はまったくなさそうだ。怖いくらい二年前と変わっておらず共に元気だ。

僕も二人くらいの年齢になったらこのように健康的に歳《とし》をとりたいと思う。

「そういうわけで、今からコルネ村に向かうから準備をしろ」

準備万端のジルオールは先に外に出て行く。

「姉さんも来る？」

「さっきベルの散歩に行ったばかりだし、私は屋敷でゆっくりするわ」

季節は秋なのであるが、年の半分が雪に覆われるコントラクト領では既に雪が降り積もっていた。秋なのに前世の真冬並に寒いので十分な防寒対策が必要だ。

自室に戻ると部屋着から外着へと着替える。

肌着、長袖シャツ、民族衣装風のジャケットを着こんだら、手袋、マフラー、耳当てをしっかりと装着。

「フクも暖かい格好になろうか」

僕は福袋から犬用のダウンパーカーを取り出した。

これは福袋で手に入れたフク用の防寒着である。

フクは寒さに対して耐性があるのか平気なようであるが、寒さを感じないわけではないので防寒着を着せておくに越したことはない。

「わあ！　かわいい！」

ダウンパーカーを着ているフクはとっても可愛らしかった。

背中には真っ赤なフードがついており、被《かぶ》せてやるとすっぽりと頭が覆われる。

人間と同じように衣服を纏っているだけなのに、どうしてこんなのもかわいく見えるのか不思議だ。

「チロルも行くよ！」

僕のベッドを占拠して丸まっているチロルに声をかけると、むくりと首を伸ばして起き上がってくれた。暖かい屋敷がすっかりと気に入っているようであるが、寒さに完全耐性のあるフロストバードなのでクロエのように気が重くなったりはしないようだ。

準備を整えて外に向かうと、ジルオールは既にオルガの背中へと跨っていた。

「準備ができたなら行くぞ」

僕たちが出てくるなりオルガの背中に乗ったジルオールが空へと飛び立った。

僕とフクはすぐにチロルの背中に乗り込む。

魔力縄を繋いで身体を固定して合図を送ると、チロルもすぐに飛び立ってくれた。

オルガに続く形でピッタリと後ろに着く。

「飛び立つのがかなりスムーズになったな」

「せっかちな父親がいるものだからね」

今回はコルネ村に向かうだけだが、救援要請は時間との争いになる。

モタモタと準備に時間がかかっていては救えない命も救えなくなってしまう。

そんなジルオールの指導もあって、この二年でチロルとの飛行は大分上手くなった気がする。

あの時よりも身体も大きくなっているし魔力量も増えているので今はもっと速く飛べるだろう。

感慨深く思い返していると、僕たちはあっという間にコルネ村の近くにやってきた。

屋敷から歩いて三十分もかからないので空を飛んで移動すれば一瞬だ。

「村の外で降りる？」

「いや、せっかくの顔見せだ。派手に中央広場で降りてやろう」

適当に村の外で降りて徒歩で向かうと思ったが、そのまま中心部で着地するらしい。

地上の安全を確認するために中央広場の上空で旋回。

「うお⁉　なんだ？」

「上を見ろ！　領主様がいらっしゃったぞ！」

突如、上空にフロストドラゴンが現れたにもかかわらず、村人たちはパニックになっていない。

ジルオールとオルガのことをよく知っているようだ。

中央広場にいた村人たちが安全な場所に移動してくれたことを確認すると、僕たちはゆっくりと降下していく。中央広場の周りには雪が降り積もっていたが、風圧によって派手に吹き飛んだ。

村人たちが悲鳴を上げるが、なんかとても楽しそうだ。

「なんかすごく人が集まってない？」

中央広場にいた村人たちは六人程度だったはずだが、いつの間にか僕たちを囲えるくらいの人数がいた。遠くからもこちらに駆けつけてくる者もおり、周囲の民家からも慌てて出てくる者もいた。

「ははは、オルガは人気だからな」

周囲を見渡せば村人たちの視線の八割はオルガに向かっている気がする。

ドラゴンなんて普通に生きていれば滅多に見られることなんてないもんね。キラキラとした眼差しを向けているのは主に子供だが、大人の男性も純粋な眼差しを向けている。

こっちの世界の人たちは日本人と違って顔立ちが深く、色鮮やかな髪色や瞳をしている人が多いな。基本的に肌の色が白いのは、コントラクト領が北方地方だからだろうか。

「突然、すまないな！　今日は息子であるアルクとその従魔の顔見せにやってきた！」

オルガの背中に乗っているジルオールが高らかな声で告げ、チラリと視線を向けてくる。

村人がたくさん集まっているので一気に自己紹介をしてしまえということだろう。

村人たちの視線が一気に集まっているが、前世の面接ほどの圧迫感はない。

「はじめまして、コルネ村の皆さん！　私はコントラクト伯爵家の次男、アルク＝コントラクトといいます。今年で五歳になりました。私が乗っているのはフロストバードの亜種であるチロル、後ろにいるのが柴犬のフクです。どちらも私の従魔なのでよろしくお願いします！」

自己紹介を終えると、村人たちがパチパチと拍手を送ってくれた。

「おお、あれがアルク様か！　はじめて見たぜ！」

「綺麗な銀色の髪がルノア様とよく似ていらっしゃるわね」

「本当に五歳かよ？　うちにいる鼻たれ息子とは大違いだな」

僕を見て、村人たちが口々に感想を漏らす。

よかった。どうやら変な子供とは思われていないようだ。

「ジルオール様！　ドラゴンに触ってもいいですか？」

ホッと一息ついていると、子供の一人がジルオールに声をかけた。

「ああ、いいぞ」

「わーい！　ドラゴンだ！」

ジルオールがこくりと頷くと、子供の一団が一斉にオルガへと押しかける。

さすがはドラゴン、大人気だ。

子供たちが群がって遊具のような扱いを受けているがオルガも慣れているようだ。

子供が少しでも危ない位置にいたり、落っこちたりしそうになれば尻尾や翼を使って移動させてあげている。

子供の扱いが上手いな。そのお陰で親御さんも安心して見守っているようだ。

「アルク様、チロルちゃんに触ってもいいですか？」

チロルの背中から降りると少女がおずおずと僕に声をかけてくる。

「いいですよ」

「え、えっと、どこ触ったらいいですか？」

「うちのチロルはどこを触っても最高ですが、お腹の辺りを触ってあげると特にふわふわですよ」

「え、ああっ、ああ……ッ！」

手を取ってチロルのお腹を触らせてあげると、少女は顔を真っ赤にして興奮の声を上げる。

ふふふ、うちのチロルの羽毛は最高だろう？　存分にもふもふを堪能するといいよ。

少女にもふもふさせていると、二番目、三番目にやってきた少女がどこを触ればいいか質問してくる。別に羽毛を強く引っ張ったり、変なところを触ったりしなければ、どこでもいいんだけどなぁ？

でも、これはチロルに慣れている僕だから言えることで、初めて対面する子供たちからすればそうでもないか。僕も最初に動物に触れた時は尊過ぎて中々触れることができなかったし、この僕が優しくレクチャーしてやろう。皆ももっともふもふの虜になるといいよ。

「アルク、お前……」

「なに？　父さん？」

少女たちに丁寧に撫で方のレクチャーをしていると、ジルオールが奥歯に何かが詰まったような顔をしていた。

「……いや、なんでもない。将来が楽しみだな」

「うん！　もふもふ好きの人が増えてくれると嬉しいよ！」

もふもふ好きな人が増えると僕の話し相手も増えるし、チロルやフクも村の中での快適度が上がる。同志が増えることは良いこと尽くしだね。

「にしても、意外とフクの人気がない？」

チロルが少女やご婦人からの人気を集める一方でフクの周囲には人がいなかった。この結果は意外だ。

「アルク様、あの従魔はリンクスですか？」

「いえ、柴犬のフクです」

「……シバイヌ？」

声をかけてくれた強面の男性が小首を傾げた。

「柴犬ってのはどんな魔物なんです？」

いや、魔物じゃなくて動物なんだけど。かわいらしいけど、一応は神の眷属です。

そういえば、ジルオールやルノアも柴犬であるフクのことがわからず、どういう風に接すればいいか迷っていたっけ。

「主に大してとても忠実で他の人にも懐っこいですよ。噛んだりしない優しい子なので触ってみてください」

「え？　じゃ、じゃあ、お言葉に甘えて……」

僕が勧めると、男性はおずおずと手を伸ばす。

触るつもりはなかった様子だが、フクの魅力を知ってもらうには実際に触れ合ってもらうのが一番だ。

「おっ、わあ！　ふわっふわだ！」

「でしょう？」

「お前さん、俺を見ても怖がったりしねえんだな……」

体格もかなりごつく、頬の辺りに傷がついているおかげか結構な強面に見える。

だけど、そんなものはフクからすれば関係ない。自分を撫でてくれる人は等しくいい人くらいのマインドに違いない。

「ははっ、指を舐めるとくすぐったいだろ！　かわいいやつだな！」

強面の男性もすっかりとフクの魅力に魅了されたようだ。

笑っても怖いけど、とても穏やかな表情をしている気がする。

「俺も撫でていいですか？」

「わ、わたしも！」

「どうぞどうぞ」

強面の男性が柴犬と戯れる光景は、見ているだけだった他の村人の心にも刺さったようだ。

次々と村人たちが集まってきてフクを撫でていた。

チロルだけでなく、フクも人気になったようで僕としても嬉しい。

やっぱり、もふもふは最高だよね。

「せっかくだし、少し歩いてみるか」

「うん」

はじめてコルネ村にやってきたんだ。人々がどんな風に生活をしているのか見てみたい。

フクとチロルを呼び寄せると、戯れていた村人たちが残念そうな声を上げていた。

できればもう少し触れ合いをさせてあげたかったけど、フクとチロルにも村の中の様子を見せてあげたいからね。

ジルオールはオルガを中央広場で待機させるようだ。さすがにオルガを連れて歩くことはできないからね。

ジルオール、僕、フク、チロルが村の中を歩いていく。

中央広場周辺は石畳で整地されていたが、そこから離れると整地されていない普通の地面だ。

民家の多くは木造建築であり、一部の民家は白壁や煉瓦《れんが》のようなものを組み立てているようだった。

地面には雪が降り積もっているが、村人たちが除雪してくれているおかげか道は歩きやすい。

「中央広場から離れると、とても静かだね」

「村の人口は四百人もいないからな」

正確な数は知らないようであるが、大まかな人数は把握しているらしい。

こんな広大なエリアに住んでいるのが四百人以下だと、中央広場以外の場所が閑散としているのも仕方がないだろう。

「あっ、トナカイだ！」

歩いていると、前方からトナカイがソリを引いて歩いてくるのが見えた。

後ろには村人が乗っており、どうやら荷物を輸送している最中らしい。

とても大きなトナカイだ。角が立派でいくつにも枝分かれしている。

わざわざ止まってもらうのも申し訳ないので僕とジルオールは軽い挨拶をするに留めた。

「……アルクが飛び出すんじゃないかとヒヤヒヤしたぞ」

「したかったけど、さすがに危ないから自制したよ」

もふもふしたい衝動に駆られたのは事実だけど、さすがに僕だって時と場合を弁《わきま》えることができる。……多分。

「この辺りではトナカイでのソリの移動が主流なんだね」

「ああ、ここではトナカイによって生活の多くを助けられている」

この時期になると積雪によって歩行が困難になってしまうが、トナカイは雪の上でもスムーズに歩行できるためにソリを引いてもらって移動したり、荷物の輸送もしてもらっているようだ。

寒冷地に適応したトナカイの毛皮は優れた防寒着になる。また動植物の少ない北方ではトナカイも貴重な食料となる。ミルクを分けてもらうだけでなく、いざという時は肉にもなる。

コルネ村の人々は生活に必要な資源の多くをトナカイに支えてもらっているようだ。

「村人たちの生活は村長に聞くと面白い。ちょうど近くにあるし寄っていくか」

感心していると、ジルオールがズンズンと二階建ての民家へと歩いていく。

「え？　約束も無しに訪ねたら迷惑じゃない？」

「俺は領主だ。偉いから問題ない」

ジルオールがノッカーを叩くと、程なくして穏やかな中年の男性が出てきた。

「俺だ、トバイアス。息子の顔見せに連れてきた。入ってもいいか？」

「これはジルオール様、もちろんですとも。どうぞお入りください」

急な来訪なのに、にこやかな表情で迎え入れてくれるトバイアス。

……トバイアスさん、いい人過ぎる。

「チュン？」

扉を開けてもらって中に入ると、後ろからくぐもったチロルの声が聞こえた。

振り返ると、チロルが扉をくぐろうとして挟まっている様子が見えた。

「え！　かわいい！」

丸々とした羽毛がギュッと形を変えているところとかめっちゃかわいい。カメラがあったら写真としてすぐに収めたいくらいだ。

「いや、見てないでなんとかしてやれ」

玄関を通ろうと奮闘しているチロルを見ているとジルオールが可哀想だから助けてやれと言わんばかりの視線を向けてくる。トバイアスはどうしたらいいかわからずオロオロとしていた。

もうちょっと見守っていたい感じがあるけど、トバイアスの家の扉が壊れたら申し訳ない。

「チロル、少し小さくなれ」

僕はチロルの体を二回りほど小さくしてやる。すると、チロルの体はあっさりと玄関をくぐることができた。

「ほお、従魔の体のサイズをこのように変えることができるとは存じ上げませんでした」

「これはテイマーの常識ではない。アルクだけの特殊技術だ」

「そ、そうなのですか？」

従魔のサイズ変更に関してはジルオールとルノアもできないかと二年間研究していたができなかった。僕よりも遥かに熟達している二人がこれだけの年月をかけて習得できないとなると、この力はコントラクト家由来のものではなく、犬神による恩恵のものと考えていいだろうな。

この能力があれば、ジルオールはオルガをどこにでも連れていけるので悔しがっていたものだ。

トバイアスの家は木造式であり、入った瞬間に木の匂いで満ちており、呼吸をすると柔らかな空気が肺に満ちていくようだった。部屋は広く、自然素材を用いた家具や雑貨、アクセサリーなどが配置され、居心地がいい。大きな暖炉が稼働しており、パチパチと薪《まき》の爆《は》ぜる音が響いていた。

リビングに通されると、僕とジルオールは木製のイスに腰かけ、その対面にトバイアスが座る。

「突然、お邪魔してすみません」

「いえいえ、今年はアルク様が五歳になる頃だと聞いていたので、そろそろいらっしゃると思っていました。気になさらないでください」

アポ無しで誰かの家に突撃するなんて前世の小学生ぶりだろうか？　あの頃は何もわからない子供だったので大して気にならないが社会人を経験すると、どれだけ非常識なことをしているか分かってしまうのだがトバイアスは本当に気にしていないようだ。

この世界における階級差というのは、僕が思っているよりも強いのかもしれない。

「改めて、アルク＝コントラクトです。こちらにいるのは従魔のフクとチロルです」

「コルネ村の村長を務めさせていただいております、トバイアスと申します。こちらは妻のエーファです」

「はじめまして」

「よろしくお願いします」

台所でお茶の用意をしながらエーファが微笑んでくれた。

こちらの方も非常に優しそうだ。

「どうぞ、温かいミルクです」

「ありがとうございます」

エーファがマグカップを差し出してくれる。

外は寒かったので温かいものを出してくれるのは大変ありがたい。

手袋を外してマグカップを握ると、冷えていた手の平がじんわりと温まる。

「アルク様の従魔には、少し冷ましたものでよろしかったでしょうか？」

「助かります」

フクは温かくても飲めるけど、チロルは熱い飲み物は苦手なので配慮してもらって助かる。

エーファにお礼を言って、僕はミルクを口にする。

「わっ、美味しい！」

なんだろう？　この濃厚でクリーミーな舌触りは？

ほんのりとした自然な甘さだ。砂糖のような甘さではなく、上質な乳糖由来の控えめな甘み。

わずかなナッツのような風味が感じられ、最後に草のような香りがしてスッキリとしている。

うちの屋敷で呑んでいるミルクとは違う。

「トバイアスさん、これは何のミルクですか？」

「トナカイのミルクです」

「へー、トナカイのミルクなんですね」

「トナカイのミルクは牛乳などに比べると脂肪分が高く、非常に濃厚な味わいをしているんです。

ただ一日の生産量がそこまで多くないのが欠点ですね」

どうやら牛乳などと違って、一日にたくさんの量を搾ることができないらしい。

「美味しい？」

「ワン！」

「チュン！」

お皿に入ったミルクをピチャピチャと舐めている。

どうやらフクとチロルも気に入ったようだ。

「今日はアルクに村での生活がどのようなものか教えてやってくれ」

「かしこまりました」

ジルオールのざっくりとしたお願いにもかかわらず、トバイアスとエーファは迷惑そうな顔を一切しない。

「さて、どのようなお話からしましょうか……」

さすがにざっくりとしていて、どこからどんな風に話せばいいかトバイアスも迷っている様子。

「よければ、季節ごとの皆さんの生活を教えてください」

「わかりました」

トバイアスによると、コルネ村の人々は春になると草花を摘んで香辛料を作り、トナカイの乳を加工してチーズなどの乳製品を作る。畑を耕して短期間で育つ作物の種を植えるのだそうだ。

夏になるとベリーを摘み、春に種を植えたカブなどの作物を収穫。

秋になるとキノコを採り、野生動物の狩りや川魚の漁を行うのだそうだ。

寒さの厳しい真冬になると、村人たちが山や森に一切立ち入ることはほとんどない。

コントラクト領の真冬は本当に寒さが厳しいのでヘタをすると、寒さで凍え死んでしまうのだそうだ。その上、餌を求めて動物や魔物が活発になり、専門的な訓練を積んだ狩猟人でも森に入るのは自殺行為に当たる模様。

まったく森に入れない間に村人たちは何をしているのかというと家で毛皮をなめしたり、工芸品を作ったりと内職に精を出すそうだ。

「やっぱり、真冬に森に入るのは危険なのですね」

「ええ、ですから魔物が出現した際に、真っ先に駆けつけて討伐してくださるコントラクト家の皆さんには村一同が感謝しております」

真冬でもジルオールやルノアは従魔を連れて外に出ていくことがある。

吹雪《ふぶき》が吹き荒れようとも出て行く用事なんて何なのだろうと思っていたが、あれはコルネ村の人々に危険が及ばないように対処していたようだ。

トバイアスとエーファが深い感謝をすると、ジルオールの口角が嬉しそうに上がっていた。

僕も少しだけ吹雪の中を出歩いたことがあるが、とんでもない世界だった。

寒いのは当然として風が強く、数メートル先の視界もまともに見ることができない。

そんな中、森に入って危険な魔物を討伐できるのは従魔の力を持っているコントラクト家の人間だけだろうな。

領主は領民のために。領民は領主のために。互いに支え合う理想の関係のように思える。

そんな風に僕は質問を重ねて、コルネ村の生活を二人から教えてもらう。

二人にとっては当たり前の話かもしれないが、僕にとっては新鮮で聞いていてとても楽しい。

トバイアスとエーファも僕が興味深い反応を見せるので嬉しくなったのか、とても饒舌《じょうぜつ》に生活の苦労話や最近あったちょっとした嬉しい話なんかも語ってくれた。

「アルク、そろそろ帰るとしよう」

「あ、うん」

ジルオールから声をかけられ、いつの間にか窓から茜《あかね》色の日差しが差し込んできていることに気付いた。足元で待機していたフクは暖炉の前で眠っており、チロルは少し離れたソファーを占領するように座って眠っていた。

村人たちの生活を聞いたり、気になるところを質問していたらこんなにも時間は過ぎてしまった。

「フク、チロル、起きて。そろそろ帰るよ」

名残《なごり》惜しさを感じながらも僕はフクとチロルの体を揺する。

フクはパチリと目を開けると大きく欠伸を漏らして立ち上がり、チロルは翼を広げてソファーから降りた。

ああ、ここはトバイアスの家なのに羽根がたくさん落ちてしまっている。

僕はひとつひとつ羽根を回収してポケットに入れる。カーペットにはフクの抜け毛が少し落ちていたがこちらはさすがに拾って回収できない。

フクもよそのお家に自身の抜け毛があるのは恥ずかしいのか、くしくしと脚を動かして回収しようとしているが、さすがにフクの脚では不可能だ。

……コロコロが欲しい。そう思いながら福袋に手を突っ込むと、コロコロが出てきた。

これなら抜け毛も簡単に除去できる。僕はリビングのカーペットの上でコロコロを転がす。

吸着シールをぺりっと剥《は》がすと、またしてもコロコロ、コロコロ。

うん、やっぱり、この福袋はフクと僕がその時に欲しいと思ったものが出てきやすくなるらしい。高級ドッグフード、フリスビー、木綿のロープだって僕やフクがその時に欲しいと望んでいたものが出ていたような気がする。二年間欠かさずに引き続けていたけど出てくるのは全てフクに関連するものばかりだったし、多分そういう仕様なのだろう。

「トバイアス、エーファ、今日は世話になったな」

「いえいえ、こちらこそ。アルク様とお会いすることができてよかったです」

「今後はちょくちょくと顔も出すこともあると思う。その時はよろしく頼む」

羽根や抜け毛を回収すると、トバイアス、エーファに玄関まで見送ってもらい僕たちは外に出た。

「寒い」

家の中がとても暖かかったからか外に出ると、なおさら寒く感じてしまう。

トバイアスの家に戻りたい気持ちを必死に我慢し、オルガが待機している中央広場へと歩いていく。

中央広場にたどり着くと、オルガが数人の子供を相手にしていた。

さすがに夕方になると、ほとんどの村人は家に戻ったらしい。

ジルオールがオルガの背中に乗って飛び立つと、僕とフクもチロルの背中に乗って飛び立つ。

「トバイアスとエーファから話を聞いてどう思った？」

「思っている以上にここでの生活が厳しいんだとわかったよ」

一年の半分以上が雪に覆われるために農業ができる期間は僅かな期間しかない。ということは、食料の大半を別の方法で補う必要があるわけで、春や夏の内に採取や狩りをして、保存食をせっせと作なければいけない。村人たちは日々、真冬を乗り越えるための備えを毎日しているのだ。

「そうだ。俺たちはそんな大変な生活をしている領民たちから税を貰うことで生活できているんだ。そのことをよく理解し、これからも生活を送ってくれると嬉しい」

「うん、身に染みてわかったよ」

だから、僕も領民が困っていたらジルオールやルノアのように力になってあげたいと思った。

コントラクト家の牧場

I want to enjoy slow living with mofumofu

「ねえ、父さん」

「なんだ?」

「うちの家の収入って、父さんに依頼される仕事と領民からの税以外に何かあるの?」

朝食を終えると、僕はジルオールに尋ねた。

先日、トバイアスとエーファから村人の生活を聞いて、ふと気になったのである。

ドラゴンテイマーであるジルオールには、他領による救援として魔物退治、物資の輸送、皇族や貴族の護送といった様々な仕事の依頼がきているらしいが、それ以外にうちにはどんな収入があるのか?

「たしかに私も気になるかも。毎日のように暖炉をつけているから薪の消費も半端ないし、部屋を暖かくする魔道具もたくさんあるから魔石の消費も激しいよね?」

うちの収入についてはクロエも気になっているようだ。

コントラクト領は厳しい寒さの環境だけあって日々消費する資源も半端ない。

「使用人だって屋敷には十人以上いるから給金の支払いもかなりのものだし、従魔も食事はたくさん食べるから食費もかなり高いよね?」

冷静に考えると、今の生活レベルが収入に見合っているのか不安になってきた。

「俺の仕事以外にも主な収入は二つあるぞ」

「どんな収入？」

「一つは領内にいる魔物の素材や魔石の売却だな」

コントラクト領に出没する魔物は寒冷地に適応した特殊な魔物が多く、毛皮などは上質な防寒着として利用されるので非常に価値が高い。さらに氷属性を有した素材や魔石は、この辺りでしか入手することができないのでかなり高値で売れるらしい。

「こういった魔物素材の採取は主にルノアとセツがやってくれている」

ルノアとセツは定期的に山や森に入っていると聞く。二人はその運動がてらに魔物をたくさん狩っているのだろうな。

たまにセツだけが森に入って獲物を持ち帰ってくる姿も見かけるしね。

「素材はどこに売りに行くの？」

「ここから少し離れた街に冒険者ギルドがあるからそこでまとめて売却をしているわ。あとはジルオールが仕事のついでに立ち寄って売却してくることも多いわね」

冒険者ギルドというのは、冒険者に依頼を斡旋《あっせん》する仲介企業のような存在だ。

そこでは魔物の討伐や、素材の採取、街の清掃、手紙の配達、荷運びと多岐にわたる依頼が貼り出され、冒険者はそれらを受注し達成することによって報酬が得ることができる。

ファンタジーでは定番ともいえる職業であるが、この世界でも立派に存在しているようだ。

「もう一つの収入は？」

「もう一つに関しては説明するよりも直接目にしてもらった方がいいんじゃないかしら？」

「そうだな。二人とも大きくなったことだし、これから案内してやるとするか」

ルノアとジルオールが目を合わせて頷き合っている。

なにも知らない僕とクロエはさっぱりなのだが、どうやら収入の一つとなっている場所にこれから案内してくれるらしい。よくわからないまま僕とクロエは従魔を伴ってジルオールとルノアについていく。二人は屋敷を出ると、西に向かって真っ直ぐに進んでいく。

「この辺りって平原しかなかったわよね？」

「うん、そのはずだけど……」

この辺りにはだだっ広い平原しかないので少し散歩することはあっても、それ以上先にまで進んだことはなかった。

この奥には何もないという認識だったのでクロエと僕は戸惑う。

それでも前を歩く二人の足取りは確かなものだったので僕たちは怪訝に思いながらもついていく。屋敷から歩いて三十分ほどが経過しただろうか。

平原地帯は丘陵地帯へと変化しており、柵で囲われた広いエリアには羊がたくさんいた。

「羊だ！」

もこもことした白い毛皮に螺旋《らせん》を描くような角を生やした姿は間違いない。

「見て！　あっちには鉱石亀もいるわ！」

クロエの指さした方向を見ると、背中の甲羅から鉱石を生やした大きな亀がいた。

それだけじゃない。遠くを見渡してみると魔山羊、ハイランドチキン、ホワイトスネークなどと様々な動物や魔物がいる。

「ここって、もしかして牧場？」

尋ねると、ジルオールがこくりと頷いた。

「そうだ。正確にはコントラクト家がテイムしてきた元従魔を飼育している牧場だ」

「テイムしてきた元従魔？」

ジルオールの言い方に引っ掛かりを覚える。

今、見える範囲でも牧場内には動物や魔物が百体以上いる。いくら優秀なテイマーであるジルオールとルノアでもこれだけの数を従魔とするのは無理だ。

それに永続契約を結ぶには相性の問題もある。竜系と猛獣系のテイムを得意としている二人がさっきのような魔物をテイムすることは難しい。

「私やジルオールがテイムした従魔だけじゃなく、先代の領主や先々代の領主がテイムした従魔もいるのよ」

「へー！　道理でたくさんの従魔がいるわけだ！　すごい！」

ジルオールとルノアだけでなく、先代領主たちがテイムしてきた従魔がいるのであれば、これだけたくさんの数と種類がいるのは納得だ。

「でも、先代はともかく、先々代の領主の従魔がいるのはおかしくない？」

「あ、確かに」

動物はともかく、多くの場合は魔物よりも人間の方が早くに寿命を迎える。

クロエの口ぶりから先代は生きているのだと思うが、先々代は恐らくこの世にいないのだろう。

「主が亡くなれば、従魔との永続契約は破棄される。ここに残っているのは契約を破棄された後もここに残ることを選んだ元従魔だ」

「契約魔法を結び直したわけじゃないんだ……」

自由となった身にもかかわらず、ここにいてくれるっていうことは相当前の主を慕っていたんだな。あるいはここを居場所として認めてくれているか。どちらにせよ嬉しいことだ。

「父さん、魔羊を撫でにいってもいい？」

「ダメだ。先に施設を見学してからだ」

柵を乗り越えて中に入ろうとすると、ジルオールに全力で止められた。

ちえっ、魔羊のあのもふもふとした毛を堪能したかったのに。

仕方なくもふもふするのは後回しにして道なりに進んでいくと、大きな厩舎《きゅうしゃ》が見えてきた。

そこには真っ黒な毛に大きな角を生やした魔牛がたくさんおり、飼育員らしき人々が乳搾りをしていた。

「ジルオール様！　ルノア様！」

「娘のクロエと息子のアルクに見学をさせにきた」

「皆さんは気にせず作業に集中してください」

「すみません。助かります」

僕たちに気付いて飼育員が作業を中断しそうになったが、ルノアが静かに述べるとそのまま作業を続けた。

「あの人たちもテイマーなの？」

「いや、彼らはコルネ村から働きに来ている村人だ。テイマーではない」

「テイマーじゃなくてもお世話ができるんだ」

「コントラクト家の元従魔だからよ。普通の魔物だとそうはいかないわ」

感心していると、ルノアが補足するように言ってくる。

やっぱり、コントラクト家がテイムした従魔は特別なんだね。

「でも、中には言うことを聞いてくれない困った奴もいるがな」

言う事を聞いてくれない元従魔が気になるが、そういった困った子はジルオールやルノアがお世話をしているのだろうな。

「これが父さんたちが言っていた、もう一つの収入ってわけだね？」

「そうだ。牧場にいる魔牛からミルクを貰い、それをチーズやヨーグルトなどの乳製品として加工して輸出している」

「他には魔羊の毛を年に三回ほど刈り取ったり、他の元従魔の角、爪、鱗なんかを回収させてもらって加工品にさせてもらっているわ」

もちろん、生え変わるために落ちた角、脱皮した皮、剥離《はくり》した鱗、折れた爪だけを回収しており、無理矢理採取しているわけじゃないようだ。

そうだよね。一般的な家畜のような扱いをされたら元従魔とはいえ、ここに残りたいと思えるはずがないもんね。

「うちで出てくるミルクは魔牛のだったんだ」

「そういうことだ」

魔牛のミルクで加工した乳製品は、もちろんうちでしか安定供給ができないためにイスタニア帝国内でもかなり人気のようだ。

「コントラクト家が父さんの仕事だけに支えられているわけじゃないんだね。安心したよ」

「そんなことになれば俺が過労死するだろ」

もし、ジルオールが怪我したり、病に罹ったりしたらどうなるんだろうと思っていたが、ひとまずは問題ないみたいだ。

「せっかく牧場にきたことだし、二人とも魔牛の乳搾りでもやってみる？」

「「やる！」」

ルノアの提案に僕とクロエは即座に返事した。

「うちの子たちに乳搾り体験させてあげたいんだけど、お願いしてもいいかしら？」

「お任せください」

ルノアが声をかけると、手の空いている飼育員の一人が指導の役目を買って出てくれた。

洗い場で手を洗って清潔にすると、僕とクロエは飼育員に誘導されて厩舎の中に入る。

そこには魔牛が一頭おり、大人しく立っていた。

「近くで見ると大きいね」

「ええ」

厩舎の外から見ると、そこまで大きく感じなかったが近くで見てみると存在感がすごい。

そりゃそうだ。僕たちの身体よりも何倍も大きいし、魔物だもんね。

「どうやって搾ればいいですか？」

「乳首の根元をしっかりと握ってください。親指と人差し指でしっかりと輪を作って根元を搾り、次いで中指、薬指、小指を順番に握っていくだけです」

乳搾りのやり方自体は、前世の牛と変わらないみたいだ。

「僕が先にやっていい？」

「え、ええ、いいわよ」

クロエは勇気が出ないようなので僕が先にやってみることにした。

僕は魔牛の近くにしゃがみ込むと、ゆっくりと乳首を握る。

人間よりも基礎体温が高いのか、とても温かった。

ぷにぷにとして柔らかいように見えるが意外と弾力があるな。

飼育員に教えてもらった通りに親指と人差し指で輪を作り、根元から握り込んでみる。

すると、ビューッとミルクが飛び出し、設置したバケツに注がれた。

自分の手でミルクを搾り出していることに感動する。

「上手ですね。とてもいい感じです」

「ありがとうございます」

無心で乳搾りをしていると、飼育員が褒めてくれた。

前世で乳搾り体験をした経験が生きているようだ。

魔牛も大人しくまったく暴れる様子もないので安心して搾っていられる。

「私も搾っていいですか？」

「どうぞ」

僕が絞っている様子を見て、クロエも勇気が出たようだ。

反対側にしゃがみ込むと、おずおずとした手つきで乳首を握り、中指、薬指、小指と順番に握り込んでいく。

すると、クロエが握っている乳首からもミルクが出てきた。

「わわっ！　すごい……っ！」

どうやらクロエも上手く搾ることができたようだ。

最初から綺麗に出すのは意外と難しいのにやるな。

「バケツもいっぱいになりましたし、この辺りにしておきましょうか」

二人で黙々と搾っていると、ほどなくして飼育員が終了の声をかけてくる。

下に置いてあるバケツを見ると、いつの間にかほぼ満タンになっていた。

搾れば搾るほどに出てくるので、つい楽しくなってたくさん搾ってしまった。

飼育員がミルクを回収すると、ジルオールとルノアがやってくる。

「どうだった？」

「楽しかった！」

「それはよかったわね」

「普段口にするものでもあるし、どんな風に作られているかを知るのはいいことだ」

普通の牛の乳搾りならともかく、魔牛の乳搾りなんて滅多に体験できるものではないからね。

「搾ったミルクはすぐに飲めないの？」

飼育員が隣の施設にバケツを持っていくのをクロエが横目で見ながら素朴に述べる。

「衛生面な問題もあって搾り立てのものは飲まない方がいいのよ」

牛を飼っていると、すぐに搾ったものを飲めると誤解されがちであるが、ミルクの中にも様々な細菌があるからね。必ずお腹を壊すというほどではないが殺菌処理をしてから飲む方が安全だ。

前世でも厳しいルールが設けられていたが、こちらの世界でもそれは同じらしい。

「そうなんだ。すぐに飲めると思ったから残念」

「だが、低温殺菌したものをすぐに飲むことはできるぞ。新鮮だからうちの食卓で飲むものよりも美味い」

「ほんと!? 飲んでみたい！」

「僕も！」

「じゃあ、少し休憩がてらに外で飲んでみましょうか」

殺菌したばかりの新鮮なミルクを飲ませてくれるとのことなので、僕たちは厩舎の外にある木製のイスに腰かけて味わうことにした。

ジルオールが飼育員に声をかけると、大きな瓶に詰められたミルクを持ってきてくれた。

「どうぞ。出来立てのミルクです」

飼育員がグラスへとミルクを注ぎ、フク、チロル、ベル、セツにはお皿にミルクを注いでくれた。

全員の分が揃うと、僕たちは各々《おのおの》がグラスを持ち上げて傾けた。

さらっとした口当たりでクリーミーな風味が口の中に広がる。

「美味しい！」

「屋敷で飲んでいるのとぜんぜん違う！」

驚くほどに味わいが濃厚だ。それなのに飲み口はとてもスッキリとしていた。

普通の牛乳のようなどこかもったりとした甘みが残ることはない。

屋敷で普段飲んでいるのももちろん美味しいのだが、やはり瓶詰めしてすぐのものとはフレッシュさが違う。

「フクとチロルも美味しい？」

「ワンワン！」

「チュン！」

フクとチロルもぺろぺろと味わうようにして飲んでいた。

濃厚でクリーミーなのに喉越しが良くてごくごくと飲める。ミルクにありがちな乳臭さもまったくないし、これはたしかに売れるだろうな。

「やっぱり搾り立てのミルクは美味いな！」

ジルオールがたまらんと言わんばかりの表情でグラスをテーブルの上に置いた。

「ジルオール、口の周りに白いひげがついているわよ」

「よせ、子供たちの前だろ」

「でしたら口の周りを汚さないでください」

口元を拭かれてジルオールは恥ずかしがっているが、ルノアは明らかに面白がっていた。

……なんだか搾り立てのミルクよりも濃厚なものを見せつけられた気がする。

僕とクロエはそっと視線を逸らすと、雄大な牧場風景を眺めながら魔牛のミルクを味わうことにした。

鍛冶師に製作依頼

I want to enjoy slow living with mofumofu

「父さん、コルネ村に鍛冶師《かじ》の知り合いっている？」

「いるにはいるが、何を作らせたいんだ？」

「チロルの背中に快適に乗るための鞍が欲しいんだ。あとはフクの抜け毛を処理するブラシも欲しい」

チロルの背中に乗って長時間飛行できるようになると欲しくなるのは快適さだ。

背中に跨っているのも体力を消耗するし、ゆったりと座れるような鞍が欲しかった。

フクのブラシについては今年も換毛期を迎えて、抜け毛が激しくなってきたからである。

「鞍はともかく、フクのブラシについては屋敷にあるものじゃダメなのか？」

「換毛期になって抜け毛が大変だから、ちゃんとフクの抜け毛をとれる専用のブラシが欲しいんだ」

説明しながらフクの背中を撫でると、それだけで結構な量の毛が浮いてきた。

抜け毛をしっかりと除去しておかないと皮膚病の原因にもなってしまう。

それに抜け毛がたくさん落ちると、アレッタたちも掃除が大変なのだそうだ。

ブラシについては福袋で手に入れることもできそうなのだが、何故だか出てこない。

やはり、福袋に関してはフクの気分によっても左右されるようで中々狙い撃ちをするのは難しいのだ。

毎日引いていればいずれは出てくるかもしれないが、今年の換毛期には出てきてくれない可能性もあるからね。ちゃんと作ってもらうのが確実だ。

「……わかった。それなら、村の離れにいるローウェンを訪ねるといい。気難しい奴だが腕は確かだ。あいつならアルクの注文にも応えられるだろう」

それとなく使用人事情も含めて伝えてみるとジルオールは納得し、おすすめの鍛冶師がいる場所を教えてくれた。

僕とフクは屋敷の外に出ると、チロルの背中に乗り込み、空を飛んでコルネ村へと向かう。

コントラクト領は秋から冬に差し掛かる季節になっており、空にはどんよりとした雲が広がっていた。

真っ白な雪がしんしんと降り注いでおり、前へ進んでいくごとに雪が頬に当たる。

今は緩やかな速度で飛んでいるから気にならないが、もっと速度を上げる時や真冬なんかは身体強化をした方がいいだろうな。

空を飛んでいると、あっという間にコルネ村にたどり着く。

中央広場では村人たちが物々交換をしているのか、それなりに賑《にぎ》わっている様子だった。

ゆったりと飛んでいると、僕たちに気付いたのか村人たちが空を見上げながら手を振ってくれる。僕はそれに応えるように手を振り、ローウェンが住んでいるという北側へと抜けていった。

閑散とした北の離れ地区にやってくると、コルネ村にしては珍しい石造りの建物が見えてきた。

ジルオールが言っていた民家と特徴が一致しているので、ここにローウェンという鍛冶師がいるのだろう。

「チロル、あそこで下ろして」

「チュン！」

チロルに指示を出し、僕たちは石造りの家の前に降下した。

魔力縄を解除して地面に降り立つと、建物には大槌を交差した看板が設置されている。

お店ということだからそのまま入っていいのかな？

木製の扉を少し開けて中の様子を窺おうとすると、フクがその隙間からスッと入ってしまう。

「あっ、フク！」

フクに釣られて中に入ると、お店の中には様々な物が並べられていた。

魔物を倒すためのロングソード、ショートソード、槍《やり》、斧《おの》といったものから鉱石を加工した全身鎧、鎖帷子《くさりかたびら》、皮鎧といった防具もあり、ナイフ、包丁、鋏《はさみ》、鉈《なた》といった生活道具まで何でも揃っている。

こういった店に足を踏み入れるのは初めてだったけど、実にファンタジックな光景だ。

職人が作り上げたものを眺めるのは見ているだけで楽しい。

「ったく、こんな朝早くから誰だ？」

夢中になって作品を眺めていると、奥の部屋からくすんだ金髪をした男性が出てきた。

「ワン！」

「うおわっ⁉　なんだこの珍妙な生き物は⁉」

男性はフクを見るなり驚いたように後退った。

「驚かせてすみません。この子は従魔のフクです」

「従魔ってことはジルオールの息子か……」

「はい。アルク＝コントラクトといいます」

「俺は鍛冶師のローウェンだ」

どうやらこの人がジルオールの言っていた腕のいい鍛冶師で合っているらしい。

髪の毛はボサボサだし、作業着はしわだらけだけど本当に腕利きなのだろうか？ ちょっと怪しい。でも、前世にいたクリエイター業の人はこういう人が多かったし、とりあえずは信用してみよう。

「今日はローウェンさんに作ってもらいたいものがあって来ました」

「――その前に入口にいるのも紹介してくれねえか？ あれもお前さんの従魔なんだよな？ そうだよな？ というかそうだと言ってくれ」

不安そうなローウェンが指さした方を見ると、チロルが出入口を完全に塞ぐような形で店内を覗き込んでいた。

どうやらチロルには出入り口の幅が狭かったらしく通れないようだ。

これが野良の魔物だとしたら、僕たちは唯一の出入り口を塞がれていることになる。

確かにこれは怖い。

「あっ、すみません。僕のもう一体の従魔のチロルです。中に入れてもいいですか？」

「いや、中に入れるって言われても大きさ的に無理だろ？」

「大丈夫です。チロル、小さくなれ」

ローウェンが呆れた表情を浮かべる中、僕はチロルの体を小さくした。

小さくなってもチロルの体は丸々としているが、なんとか扉をくぐって店内に入ることができた。店内は入口よりも広いので体を元の四メートルの大きさに戻す。

「従魔の体の大きさが変わっただと⁉　コントラクト家はそんなこともできるようになったのか？」

「秘密の魔法です」

犬神からもらった能力なのでまったく違うのだが、ジルオールやルノアからはコントラクト家の秘密の魔法ということにしておけと言われている。その方が相手を混乱させることもないし、相手が詮索をしてこなくなるらしい。

「小さいのに従魔を二体も従えている上に妙な魔法を使う。ジルオールは面白い息子を持ったな」

「……あの、ローウェンさんは父と知り合いなんですか？」

平民にはかしこまった態度で話すことができない人も多いと聞いている。ローウェンもそういった振る舞いが苦手なタイプかと思ったが、どうも言動からしてジルオールに親しみを抱いている感じがした。

「そうだな。ジルオールとは聖都の騎士団にいた時からの付き合いだ」

「聖都の騎士団⁉　父さんって騎士だったんですか？」

「知らなかったのか？　若くして聖都の副騎士団長にまで上り詰めていたんだぜ？」

「へー！　ということはローウェンさんも騎士だったんですか？」

「いんや、俺はただの騎士団の鍛冶師さ」

「でも、騎士団の装備を手入れしていたってことは、相当腕が立つってことでしょう？」

つまりローウェンは専属鍛冶師ということで、王都でもかなり有名な鍛冶師ということになる。

「へへ、俺のことはどうでもいいんだよ。で、今日は何を作ってほしいんだ？」

あ、流された。ジルオールのことは教えてくれるけど、自分の過去のことを聞かれるのは恥ずかしいらしい。

ローウェンの過去も気になるけど、話が逸れていたのも事実なので引き下がって本題に入ることにした。

「チロルの背中に乗って飛ぶための鞍と、フクの抜け毛を取り除くためのブラシを作ってほしいんです」

僕は事前に考えていた簡易設計図をローウェンに渡す。

チロルの背中に乗るための鞍は乗馬用のものを大きくしたもので、フクのためのブラシはスリッカーブラシとファーミネーターという抜け毛を除去してくれる便利なブラシだ。

「随分と丁寧な注文書だな」

「大事な従魔のために用意してもらうものですから」

チロルの鞍はともかく、スリッカーブラシとファーミネーターは馴染みのない前世のブラシだ。

口頭で説明するよりも、こういう風にイメージを書き出す方がいいと思った。

「できますか？」

僕はローウェンが読み終わったであろうタイミングで尋ねた。

「鞍は問題ねえ。ただブラシが初めての形状なもんでいくつか質問してもいいか？」

「どうぞ」

こくりと頷くと、ローウェンはブラシの形状の疑問点や使用法、フクの被毛の特徴などについても質問を重ねてきた。道具のことだけでなく、従魔であるフクにもヒアリングをしてくれるとは……。さすがは騎士団の鍛冶師をしていただけあって仕事ぶりは真面目だ。

最初に怪しいなんて思って申し訳ない。

「鞍のためにフロストバードの亜種の採寸をしてもいいか？」

「どうぞ」

軽く見ただけで亜種ってわかるんだ。

僕はこくりと頷く、ローウェンが採寸しやすいようにチロルにその場で大人しくするように言った。

「……暴れたりしないよな？」

「しませんよ。空腹になれば暴れるかもですが……」

「おい！」

「冗談ですよ」

空腹になると若干不機嫌になりはするけど、チロルはそんなことで暴れたりはしない。

ローウェンは若干ビビりながらも計測道具でチロルの体のサイズを計ってくれた。

ついでにブラシのためと、フクが騎乗することを考えてかフクの採寸も済ませる。

「よし、一週間後で費用は金貨五枚だ！」

「わかりました。先に半分の前金を渡しておきますね」

「…………」

「なんです？」

金貨二枚と銀貨五枚を先に渡すと、ローウェンがぽかんとした顔を浮かべていた。

「……普通はこういう時に値切ったりするもんだろ？」

「これから従魔と共に使う大事なものを値切ったりしませんよ。あっ、明らかにぼったくりな値段だったら別ですけどね？」

ジルオールからの紹介であり、昔からの知り合いだ。

そんな腕利きの職人を相手に値切るような真似はできるはずがない。

前世でも職人にお金を出し渋って、大変なことになった企業をいくつも知っているしね。

「ハハハハハ！　お前さんはわかってるじゃねえか！」

そんな素直な気持ちを述べると、ローウェンは愉快そうに笑って僕の肩を叩いた。

なんかよくわからないけど、気に入ってくれたようで何よりだ。

◆

「フク、ブラッシングをしようか！」

「ワン！」

一週間後。ローウェンにスリッカーブラシとファーミネーターを作ってもらった僕は、フクのブラッシングをすることにした。

「今日はローウェンに作ってもらった新作のブラシを使うんだな？」

「うん。普通のブラシとはまったく構造が違うから毛がごっそりと取れるはずだよ」

「それじゃあ、今日のブラッシングで抜け毛が大分マシになるってことかしら？」

「うん、そのはずだよ」

そう告げると、ジルオール、ルノア、クロエがホッとしたような顔になった。

換毛期なのでブラッシングは毎日していたが、フクに合ったブラシを使っていなかったからか毛を取りきることができず、ここ一週間ほどは服、家具、リビングが毛だらけになっていた。

家族や使用人にはそれで迷惑をかけてしまっていたが、そんな状態とは今日でおさらばだ。

「まずは服を脱いじゃおうね～」

ここ最近は換毛期だったのでフクには抜け毛予防のために衣服を着た状態で過ごしていてもらっていたからね。

服を脱がすと、フクはブルブルと体を震わせる。

それだけで抜け毛が舞い上がるのがすごい。

フクの体には綿毛のような毛の塊が浮かび上がっている。完全に換毛期だ。

柴犬は春と秋の二回換毛期を迎える。春は夏に向けて毛を減らし、蒸れを減らすことで暑さを乗り越える。一方、秋は夏毛から寒い冬に備えて保温性の高い毛に生え変わるため。

つまり、フクの換毛はコントラクト領の厳しい寒さを乗り越えるために必要なものなのだ。

「まずはブラッシングをするよ」

定期的にスリッカーブラシでブラッシングをしているならともかく、していなかった状態でいきなりファーミネーターを使うのはフクへの大きな負担になる。

まずは通常のコームブラシによるブラッシングを行うことにした。

「あはは、普通にブラシをするだけで毛が大量に抜けるや」

スリッカーブラシを使っているわけでもないのにブラシに大量の毛が絡まってくる。これは完全に普通のブラシだけじゃ死毛とも呼ばれる抜け毛を落とすことはできないな。

ブラッシングしては絡まってくる毛を落とし、またブラッシングしては絡まる毛を落とす。毛のもつれや毛玉を解きながら全身にブラッシングをかけると、ようやく第一段階の終了だ。

前段階のブラシが終わっただけなのにマットの上にはこんもりとした綿毛がある。

コームブラシでこれならスリッカーブラシやファーミネーターを使った時にどうなるか楽しみだ。

「よし、次はいよいよスリッカーブラシだよ」

次はいよいよローウェンに作ってもらったスリッカーブラシの出番だ。

「……これがローウェンに作ってもらったブラシか？」

新しいブラシでどんな風にブラッシングをするのか興味があるのかジルオール、ルノア、クロエが覗き込んでくる。

「細いピンがくの字になっているわね？」

「うん。この折れ曲がった部分で体に付着したゴミ、ダニ、ノミを取り除き、死毛を取り除いてくれるんだ」

スリッカーブラシは握り締めると力が入り過ぎてしまうので、力が入らないように柄の部分を軽くつまむようにして持つ。

左手でフクの背中の皮膚を押さえると、右手に持ったスリッカーブラシで優しく撫でる。

人間の髪を梳くような感じではなく、叩いてほぐすような感じで少しずつブラッシング。

「フク、痛くない？」

「ワン！」

はじめてスリッカーブラシを使ってみたが、フクは特に嫌がる様子を見せていない。

目を細め、舌を出し、リラックスしているような表情をしており安心した。

「たくさん毛がついてる！」

「軽くブラッシングしているだけなのにこんなにも取れるんだ！」

スリッカーを確認してみると、予想通りの毛量が付着していた。

初めてスリッカーの効果を確認したクロエは驚いている。

スリッカーに付着した綿毛をコームブラシでサッと落とすと、再びスリッカーブラシで撫でてやる。

奥の死毛がしっかりと引っ掛かっている感じだ。刈り取っているという手応えが半端ない。

なによりブラッシングをしている僕が楽しい。次々と死毛が取れていく。

「こんなにも毛が取れてしまって大丈夫なのか？」

フクから抜けていく毛を見て、ジルオールが心配そうな表情を浮かべる。

フクの足元にはこんもりとした毛が転がっており、慣れていない人からすれば心配になるレベルだろう。

「大丈夫。これは全部死毛だから」

「むしろ、取り除いておかないと体に悪いのよ」

猛獣系のテイムを得意とするルノアは、従魔の換毛期についても理解しているようだ。

「大分、見た目がスッキリしてきたわね！」

スリッカー、コームブラシでブラッシングを終えると、こんもりとしていたフクの体が大分スリムになってきた。余分な毛が落ちた影響だろう。

「最後にファーミネーターで仕上げ！」

ファーミネーターは特殊なエッジで抜け毛や不要な毛をすくい取ってくれるブラシだ。

スリッカーと同様に毛の薄い部分への使用は控える。

左手で皮膚を押さえてあげながら右手でファーミネーターを動かしてみる。

すると、ファーミネーターにもしっかりと死毛がついていた。

うん、抜けているのはすべて死毛だ。抜けちゃいけない毛は抜けていない。

「あれだけ取ったのにまだ出てくるんだ」

「奥の死毛は手強いからね」

コーム、スリッカーブラシを使ったのに、フクの体からは死毛が刈り取られていた。

毛が抜けてるっていうより、あふれ出てくるって感じだ。

念のためにフクの反応を確認すると嫌がっている様子は無かった。むしろ、ブラシの種類を変えて、いつもより丹念にブラッシングをしているためにご満悦そうだった。

フクに問題がないことを確認すると、再びファーミネーターでブラッシングする。使う時のコツは一回で多くの毛を抜こうとするのではなく、少量をテンポ良く抜いていくことだ。

すでにしっかりとコームブラシが通っているので力を入れなくてもスムーズに動いてくれる。

そうやってファーミネーターを使っていると、フクの全身の手触りがかなり良くなった。

全体に手を沿わせても死毛はほとんど抜けず、指が引っ掛かることはない。

ファーミネーターは、やり過ぎてしまうと必要な毛まで抜けてしまうからね。ほどほどのところで切り上げるのがいい。

「はい、これでブラッシング終わり！」

ブラッシングを終えると、フクの体は大分スリムになっていた。

「フクちゃん、すごく毛が抜けたじゃない！」

「これだけでお人形が作れそう！」

フクの足元に積み上がった死毛を手にしてルノアとクロエが無邪気な声を上げた。

「……その体のどこにこれだけの毛を隠して持っていたんだ？」

一方、ジルオールは死毛のあまりの多さに驚愕している。

凶器を隠して持っている犯人を見つけた時のような顔だった。

うん、こんなに死毛があったなんて僕も驚きだよ。

道理で屋敷の中が毛塗《けまみ》れになるわけだ。

「ワン！」

フクが尻尾を振ってご機嫌そうにリビングの中を走り回る。

不要な死毛がなくなったことが嬉しいのだろう。僕はフクを追いかけると、後ろからもふもふもふしてやる。うん、不要な毛が抜けたお陰で被毛がツルツルのすべすべだ。もふもふ感が120％アップである。

「いいブラシね。私もセツのために作ってもらおうかしら？」

「私もベルのために欲しいかも！」

ルノアとクロエがそれぞれのブラシを手にして呟く。

二人の従魔にも被毛があるからね。柴犬のように大量に毛が落ちることはないとは思うが、不要な毛を落とすためにスリッカーブラシなんかは持っておいてもいいかもしれない。

「失礼します。そろそろリビングのお掃除を――ってなんですか？　この毛は⁉」

スリムになったフクを抱き締めていると、アレッタとソフィーが掃除用具を手にして部屋に入ってきた。

うん、入室するなりこんな量の毛があれば、誰だって驚くよね。

「ああ、これは新しく作ってもらったブラシでフクのブラッシングをしていたんだ。これだけ死毛を刈り取ったからしばらくは屋敷が毛だらけになることはないと思うよ」

「ほ、本当ですか⁉」

「ということは、毎日の大掃除から解放されるってことですよね⁉　やったー！」

フクの死毛の大部分を刈り取ったことを伝えると、ソフィーとアレッタが手を合わせるようにして喜んだ。そうだよね。あちこちの部屋が毛だらけになって一番大変なのは、屋敷の清掃をしてくれているアレッタやソフィーたちだもんね。

スリッカーブラシとファーミネーターが出来たことに心底喜んでいるのはフクや僕たちではなく、毎日の清掃をしてくれていたメイドたちだろうと思った。

鞍の試乗

I want to enjoy slow living with mofumofu

ここのところずっと雪が降っていたが、今日は珍しく朝から雪が降っていない。

天気も良くて風もそれほど強くない。

ローウェンに作ってもらった鞍の調子を確かめるにはいい機会だ。

「チロル、今日は空をお散歩しようか！」

「チュン！」

ここのところ空を飛んでいなかったのでチロルも嬉しそうだ。

僕たちは外に出かけることにした。

玄関を出ると、僕は福袋から作ってもらった鞍を取り出す。

チロルの背中に鞍を設置すると、ベルトを伸ばして体へと巻き付ける。

「苦しくない？」

「チュン！」

チロルが苦しくなっていないことを確認すると、僕は背中にある鞍へと乗り込んでみる。

鞍があるおかげでゆったりと腰を落ち着けることができる。座っていた不安定な感覚がまるでない。騎乗が安定しているので身体を支える魔力縄も減らせそうだ。

進行方向や意思を伝えるために首回りに二本繋ぐだけで十分だな。

「うわあ、これはいいや！」

鞍は後ろにも少し伸びており、フクも落ち着いて腰を下ろすことできる。

これで長時間飛行することになってもフクの負担は軽減されるだろう。

「おっ、それがローウェンに作ってもらった鞍か？　乗り心地はどうだ？」

鞍の調子を確かめていると屋敷からジルオールがやってきた。

「かなりいい感じ！　さっそく、これで飛んでみようと思う！」

「ちょっと待ってくれ。俺も付いていく」

魔力縄を二本生成して飛び立とうとすると、ジルオールが待ったをかける。

「仕事はいいの？」

寒冷地であるコントラクト領では冬になると、各地で雪が降り積もって交通が滞る。そのために年末ではなく、少し早めの秋に領内の税収に関する書類などが届いたり、来年の施策についての書類が届くそうだ。

前世でいう季節早めの年末調整のようなもの。そのため領主であるジルオールは激務のはず。

それを心配して尋ねると、ジルオールはスッと視線を逸らした。

「……たまには俺だって息抜きがしたいんだ」

遠くを見ながらピイイッと笛を鳴らす。

そうだよね。ここ最近はずっと執務室に籠っていたし、ちょっとくらい息抜きをしないとね。

元は社畜である僕にはジルオールの気持ちが痛いほどに分かった。

今日はこれ以上仕事の話はしないでおいてあげよう。

ほどなくすると遠方からオルガがやってきた。ジルオールはオルガの背中に乗ると素早く飛び立つ。いつもよりも離陸が早いのは執務から逃げたい一心なのかもしれない。

僕も魔力縄を握りこんで合図を送ると、チロルが翼を広げて空へと飛び立った。

上空へと到達すると、オルガが僕たちの後ろへと回り込む。今回はローウェンに作ってもらった鞍の試乗なので飛び方は僕に任せるという感じだろう。

意図を理解した僕はお言葉に甘えて好きに飛ばせてもらうことに。

「チロル、あの山に向かって飛んで！」

「チュン！」

指示を出して、チロルにひたすら真っ直ぐに飛んでもらう。

「うわー！　すごい！　安定感が段違いだ！」

鞍に乗っているおかげで加速しても身体の軸がぶれることはない。チロルとのフィット感がとてもある。鐙《あぶみ》に足を置くことができるので足が疲れることもなく、騎乗がとても安定していた。

「チロル、スピードを上げてみて！」

「チュン！」

チロルがより大きく翼を動かし、飛行速度を上げていく。スピードがドンドンと上がっていくが身体への負担はまったくない。鞍に乗ることで身体が支えられているので無理に魔力縄を握り込む必要もない。

僕の身体への負担だけでなく、チロルの体への負担も抑えられているように感じた。

「フクも大丈夫？」

「ワン！」

相変わらずフクの顔の肉はブルブルと震えているが、鞍の後ろに座ることができるので大分楽そうだ。念のために魔力縄を一本伸ばして体を固定しているので吹き飛ばされる恐れもない。

僕は身体強化を発動し、チロルにもっとスピードを上げてもらうことにした。

すると、チロルがグングンと速度を上げていく。

二年前の限界速度に到達すると、チロルが心配するようにチラッと振り返る。

「大丈夫！　まだまだいけるよ！」

そう告げると、チロルはさらに翼をはばたかせて加速した。

景色が一気に後ろへ流れ、空気が圧縮された塊のようにぶつかってくるが鞍のおかげで騎乗は安定している。身体強化の技術が上がったこともあるが単純に肉体成長したおかげでまったく負担にはならなかった。

二年前以上に速度を出せることを確認した僕は、徐々に飛行速度を緩めてもらうことにした。

平常速度になるとオルガがピッタリと横についてきてジルオールが声をかけてくる。

「鞍の調子はどうだ？」

「すごくいいよ。おかげで騎乗が安定する」

鞍があるのと無いのでは乗り心地が段違いだ。

こんないいものを作ってくれたローウェンと紹介してくれたジルオールに感謝である。

「騎乗が安定するんだったらそうだな――」

「ギャアアアアアッ！」

ジルオールが何かを言いかけたところで後方からつんざくような声が聞こえた。

振り返ると、大きく翼を広げた飛竜のようなものがこちらに向かって飛んでいた。

「あれってワイバーン？」

「そうだ」

一瞬、ドラゴンのようにも見えたが、オルガに比べると胴体はかなり細くて蛇のようだ。腕が翼と一体化しており、骨格が蝙蝠のようだった。

ドラゴンはワイバーンと一種にされるのを嫌うというが、あれと一種にされたら怒るのも無理はない。

「どうする？」

「アルクがチロルの力を引き出して倒すんだ」

「え？　僕たちが？」

「騎乗も安定したことだ。アルクが空中戦闘を経験するのにちょうどいい」

空を移動していれば、いずれは同じ飛行型の魔物と戦闘になることはわかっていたけど、まさかこんなタイミングで戦うことになるなんて思いもしなかった。

「えっと、逃げるって選択肢は？」

「ワイバーンは執念深い上に狂暴だ。ここで逃げても追いかけてくる可能性があるし、ここを通る度に絡まれるぞ」

げっ、それは嫌だ。この辺りはチロルとの空のお散歩ルートなのでいちいち襲われたくはない。

後方ではワイバーンがぎらついた視線をこちらに飛ばしながら叫んでいる。

チロルが顔をしかめて鬱陶しそうな表情をしていた。

「それに放置していれば、領民に危害を加える可能性もあるからな。できれば討伐しておきたい」

「わかったよ。倒す。だけど、チロルの力を引き出して倒すって言われてもどうすればいい？」

「何も考える必要はない。ただこうして飛んでいるのと同じだ」

飛んでいるのと同じってどういうことだ？

ジルオールの言葉を聞いた僕は、自分なりに意味を考えてみる。

そして、簡単な決断を下した。

「チロル、僕たちのことは気にせずワイバーンを倒して！」

「チュン！」

僕にはジルオールのように空での戦闘の経験など無いし、空中戦の基本もほとんど知らない。

だけど、フロストバードの亜種であるチロルには、これまであの山に君臨して勝ち抜いてきた経験とセンスがある。僕はただそれを信じればいい。

チロルの体が傾いたかと思うと浮遊感と凄まじい重力を感じ、気が付くと僕たちはワイバーンの後ろ側へと回っていた。

どうやら高速での宙返りを決めていたらしい。

「チュン！」

後方を取ったチロルが嘴から冷気のブレスを射出する。

ワイバーンは回避しようと体を傾けるが間に合わず、右の翼に被弾した。

被弾した箇所から氷が徐々に浸食していき翼の動きを阻害する。

そんな大きな隙をチロルは逃さない。

チロルは鉤爪《かぎつめ》を構えると、翼をはばたかせて急加速。

よろよろと飛行を続けるワイバーンの背中に鉤爪を叩きつけた。

「ギャアアアッ⁉」

ワイバーンの背中をガッチリと掴みながら僕たちは急降下。

地上が近づいてくると、チロルは鉤爪をポイッと離して上昇。

ワイバーンだけが上空から凄まじい勢いを持って地面へと叩きつけられた。

「やったかな？」

「あんな技をやられては並大抵の生き物は生存できんだろうな」

念のために警戒して宙から様子を窺っていると、見守っていたジルオールがやや引きつった顔で呟いた。

宙返りで後ろを取ってからの氷結ブレス。翼を凍らせて相手の機動力を奪った上で鉤爪による強襲。そのまま上空からの落下エネルギーを加えて、地上に叩きつける。

まさか、チロルがここまでえぐい攻撃を仕掛けるとは僕も思っていなかった。

激しい雪煙が晴れ、ゆっくりと降下しながらクレーターを確認すると、中心地には事切れたワイバーンが横たわっていた。

「やった、チロル！　ワイバーンを倒しちゃうなんてすごいよ！」

「チュン！」

見事な成果を褒めると、チロルがこれくらいは当然とばかりに胸を張った。

「倒したワイバーンはどうする？」

僕たちの目の前にはワイバーンの死体が一体。

全長四メートルくらいはあるだろうか。近くで見てみると中々の大きさだ。

こんな大きな生き物が空を飛んで襲い掛かってくると思うと確かに脅威だと思う。

「オルガなら持ち帰ることもできなくもないが――」

「グルル」

ジルオールが視線をやると、オルガが不服そうな顔をしながら低い声を漏らした。

その様子から乗り気ではないことは明らかだ。

「……魔石をはじめ素材の一部だけ持ち帰ることにしよう」

「ワイバーンの素材って結構使えるの？」

「翼膜、皮。骨なんかは防具に加工できるし、尻尾の棘《とげ》からは毒なんかも採取できる。肉は少し硬いが、量もあってそれなりに美味い」

「できれば、全部持ち帰りたい？」

「無理をするほどじゃないぞ？　帰り道のために十分な体力を残しておかないといけないからな」

体力があるからといって行き道で調子に乗ってしまえば、帰り道に支障が出る可能性がある。

ただの帰り道だけならまだいいのだが、予期せぬ天気の変化に巻き込まれたら？　あるいは今回のように魔物に襲われたら？　空を飛ぶことも決して安全ではない。

僕たちはそういった様々な事態を想定して従魔の体力を温存させておかなければいけない。

「大丈夫。運搬してもらうのはチロルじゃないから」

「どういうことだ？」

ジルオールが小首を傾げるのを横目に僕はワイバーンの死骸へと寄っていく。

僕は懐から福袋を取り出すと、ワイバーンの体へと押し付けた。

すると、福袋の蓋が大きく開き、ワイバーンの死骸が吸い込まれる。

これだけの大きさの物を収納するのは初めてだったが福袋で収納できるみたいだ。

「なっ⁉　なんだそれは⁉」

これは良い検証になったなと喜んでいると、ジルオールが酷く驚いた顔をしている。

「父さんに見せるのは初めてだっけ？」

「見せるも何も、そんなものは聞いたことがないぞ！」

……あれ？　そうだったっけ？

「福袋っていうんだ。何でも物が入る上に腐ったりしないからとても便利なんだ」

「……意味がわからん。そんな物をどこで手に入れた？」

「フクが持っていたんだ。ね？」

「ワン！」

僕の言葉にフクが同意するように元気よく吠えた。

本当の意味では犬神からフクへの贈り物なんだけど、そんなことを伝えても意味が無いし、フクが持っていたのは事実だ。

「そういえば、最初に出会った時にそんな袋を首に下げていたような……」

僕たちの言葉を聞いて、ジルオールがこめかみの辺りに手を置いて思い出すように呟いた。

「そういう大事なことは早く言え」

「ごめんなさい」

別に隠していたわけじゃない。ただ報告するタイミングが無かっただけだ。

「こういう袋って他にもないの？」

「そんな意味のわからない袋が他にあって堪《たま》るもんか。見せてみろ。一体どういう魔法原理なんだ？」

魔法の発達したファンタジー世界なので福袋のようなものが他にもあるんじゃないかと思ったが、どうやらジルオールの知っている範囲では存在しないようだ。

「む？　アルクが使っていた時のように収納できないぞ？」

福袋を手にしていたジルオールが疑問の声を上げた。

積もっている雪を詰めようとしたようだが、見た目通りの容量しか収納することができないようだ。

「え？　ちょっと貸してみて」

「うむ」

ジルオールから僕の手に渡ると、福袋の中に入っていた雪は亜空間に収納された。

「どうやらアルクにしか使えないみたいだな。他の者も使えるようであれば便利だったんだがな」

これは犬神からフクへの贈り物なので、主である僕は特別に使用の許可が出ているだけ。そう考えると、他の人が使用できないのも納得できる話だった。

「……これってマズい？」

「マズいな。流通の概念がひっくり返る」

「でも、色々と領内に必要な物を手に入れるには便利だよね？」

福袋の凄まじさは理解できたが、だからといって一生使わないでおけというのはもったいないと思う。

「領内のことを考えれば活用しない手はないが、不用意に言い触らすんじゃないぞ？」

「もし、バレるとどうなるの？」

「俺たちよりも高位の貴族や大商人が圧力をかけてでも手に入れようとするだろう。最悪、皇族に取り上げられる可能性もある」

「でも、他の人が使っても意味がないんだけど……」

これは僕しか使えないので他の人が手に入れても価値はない。

「だとしたら一生皇族のお買い物係だな」

「それはなんか嫌だね」

いくらお金を積まれて生活が保障されようとも、そんな生活は楽しくないのでしたくないものだ。

リバーシ

「今日も雪がすごいね」

屋敷のリビングの窓を覗けば、外の世界では激しく雪が吹き荒れている。

季節は秋から冬へと近づいており、こうやって一日中雪が降り注ぐ日も増えてきた。

「これだけ雪がすごいとお散歩は今日も難しいね」

「くううん」

お散歩は無しだと告げると、フクが耳をしおらせて残念そうな声を漏らした。

僕はフクを慰めるために頭や耳の周りをぐりぐりと撫でてやる。

ちょっと雪が降っているくらいなら問題ないんだけど、これだけの風も吹いているからね。

フクは活動が可能かもしれないけど、ただの人間でしかない僕にはとてもじゃないが外を出歩くことはできないからね。こればっかりはしょうがない。

「代わりにフリスビーでもする？」

福袋からフリスビーを取り出して誘うように動かす。

「ワン！」

散歩ができないことにしょぼくれていたフクであるが、体を動かす遊びはしたかったらしく嬉しそうに足元に寄ってきた。

室内でフリスビーなんて普通はできないけど、うちの家は広大な屋敷だからね。

リビングではさすがに怒られるけど、エントランスホールや廊下などでは余裕で遊べたりする。

もちろん、外のようにと自由にとはいかないけどね。

「あ、フリスビーなら私もやりたい！」

フリスビーをやるためにエントランスに移動しようとすると、リビングでなにやら勉強をしていたクロエがやってくる。

「……勉強はいいの？」

「たまにはこうやって息抜きをしないと続かないのよ」

なんだか最近、同じような台詞《せりふ》を聞いたような気がする。

「……なに？」

「いや、なんでもないよ」

やっぱり、親子なんだなぁと思ったけど、余計なことを言うと怒られそうなので適当に笑って誤魔化した。

エントランスに到着すると、僕たちはフリスビー遊びをする。

「それ！」

手首のスナップを利かせてフリスビーを水平に投げる。

フクは素早く反応して走り出すと、フリスビーが地面に落ちるよりも前に落下地点に入ってジャンプ。

空中でフリスビーを咥えることでキャッチしてみせた。相変わらず見事なキャッチである。

フクはフリスビーを咥えて戻ってくると、今度はクロエが投げる番である。

「いくわよー！　てい！」

投げ慣れていないクロエの投擲は真っ直ぐには飛ばず、明後日の方向へと低空で飛んでいった。

「うわ、姉さん鬼畜」

「わ、わざとじゃないわよ！」

ただでさえ、予測しにくいフォームに加えて落下も早い低空飛行だ。これはさすがにフクもノーバウンドでキャッチするのは難しいのではないだろうか。

そう思ったのだがフクは驚異的な反応速度を見せて、クロエの明後日の投擲をも見事キャッチしてみせた。

「すごい！　姉さんのノーコンなフリスビーもキャッチできるなんて！」

「……ノーコンで悪かったわね」

フリスビーを回収してフクの頭を撫でてやると、側で聞いていたクロエがイラっとしたような顔をしていた。

そんな風に二人でフリスビーを投げて遊んでいると、突如としてフクが追いかけるのを止《や》めた。

「あれ？　アルク、フクがフリスビーを取りにいってくれないわ!?」

「あー、飽きちゃったんだと思う」

すっかりと動く様子がなく、エントランスの内を自由に歩き回るフクを見て僕は悟った。

柴犬は賢い犬種であるが飽きっぽいのが特徴的だ。

フリスビーで遊ぶのが初めての時はあまりの楽しさに半日ほどせがまれたが、既に遊び慣れたものなので今はそんな風にせがまれることはない。三十分も遊べば十分という感じだ。

「どうする?」

「こうなったらフリスビーは終わりかな」

本人が飽きてしまった以上、しつこくフリスビーに誘っても仕方がない。

大人しくエントランスからリビングへと戻ると、執務室に籠っているはずのジルオールがいた。

「あ、父さん」

「二人とも暇ならちょっと遊ばないか?　面白い遊び道具が手に入ったんだ」

ジルオールはニヤリと笑うと、木製の薄い板のようなものを見せつけてくる。

どこかで見たような遊び道具だ。

「お仕事はいいの?」

「……たまには息抜きも必要だ」

僕が尋ねると、ジルオールはまたどこかで聞いたことのある台詞を述べた。

クロエも思い当たることのある台詞だと思ったのか微妙そうな表情をしていた。

着々と自分が親に似てきていると思うとなんだか複雑だよね。母親であるルノアならともかく父親であるジルオールとなると、娘であるクロエの気持ちはひとしおだろう。

「なんだ?　この微妙な空気は?」

「なんでもないよ。それより、面白い遊び道具っていうのは?」

異様な空気を察したジルオールを誤魔化し、席につきながら先の言葉を促す。

「ミスフィリト王国から最近入ってきた遊び道具でな。『リバーシ』というんだ」

「リバーシ？」

もしかして、前世でもあった遊び道具だろうか？　いや、さすがに同じ遊びってわけはないだろう。名前が同じなだけでまったく別の遊戯に違いない。

「……どうやって遊ぶの？」

「遊び方は簡単だ。盤上にコマを一枚ずつ置いていき、相手のコマを挟んで自分の色にするんだ。コマを置く時は必ず相手のコマを縦、横、斜めに挟む必要があり、最終的に自分の色のコマが多い方が勝ちとなる」

おそるおそる尋ねてみると、ジルオールがつらつらとリバーシの説明をしてくれる。

薄い板を見ると八×八の六十四マスになっており、コマの色も裏表で白と黒となっていた。

……完全に前世と同じリバーシだ。なんでこんなものが異世界にあるんだ？

いや、冷蔵庫やドライヤーに酷似した魔道具があるようにこちらの世界でもそういった遊び道具が開発されていてもおかしくはない。おかしくはないけど、ここまで見た目やルール、名前までもが酷似することってあるものなのだろうか？

「ねえ、父さん。この遊び道具ってミスフィリト王国の誰が発明したの？」

「玩具王という数々の遊び道具を開発している者らしい」

「玩具王？」

なんだそのふざけた名前は？　具体的にどこの誰か教えてほしいんだけど……。

「いや、ふざけているんじゃなくてだな。王国内でも誰が作ったかは知らないみたいだ。一説では平民が開発したとか、とある田舎領主の次男が開発したと言われているらしいぞ」

このリバーシは明らかに前世の香りがする。

もしかして、僕と同じように転生者がいて、そいつがこちらの世界で作ったんじゃないだろうか？　思わずそんなことを疑ってしまうようなクオリティだった。

「誰が作ったとか別にどうでもいいわ！　要はコマで挟めばいいんでしょ？　簡単じゃない！」

「よし、ならば対戦だ！」

クロエが乗り気な様子を見せると、ジルオールがウキウキとしながら言う。

「アルクは次だ。そこでよく見て、ルールを覚えるんだぞ？」

「わかった」

リバーシであれば、前世でも散々やった遊びなのでルールは覚えている。

しかし、そんなことは言えないので大人しくフクと二人の対戦を見守ることにした。

中央に白、黒のコマを二枚ずつ設置すると、ジルオールが先手としてスタートだ。

ジルオールが黒のコマを並べて挟み、クロエが白のコマを並べて挟んでいく。

序盤はコマが少ないこともあって大きな動きはみせない。

パチパチとコマを置いていき、互いに数枚のコマを奪い合っていく。

中盤になると並べられたコマの数が増え、ひっくり返される数も大きくなってきた。

「やった！　いっぱいコマを挟めた！」

「やるじゃないか」

最初にたくさんのコマをひっくり返したのは初心者であるクロエだ。

順調にコマを挟んではジルオールのコマを奪う。

後先考えずにとりあえず多くひっくり返せるところにコマを置いている。

初心者の典型的な悪手だった。

ジルオールはコマを取らせつつ、後から巻き返せるように冷静にクロエのコマを囲っていた。

目先のコマに喜んでいるクロエは、自身がジリ貧になっていることに気づいていない。

「父さん、次はどこに置くのー？」

「ふむ、俺はここだな。すると、ここの一列はすべてひっくり返って、この斜めの列も挟んでいるから俺のものだな」

「……あれれ？」

パチリとジルオールがコマを置くと、クロエのものだったコマが挟まれて次々と裏返っていく。

ターンが進むごとにジルオールがコマをひっくり返し、クロエのエリアが狭まっていく。

「えっと、私は――」

「コマを置けるのは相手のコマを挟める場所だけだからな。クロエが置けるのはここととそこだな」

最初の威勢はどこにいったのかクロエは言われるがままにコマを置く。

「…………」

ひっくり返ったのは一枚だけ。

ターンはすぐに相手へと移り、ジルオールはクロエのコマを十枚ほど一気に奪っていた。

後半に向かうにつれてクロエがコマを置ける場所はほとんど無くなっていき……。

「ハハハ！　俺の勝ちだな！」

「えー!? なんで負けたの？」

盤面のほとんどはジルオールのコマの色である黒に染まっていた。ジルオールの圧倒的な勝利である。初心者を相手に大人気ないと思ったが、子供が相手の遊びでも手を抜かないところはジルオールらしいな。

「フハハ！　次はアルクだな！」

クロエと交代し、次は僕がジルオールと対戦することになる。

「アルク、私の仇《かたき》を取って！」

「頑張るよ」

「さっきの試合を見てルールは理解したか？」

「うん、なんとなくわかった」

「俺は遊びでも手は抜かない男だ。悪いがクロエと同じ目に遭ってもらうぞ？」

そんなことは先ほどの試合を見れば誰でもわかるが、こうも素直に申告してもらえると清々《すがすが》しい。フクを膝の上に乗せて待機していると、ジルオールがコマを片付けて、中央に二枚ずつのコマを設置してくれた。

「先手は譲ってやろう」

「ありがとう」

コマの色は先ほどと同じくジルオールが黒で僕が白だ。

今回は先手を譲ってくれるとのことなのでパチリと白のコマを置き、ジルオールが続いて黒のコマを置く。

初級同士の場合は先に隅をとった方がほぼ勝ちが決まる。

まずは自分が隅を取って、相手に隅を取らせないのが定石だ。

盤面の隅の一つ内側にあるマス（X）に置かないように意識するだけで勝率はグンと上がる。

このゲームはXに打たされるまでにあと何手残っているかを競うゲームだ。

そのために僕が撤底することは序盤のコマを少なく取ることだ。

「えっ！　アルク、こっちに置けば三枚もひっくり返るわよ!?」

僕が一枚しかひっくり返せない場所に置くと、クロエが身を乗り出して言ってきた。

「いいんだよ、ここで」

「ええ？　いいの？　そんなんじゃ負けるわよ？」

「それでいいのか？」

「大丈夫大丈夫」

クロエだけじゃなく、敵であるジルオールも心配の声をかけてくる。

相手のコマを三つひっくり返せるとすると、一枚ずつひっくり返せる手を三手打てる。三つ一度に取れるからといって一度に取ってしまうと一度しか打てない。

すると、僕が忌避しているX打ちのレースを二手分早めてしまうことになり、寿命を縮めることになるからね。だから、序盤に取るべきコマは少なくていい。

しきりに心配の声をかけてくるクロエを無視し、僕はできるだけ少ないコマを取る。

敢えて少ないコマを取ってくる僕を見て、ジルオールは怪訝な表情をしている。

彼からすると、僕の打ち方は自ら負けにいっているように見えるのかもしれない。

僕の戦法を見抜いていないってことはジルオールは初級の域を少し出ただけで、そこまでリバーシに熟練していないと見えた。ということは、僕のこの戦法は刺さるはずだ。

「ほらー、言ったじゃない！　アルクのコマがほとんどないわ！」

ターンを進めていくと僕のコマは九枚だけで、ジルオールのコマは二十枚以上あった。

初心者から見れば、圧倒的に僕が負けているように見えるかもしれないがそんなことはない。

「いやいや、勝負はここからだよ」

僕はジルオールが隅の一つ内側を取るように誘導。

ジルオールのコマを挟むようにして隅を取ると、一気にコマをひっくり返してやった。

「ほお？　やるじゃないか！」

大量のコマをひっくり返したが、まだまだ僕とジルオールには大きな差がある。

ジルオールは余裕の笑みを浮かべながら自らのコマを手にする。

パチパチとコマを置き続けると、ジルオールのコマが大量にひっくり返っていく。

それに対してジルオールがひっくり返せるコマの数は微々たるもの。

徐々に僕のコマが数を増していき、ジルオールのコマの数が少なくなっていく。

「あれ？　いつの間にかアルクのコマの方が多くなってる？」

ここまでくるとジルオールも気付いたようだ。自身のコマを置ける場所があまりにも少なくなっていると。

「ぬぬ!?」

彼は十秒ほど固まると、僕が誘導したマスへとコマを置いた。

リバーシにおいて悪手ともいえるX打ちだ。

そこにコマを置いてくれるのであれば、あとはじりじりとコマを置きつつ隅を取るまでだ。

僕がコマを置く度に大量のコマがひっくり返っていく。

一気にコマを奪い取っていく感覚はとても気持ちがいい。

「次、父さんだよ」

「ぐぬぬ、パスだ」

後半になるにつれてジルオールがコマを置ける場所がなくなり、ついにパスが出てしまう。

ジルオールがコマを置けない間にも僕は自由にコマを置いていく。

すると、盤面のほとんどを白が埋め尽くす形となり、ジルオールの敗北が決定した。

「僕の勝ちだね」

「えっ！　すごいじゃない！　アルク！」

「待て！　今のはちょっと油断しただけだ！　もう一回だ、アルク！」

勝利を宣告した瞬間にジルオールが身を乗り出すように言う。

あまりの必死さにクロエが引いている。

「しょうがないな。もう一回だけだよ？」

ジルオールがあまりにも真剣に頼み込んでくるので僕は受けて立つことにした。

しかし、初心者の域を少し出た程度のジルオールの実力では、この戦法を回避することができない。

結果として同じ形で二回目も負けることになる。

「何故だ⁉　どうして俺が負ける⁉」

リバーシは前世の子供の頃によく遊んでいたし、大人になってもアプリゲームでよく遊んでいた。単純に対戦回数の差による経験や知識の差だ。

「アルク、もう一回だ！」

「嫌だよ。さっき一回だけって言ったじゃん！」

「そこを曲げて何とか頼む！」

ジルオールがいつからこのリバーシを手に入れて遊んでいたのかは知らないので実力に差があっても仕方がないのだが、そんな事情は彼にわかるはずもない。

結果として僕は勝つ度にジルオールに再戦を申し込まれるのであった。

◆

「ジルオール！　いつまで子供たちと遊んでいるの⁉　まだ執務が終わっていないでしょう⁉」

何度目かわからないほどの再戦をしていると、リビングにルノアと使用人たちが乗り込んできた。ルノアがこんなに大きな声を上げるなんてリバーシに夢中のジルオールに怒っているようだ。

息抜きとかいいながら軽く二時間くらいは経過している。

ただでさえクソ忙しい時期にそんなことをされたらルノアが怒るのも無理もない。

「待ってくれ、今いいところなんだ！」

「ダメよ！　ただでさえ、真冬の準備もあって忙しいのに呑気に遊んでいる暇はないんだから！」

「く、くそ、離せ！　お前たち！　俺はアルクに勝って、父親としての威厳を取り戻すんだ！」

テーブルから離れんと抵抗するジルオールであるが、使用人たちが束になることで無理矢理剥がし、連行する。

こんな醜態を晒《さら》して父親の威厳もへったくれもないと思う。

「……ようやく解放された」

「ええ、続きは私たちで――」

「クロエも十分に休憩できたんじゃないかしら？」

「そろそろ勉強に戻ろうかな！」

リバーシのコマを持とうとしたクロエだったが、ルノアの一声によって背筋を正して、元の勉強道具一式を手にしてリビングを出ていく。

さっきまでリビングで勉強をしていたのに。

「アルクは遊んでいていいけど、クロエにちょっかいはかけないようにね？」

「う、うん。わかった」

僕がこくりと頷くと、ルノアは満足そうに笑みを浮かべてリビングを出ていった。

異世界だろうと怒った母親には誰も勝てないものである。

ルノアがいなくなるとリビングは途端に静かになる。残っているのは僕とフクだけだ。

「ワンワン！」

さすがに疲れたのでイスで休んでいると、膝の上に座っていたフクが反対側へと移動。器用にイスの上に座って吠えた。

「え？　フクもリバーシをやるの？」

「ワン！」

もしかしてと思いながら尋ねると、フクがそうだとばかりに頷いた。

「大丈夫？　ルールとかわかる？」

「ワン！」

どうやら大丈夫らしい。ずーっと僕の膝の上に座ってリバーシの試合を見ていたのは、ルールを把握するためだったのかもしれない。

「わかった。とりあえず、やってみようか」

盤上のコマを一旦片付けると、初期配置の状態へと戻す。

「先手をどうぞ」

「ワン！」

先手を譲ると、フクは器用に黒のコマを咥えて指定のマスへと置いた。

え？　なにそれかわいい。ずっとその光景を見ていたい。

一枚ずつコマを咥えてはマスへと置いていくフクの姿はとってもキュートだった。

スムーズな進行を見せるフクに感心しながら僕は白のコマを置いていく。

適当に置いているわけじゃない。ちゃんとルールに則《のっと》ってコマを挟める位置に置いている。

ずっと試合を見ていただけあってルールを把握しているようだ。

……すごい、うちの愛犬がリバーシをやっているんだが。

そうやって感動しながらパチパチとコマを置いていくと、盤上の九割は白で埋まった。

さすがに賢いフクでも試合を見ていただけでは僕に勝つことはできない。

「僕の勝ちだね」

「ワンワン！」

「もう一回？　いいよ」

コマを片付け、もう一度初期位置へと戻して再戦をする。

二回目も僕が勝利した。ただし、盤上の白の割合は八割ほどになっていた。

さっきよりも少しだけ手強くなっている気がする。

何度も試合を見られているからか僕の戦法を理解しており、フクも同じ戦法を使うようになってきていた。

「ワンワン！」

三度目をせがまれて勝負をすると、今度も僕が勝ったが白の割合が七となっていた。

あからさまな誘導にも引っ掛かることなく、むしろこちらを誘導するように打っている節を感じた。間違いなくフクは試合を重ねるごとに強くなっている。

次に勝負をしたら負けるのは僕かもしれない。

そして、四回目の勝負になると……。

「わっ！　負けた！」

ついに僕はフクに負けてしまった。白の割合が四で黒の割合が六。

ジルオールとの連戦の疲労があるとはいえ、初心者であるフクに四回目で負けるとはショックだ。

こっちは前世からの経験も含めてそれなりに自信があったというのに。

「シンプルに悔しい！」

自分が圧倒的に優位にあると確信した状態で勝負に負けるとこんなにも悔しいのか。

ジルオールが何度も僕に再戦を挑んできた気持ちがわかったような気がする。

「もう一回やって今度は僕が勝つ——と言いたいところだけど、ちょっと疲れたかも……」

もう一度やってフクにリベンジといきたいところであるが、さすがに三時間もぶっ通しでリバーシをやっていると疲れてしまった。頭がぼんやりとして上手く回らない。

「くううん」

疲労のあまりカーペットでゴロゴロしていると、フクが遊ぼうよと言わんばかりに前脚でタシタシとしてくる。フクはまだ再戦したい様子だが残念ながら僕が付いていけなかった。

寝転がりながらじゃれついてフクの相手をしていると、不意にリビングにチロルがやってきた。

フクはむくりと体を起こすと、いい遊び相手を見つけたとばかりに走り出す。

「ワンワン！」

「チュン？」

フクはチロルの足元を走り回ると、リバーシへと誘った。

チロルにも見やすいようにリバーシ盤をカーペットに置くと、フクが吠えてルールを説明し始めた。

僕には「ワンワン」「チュンチュン」としか聞こえないが、二体の間ではきっと濃密なコミュニケーションが行き交っているのだろう。

数分ほどするとチロルもリバーシのルールを把握したらしい。

嘴で白のコマを持ち上げると初期配置のコマを挟み込むようにして設置した。

後手であるフクが黒のコマを咥えては置いていき、チロルが白のコマを啄《ついば》んでは置いていく。

……従魔同士が勝手にリバーシを始めてしまった。

フクもチロルも僕たちの言葉がわかるのでかなり知能が高いことは知っていたが、まさかリバーシをやれるほどとは思わなかった。

フクが背中を丸めて、丸々としたチロルが座り込んでリバーシを囲み込む様子はとても微笑ましく、カメラがあったらフレームに収めてやりたいくらいに素敵な光景だった。

雪山の山菜採取

I want to enjoy slow living with mofumofu

「今日は散歩に行けそうだね！」

「ワン！」

一週間ほど雪が降り続けていたが、今日は空に雲もほとんどなく見事な快晴だった。

久しぶりに散歩に行けるとのことでフクのテンションはとても高い。

さっきから僕の周りだけじゃなく、リビング中を走り回って興奮している。

時折、体がぶつかってしまっているチロルは明らかに迷惑そうにしているが、フクは気にしていない。そんなことよりも早くお外に行きたくて仕方がない様子だ。

「私もベルを連れて外に行こうかな」

「グオンッ」

ソファーに座っていたクロエが立ち上がる。

クロエもずっと屋敷に籠りっぱなしだったのでさすがに外に出たいようだ。

ここ最近はリバーシに夢中だったけど、それ以外の時間のほとんどは勉強をしていたからね。

「アルク、クロエ、散歩に行くの？」

散歩のための準備をしていると、リビングに入ってきたルノアに声をかけられた。

「そうだよ」

「外に出るなら二人で山菜を採ってきてくれないかしら？」

「山菜？」

「この時期にしか採れない美味しい山菜があるのよ」

雪が多く緑黄色野菜の少ないコントラクト領にとって山菜や野草は貴重な栄養資源となるので、こういった天気のいい日に採取しておきたいらしい。

確かに生きていく上で栄養は大事だな。忙しいのにわざわざ頼んでくるのにも納得だ。

「クロエは前に何度か採取したからわかるわよね？」

「ちょっと見分ける自信がないかも……」

クロエが不安そうに答える。

山や森には様々な植物がある。たった数回で山菜を見分けられるようになるのは難しいだろう。

僕も何度も散歩で山や森に通っているが、未《いま》だに見分けられないものも多い。

フクの嗅覚を活かせばすぐに見つけられるかもしれないが匂いの元となる現物がないと探しようがないからね。

「私がついていってあげたいところなんだけど、まだ執務が残っているのよね」

ルノアが腕を組みながら唸っていると、彼女の後ろからセツが入ってきた。

セツはルノアの脇を通り過ぎると、僕とクロエの前にやってきた。

「あら、セツがついていってくれるの？」

「クオオン」

ルノアの問いかけにそうだとばかりにセツが高い声で返事をした。

「セツがいるなら大丈夫だわ！」

クロエの顔が明るいものになる。恐らく、セツは山菜を完璧に見分けることできるのだろう。

山菜採取のガイド役がいるともなれば、僕たちも安心だ。

「くれぐれもセツの案内には従うようにね？」

「「はーい」」

ルノアの言葉に返事をすると、僕たちは散歩を兼ねた山菜採取に向かうことになった。

ただの散歩ではなく山菜採取も兼ねているので、リビングで丸まっていたチロルも連れていくことにした。

「ワンワン！」

「グオオオ」

屋敷の外に出るなりフクとベルが走り出した。

降り積もっている雪があろうとおかまいなしに突撃をして吹き飛ばしている。

久しぶりに屋敷の外に出られたのがとても嬉しいようだ。

犬にとって散歩とは心と体の健康維持のために必要不可欠なものだ。

吹雪で出歩けない日には屋敷内をぐるぐると歩き回ったり、ボールやフリスビー遊びをして運動させていたが、やっぱりストレスが溜まっていたんだろうな。

ベルはフクほど運動が必要というわけじゃないみたいだが、やはり外に出たいという欲求はあったらしい。

「ベルもフクもはしゃいじゃって。外に出られるのがよっぽど嬉しいのね」

「そうみたい」

一方、チロルは二体と違って、そこまで地上で走り回ることにこだわりはないが、天気のいい時にのんびりと空を飛びたい欲求はあるらしい。

さっきからしきりに翼をバサバサと広げてはウズウズとしている様子だった。

クロエと共にはしゃぐ従魔を微笑ましく眺めていると、フクがこちらに向かってやってきた。

「うわあ！」

「きゃっ！」

嬉しさが頂点に達しているフクは減速することなく突っ込んできて僕とクロエを押し倒した。

降り積もった雪がクッションになっているが服の隙間に入ってきて冷たい。

起き上がるとフクがなおも興奮した様子で走っているのが見えた。

「もー、冷たいんだけど！」

「ごめん、今だけは大目に見てあげて」

久しぶりの散歩が嬉しいだけで悪気はないんです。普段はとてもいい子なので許してほしい。

にしても、突進してきたのがフクでよかった。ベルだったらきっと大変なことになっていただろう。

「クオオオオン！」

興奮するフクとベルをしばらく見守っているとセツが甲高い声を上げた。

その声を聞いて、走り回っていたフクとベルがピタリと足を止めた。

そこにセツが優雅な足取りで近づいていく。

落ち着いた二体をセツは睥睨すると「よろしい」とでもいうように頷いた。

まるで、やんちゃな生徒をまとめる先生のようだ。

僕たちが感心していると、セツが次に促すかのような視線を向けてくる。

「山菜採取のために山に向かうわよ！」

「う、うん！　チロルは先に空を飛んでいってもいいよ！」

「チュン！」

チロルも自由に空を飛びたい様子だったので安全確認の意味合いも込めて先行させてあげることにした。チロルが北の山へと飛び立っていくと、僕とクロエも本来の目的を果たすために北側へと歩いていく。

主である僕たちが率先して歩を進めると、ベルとフクが慌てて後ろからついてくる。

こういう時は僕たちが区切りをつけさせるのが主としての役目なのだろう。

次からはしっかりと僕たちが従魔のコントロールをすることにしよう。そうしないと次は僕とクロエがセツに怒られるかもしれないからね。

◆

三十分ほど歩くと、僕たちは屋敷から北にある森にたどり着いた。

この頃にはフクやベルの興奮はおさまって、いつも通りの落ち着きを取り戻している。

「うわー、森の中が真っ白だ！」

ここにやってきたのは家族と初めて従魔を探しにきた時以来だ。

前回は季節が春だったので針葉樹の生えた普通の森といった感じだったが、雪が降り積もったことによって風景はガラリと変わっていた。

スッと伸びた枝の上には白い雪が載っている。

まるで大きなクリスマスツリーがいくつも並んでいるかのようで幻想的だ。

「アルクは冬にこの森にくるのは初めて？」

冬の森の光景に目を奪われていると、クロエが白い息を漏らしながら尋ねてくる。

「そうだよ」

「わかってるとは思うけど、ここの森は魔物も強いから注意しなさいよ？　油断すると、またビッグエイプが――」

「それ以上は口にしたらダメだよ。本当に遭遇するから」

クロエが不穏な台詞を口走ろうとしたので僕は手で口を押さえる。この姉はフラグという言葉を知らないのだろうか？　二年ほど前にビッグエイプに襲われた記憶はまだ新しい。

あれは群れからはぐれた個体だったようだが、また襲われるのはゴメンだからね。

「ところで今日はどんなものを採取するの？」

これ以上不用意な台詞を言わせないように僕は話題を変えてみせる。

山菜の採取を頼まれたが具体的にどんなものを採取するか僕は知らないからね。

「雪芽、雪見草、アイスプラントよ」

詳しく尋ねてみると、雪芽は地面に生えている花茎らしい。前世でいうフキノトウのようなイメージが近そうだ。煮物として使ったり、油で揚げると美味しいらしい。

雪見草はシャキシャキと歯切れの良い山菜で、この季節に山に入ればどこにでも生えている。

アイスプラントは独特な歯応えのする多肉植物だ。水辺に生えていることが多く、この寒い時期に水に濡れながら採取することになるので大変らしい。

「へー、全部知らない山菜ばかりだ」

「どれも山にしか生えていないからね。さっさと森を抜けちゃうわよ」

「うん」

目的の山菜はこの森には生えていないので僕たちはズンズンと奥へ進む。

森に足を踏み入れてから四十分。僕たちは魔物と遭遇することなく、目的地である北側の山にやってきた。

「……呆気《あっけ》なく着いたね」

北の森は魔物が出現しやすいと聞いていたので、何もなく山までたどり着けたことに拍子抜けした。

「セツの通るルートがいいのよ。一体の魔物とも遭遇せずに通り抜けたのは初めてだわ」

クロエの言葉を聞いて、セツが一瞬だけこちらを見る。その表情は少しだけ得意げだった。

どうやら僕たちのことを気遣って安全な道を選んでくれたようだ。

僕やクロエはエドワルドのように戦闘狂ではないのでとても助かる。あの兄は魔物を見つけたら従魔と共に力試しをしにいくような脳筋だからね。

木々の背丈は低いが、乱雑と木立が生えているので鬱蒼《うっそう》とした雰囲気がある。

雪でカモフラージュされる心配はないけど、枝葉などで視界が制限されそうだ。

「チュン！」

そう思いながら足を進めると、頭上から聞き覚えのある声が降ってきた。

見上げると先行させていたチロルが枝葉の上に止まっていた。

「あっ、チロル！　待たせてごめんね」

「チュン」

チロルが気にするなとばかりに呑気な声を上げる。

久しぶりに天気のいい空を飛ぶことができたからか、どこか表情がサッパリとしていた。

チロルはフクのように小まめな散歩は必要としないけど、たまには自由に空を飛ばせてあげないとね。

「周囲に魔物とかいなかった？」

「チュン！」

「安全だって」

「空から索敵ができる従魔がいると安心ね」

セツ、ベル、フクはとても鼻が利くので索敵も得意だが、やっぱり空からでは索敵範囲が段違いである。

「どの山菜から探す？」

「まずは見つけやすい雪見草から探しましょう」

「どんな見た目なの？」

「えーっと、どう言えばいいのかしら？」

尋ねるとクロエが腕を組んで口ごもる。なんとなく見た目はわかっているが言葉でどう説明すればいいか迷っているらしい。

非常に頼りない姉だなと思っていると、セツがにゅっと顔を出して何かを置いた。

見てみると、白い茎にギザギザとした葉を生やした植物だった。

「あっ、そう！　これが雪見草よ！　木の根元に放射状に生えているから同じものを見つけて！」

最初からそうスラスラと説明してくれたら、もっと安心できたんだけどな。

現物を持ってきてくれたセツもやれやれといった表情をしている。

利発なので忘れていたがクロエはまだ八歳だ。そう思うと、まだまだ頼りないのも仕方がないのかもしれない。

「フク、これが雪見草だよ。同じものを集めてきて」

雪見草の匂いを嗅がせる。

フクは匂いを覚えると、てくてくと周囲を歩き始めた。

「チロルは空からの見張りをお願いするよ」

「チュン！」

チロルにも探してもらうか迷ったが、空から索敵してもらう方が安心して採取に集中できるからね。周囲の警戒はチロルに任せる。

さて、フクだけに頼らずに僕も雪見草を探してみよう。

木の根元によく生えているらしいので集中してそこを確認してみる。

すると、セツが持ってきてくれた雪見草と同じものが束になって生えていた。

「雪見草だ！」

クロエの教えてくれた通り、放射状に生えている。

セツが持ってきてくれたものはその内の一束であり、こんな風に束で生えているようだ。

根元の辺りをギュッと掴むと、そのまま雪見草を引っ張る。

束になっているからか中々に強固な根っこだ。

「わっ！」

さらに力を籠めて引っ張ると、呆気なく引っこ抜けた。

尻もちをついてしまったせいでお尻が冷たい。だけど、無事に雪見草をゲットすることができた。根についている土を払い落とすと、フクの方へと視線を向ける。

嗅覚が鋭敏なフクはすぐに雪見草を見つけることができたようだ。前脚で雪と土をかき分けると、フクは雪見草の根っこに噛みついて引っこ抜こうする。

しばらく様子を見守っていると、突然雪見草が引っこ抜けてフクが尻もちをついた。

「かわいい！」

「ボーッと見てないで採取しなさい」

フクを眺めて頬を緩めていると、クロエに頭を小突かれた。

「だって、柴犬が尻もちついてきょとんとしてるんだよ？　かわいいしかないじゃん！」

「はいはい。フクがかわいいのはわかったから」

ああ、柴犬愛好家であれば、この可愛さと感動を共有できるというのに。

この国には犬がいないために共感できる人がいないのがネックだな。

共感してくれないクロエを残念に思いながら僕は採取に戻る。

「雪見草はこれだけあれば十分ね！」

よく生えていると言われる山菜だけあって数十分も採取をすれば、雪見草は大量に集めることができた。

「えっと、これを全部福袋ってやつに収納できるのよね？」

「そうだよ」

ワイバーンを収納した時、福袋の性能をクロエやルノアにも説明している。

福袋を近づけると、吸い込まれるようにして雪見草が収納された。

「はい、収納完了」

「アルクがいると採取も楽ちんね」

普通なら採取したものは自分たちで持ち運ばないといけないので、魔物との戦闘や帰り道のことを考えて採取しないといけないのだが、福袋があれば気にする必要はないからね。

「次は何を採取する？」

「この先にアイスプラントの生えていそうな小川があるから、そこを目指しながら雪芽を探しましょう」

「わかった」

クロエが方針を決めると、見守っていたセツがむくりと起き上がって歩き出した。

また安全なルートで案内してくれるようだ。

ベルが雪道をかき分けるように進み、その後ろを僕とクロエは進んでいく。

これだけ降り積もっていると、どこが傾斜になっているかもわからないからね。

チロルが空を警戒しながらついてきて、フクが匂いを嗅ぎながら周囲を警戒してくれる。

「雪芽はどの辺りに生えているの？」

「ジメッとしたところによく生えているわ」

どうやら雪芽は日当たりのいい場所ではなく、日陰の多い場所によく自生しているようだ。

ということは、あまり日の差さない場所を重点的に探せばいい。

セツの案内で小川方面へ向かいながらも僕たちは日陰で雪芽を探してみる。

木々の生い茂っているこの辺りなんかは雪芽が生えていそうだ。

湿気ている倒木の付近の雪をかき分けてみると、薄緑色の小さな芽のようなものが生えていた。

「姉さん、雪芽ってこれ？」

「そうそれそれ！」

どうやらこれが雪芽で合っているらしい。

倒木の周りの雪を手でかき分けると、さらに三個ほど雪芽が出てきたので採取する。

チューリップのような形をしていて可愛いな。鼻を近づけてスンスンと匂いを嗅いでみると、ほろ苦い緑の香りがした。これは素揚げにすると美味しそうだ。

「ワン！」

雪芽の匂いを嗅いで自力で見つけてきたのか、フクが五個ほど雪芽を咥えてやってきた。

雪を掘り返したからか顔が雪塗れになっている。

「おお！　五個も見つけてくるなんてやるね！」

持ってきてくれた雪芽を福袋に収納すると、フクの顔についた雪を落としてから頭を撫でた。

すると、フクは次なる雪芽を探しにてくてくと歩く。地面に鼻を近づけてスンスンと。

これだけ香り高いと闇雲に雪を掘るよりも匂いで探した方が良さそうだな。

僕は感覚共有で、フクの嗅覚能力を獲得する。

嗅覚が鋭敏になった状態で雪芽の匂いを嗅ぐと、周囲のあちこちから雪芽の香りが漂ってくるのを感じた。

地面から香り立ってくる匂いの場所をかき分けてみると、的確に雪芽を見つけることができた。

「おお、こっちにもある！」

タロイモに比べて比較的浅い地中に生えており、香り高いのでとても探しやすい。

雪をかき分ければかき分けるほどに雪芽が出てくるので面白い。

「よくそんなにも見つけられるわね？」

僕の手元には十個以上の雪芽があったが、クロエの手元には三個しか雪芽がなかった。

見つけるのに苦労しているらしい。

「嗅覚共有すれば、簡単に見つけられるよ？」

「私、嗅覚共有が上手くできないのよ。色々な匂いが混ざって判別できないっていうか……」

どうやら嗅覚共有は発動できるが、それを上手くコントロールできないらしい。

「あー、そうだよね。特にベルって嗅覚がいいだろうし……」

「そうなの？」

「熊は他の生き物の何倍も嗅覚が強いって言われているよ」

ヒグマで一般的な犬の四倍から五倍ほどの嗅覚をしていると言われている。

それを示すようにベルは匂いを嗅ぎ分けて、たくさんの雪芽を掘り起こしていた。

フクとの嗅覚共有ですらコントロールするのは難しかった。それ以上の嗅覚を誇るベルとの嗅覚共有はさらに難しいだろうな。

「へー、知らなかったわ。でも、だからといってできない理由にしたくはないわね」

相変わらずクロエは真面目で上昇志向が高い。

「嗅覚の弱い魔物と仮契約して嗅覚共有を試してみたら？」

ゲームのように感度の低い設定からやっていき、慣れて練度が上がれば徐々に感度を上げていけばいい。

「……それも視野に入れてみるわ」

周辺にちょうどいい魔物がいれば、すぐに試すことができるのだが生憎《あいにく》といないようだしね。

感覚共有のイメージは人それぞれであり、やりやすいコツを掴めるかどうかだ。

僕にアドバイスできることはほとんどないけど、クロエなりにコツを見つけられればいいなと思う。

「雪芽もこれだけあれば十分かな？」

「ええ、最後にアイスプラントを採取するわよ」

雪芽は十分な数が揃ったので僕たちは採取を切り上げて、小川へと向かっていく。

十分ほど山の中を進んでいくと、やや開けた場所に小川が流れているのを発見した。

「あそこに生えているのがアイスプラントよ！」

小川にたどり着くなり、クロエが指を差して言う。

指の先をたどると、小川の中にキラキラとした水晶の粒を葉につけた多肉植物が生えていた。

「……思いっきり水の中だよね？」

「ええ、見つけるのは簡単だけど採取が大変なのよ」

夏ならいいけど、今は冬だ。

しかも、ここは特に寒いと言われる北方領土。恐らく、川の水はマイナス温度だろう。

装着している手袋や靴には耐寒性、耐水性があるとはいえ限度があるだろう。

水の中に手や足を入れれば、絶対冷たいに決まっている。

目的の素材を見つければ、一目散に採取に向かってくれるフクであるが、さすがに冬に川の中には飛び込みたくないようだ。僕の足元でちょこんと座り込み、何とも言えない顔をしている。

「ここは寒さに強い従魔に任せよう」

「それがいいわね」

「チロル先生！　お願いします！」

「ベル先生、お願いします！」

僕とクロエは顔を見合わせると、それぞれの従魔を呼ぶことにした。

空を飛んでいるチロルが降下し、穴を掘っていたベルがこちらに寄ってくる。

「『あそこのアイスプラントを採取してきてください』」

「チュン」

「グオオオ」

僕とクロエとフクが揃って頭を下げると、チロルとベルがしょうがないといった様子で声を上げて、冷たい小川の中へと入ってくれた。

フロストバードとアイスベアー。どちらも寒さに強い耐性を持つ魔物ということもあって冷たい水の中でも問題なく活動できるようだ。

チロルは嘴を使ってアイスプラントを啄み、ベルはやや不器用ながらも爪で何とかアイスプラントを採取してくれた。

チロルとベルは採取すると陸地にアイスプラントを置いて、またしても採取をするために動き回る。

アイスプラントを受け取ると、葉が分厚くてぶにぶにとしていた。

とても不思議な感触だ。

僕たちは二体が採取をしている間に周囲の警戒をし、スムーズに採取ができるように水中に生えているアイスプラントを見つけては誘導した。

「これだけ採取できれば十分だよね？」

「ええ、バッチリよ」

アイスプラントに関してはチロルとベルがほとんどを採取してくれたが、これは適材適所だ。

従魔の力も立派な主の力なのである。

「雪が降ってきそうだし、早めに屋敷に帰りましょう」

「そうだね」

ふと見上げると、雲一つなかった空にどんよりとした灰色の雲が浮かんでいた。

さっきまであんなにも快晴だったのに天気が変わるのが早いな。

雪が降れば視界は悪くなり、風が吹けば危険も跳ね上がる。

久しぶりに外に出られたのでもう少し遊んで帰りたい気持ちはあったが、安全面を重視して僕たちはさっさと屋敷へと引き揚げることにした。

◆

セツの案内で山を下り、森を抜けると、僕たちは速やかに屋敷へ戻ることができた。

「ただいま！」

「お帰りなさい。頼んでいた山菜は採れたかしら？」

帰ってくるなりルノアが出迎えてくれた。

「採れたよ。ほら！」

「あら、本当にたくさん採れたわね。これならしばらくは山菜に困ることがなさそうだわ」

福袋から山菜の入った籠を取り出すと、ルノアが満足そうに頷いた。

「私たちだけじゃここまで採ることはできなかったわ。セツのおかげよ」

「うふふ、そう。しっかりと面倒を見てくれてありがとうね」

ルノアが微笑みながら首を撫でると、セツはまんざらでもなさそうな顔をしながら喉を鳴らした。こうやって可愛がられている姿を見ると、まるで猫のようだ。

「晩御飯は山菜を使った料理？」

「ええ、リラに栄養たっぷりの料理を作ってもらいましょう」

ルノアが傍に控えているソフィーに籠を渡した。

ソフィーは籠を手にすると、リラのいる厨房の方へと向かっていった。

「わーい、楽しみ！」

皆で苦労した食材がリラの手によってどんな風に変化するか楽しみだ。

三種類とも今が旬ということなのできっと美味しいんだろうな。

「二人とも雪を落としたら暖かいリビングに入りなさい。ずっと外にいて身体が冷えているでしょうから」

「「はーい」」

被っていた帽子、耳当て、フードの中までしっかりと雪を払い落としておく。

雪を落としておかないと屋敷の中が濡れてしまうからね。

フクとチロルの体にも雪が載っていたので丁寧に払い、乾いたタオルで水分を拭ってあげた。

「ピャアアアアッ！　ピャアアアアッ！」

「わっ⁉　なに⁉」

クロエと一緒にベルの体をタオルで包んでいると、玄関の扉の外からゴンゴンと音が鳴り、甲高い鳴き声のようなものが聞こえた。

「……もしかして、魔物？」

「違うわ。ジルオールの従魔よ」

僕たちが戸惑う中、ルノアだけは冷静に動き出し、迎え入れるようにして玄関の扉を開けた。

すると、外から水色の鱗を纏ったドラゴンが慌てたように入ってきた。

とはいっても体長は三十センチほどでしかない。ドラゴンというよりかは少し大きな蜥蜴《とかげ》が空を飛んでいるような感じだ。

「母さん、この子は？」

「二人が目にするのは初めてだったわね。この子はピーリス。フロストドラゴンの幼体でオルガの子供よ」

「ピャアア！」

ルノアが腕を差し出すと、ピーリスは柔らかくそこに着地し、そうだと言わんばかりに声を上げた。

……かわいい。

これが成長すると、あんなに大きくなるのかと思うと感慨深いものだ。

「この子、鞄《かばん》をぶら下げているわ」

「何を持っているんだろう」

「きっと、聖都にいるエドワルドからの手紙でしょうね。まったく筆不精にもほどがあるでしょうに」

エドワルドは八歳から聖都の騎士団に入団し、見習いとして訓練を受けている。

あれから二年が経過しているが訓練に夢中になっているそうで一度も屋敷に帰ってきていない。

ジルオールが心配して自身の従魔であるピーリスをつけたが、筆不精である兄はまったく活かしきれていないようだ。

一か月ほど前にジルオールが仕事で聖都に立ち寄った際に、会って拳骨《げんこつ》を落としたそうなので一応は無事を確認されている。

多分、前回のことで反省してちゃんと手紙を書いたのだろうな。

ピーリスの鞄から一枚の封筒を取り出すと、どこかホッとした顔を浮かべていたルノアの顔が強張った。

「あれ？　これ教会のマークじゃない？」

「あ、本当だ」

ちらりと封筒を覗いてみると、女神の紋章らしきものが付いていた。

どうにもエドワルドからの手紙というわけではなさそうだ。

ルノアは封筒を開封すると、中にある手紙を読み込んでサッと顔色を青いものにした。

「ちょっと執務室に行ってくるわ。二人はリビングで休んでいなさい」

「う、うん。わかった」

手紙の内容が非常に気になるが、さすがにその場で尋ねることは憚《はばか》られた。

ルノアは急ぎ足で執務室に向かうと、僕たちとピーリスだけがその場に残された。

玄関に突っ立っていても仕方がないので僕たちはピーリスを連れてリビングに入る。

とりあえず、聖都から飛んできたピーリスのためにお水を渡してあげる。

すると、ピーリスはお皿に顔を近づけて、ちろちろと舌を使って飲み始めた。

食事についてはは何を食べるかわからなかったので冷凍のお肉を出してみると、ピーリスは嬉しそうにかぶりついた。

まだ解凍されていないのでお肉はかなり硬いはずだが、小さな牙でむしゃむしゃと千切って食べ始める。小さくてもフロストドラゴンらしい。

……撫でてもいいだろうか？　見たところ気性は穏やかな様子ではあるが、やんちゃそうな幼体なので迂闊に触ると噛まれるかもしれない。

怖いけど撫でたい。どうしよう？

「教会からの手紙……なんだったのかしら？」

ピーリスの頭をどうやって撫でようかと機会を窺っていると、ソファーに座ったクロエが呟いた。どうやら先ほどの手紙の内容が気になっているらしい。

「父さんへの依頼じゃない？」

フロストドラゴンを従えるジルオールの機動力と戦闘力はとても高く、他の領地からの依頼で魔物の討伐に赴くことがあると言っていた。

ちょくちょく仕事で屋敷を空けることがあるので今回もそれと同じ類《たぐい》のものだろうと僕は思う。

「それにしては、母さんの表情が気にならない？」

「そうだね」

長年、ルノアを見てきたがあんな風に真剣な表情を見るのは初めてかもしれない。

よっぽど手強い魔物でも出現したんだろうか？

まあ、どんな仕事だろうと子供である僕たちには出番はない。魔物が弱かろうと強かろうと僕たちにできるのはお留守番だけだ。

思案しながら暖炉の前でフクと戯れていると、ジルオールとルノアがリビングにやってきた。ジルオールの服装はいつもの貴族の法衣ではなく、見慣れない白銀の鎧と青色のマントを纏っていた。

いつになく真剣な様子に僕とクロエは言葉をかけることはできない。

「先ほどの手紙の内容だが教会からの救援依頼だった。聖女ミュリアリア様が公務による移動中、雪崩によって行方《ゆくえ》不明になってしまわれたようだ」

「え、聖女様が⁉」

ジルオールが手紙の内容を告げると、クロエが驚きの声を上げた。

「雪崩によって地上での捜索は困難であり、飛行での移動を可能とするコントラクト家に協力要請がきたというわけだ」

雪崩が発生すれば地上は大きな影響が発生し、騎士団であってもスムーズに救助することが難しい。雪の影響を一切受けないジルオールに救援依頼を頼むのは理に適《かな》っている。

「でも、雪崩に巻き込まれていたらもう……」

最も生存率が高いのは十八分以内だ。逆に三十五分を過ぎてしまえば生存率は三割程になってしまう。雪崩が発生してどれくらいの時間が経過しているか不明であるが、聖都に連絡がいき、ピーリスがうちに手紙を届けるまでの時間を考えると、口にしたくはないが絶望的なのではないか。

「聖女様は優れた魔法使いなの。恐らく、障壁魔法で自身を保護しているはずよ。雪で圧死することや低体温によって死ぬことはないわ」

「そうなんだ」

聖女見習いでもあったルノアが言うのであれば、その通りなのだろう。

聖女は魔力量もかなり多いみたいなので、かなりの時間は維持ができるとのこと。

「逆を言えば魔力が枯渇し魔法が解けてしまえば、その瞬間に聖女様は雪に呑まれることになる」

「ええ！　それじゃあ、すぐに行かないとダメじゃん！」

「そういうわけだ！　時は一刻を争う。アルクも俺について来い！」

「うん！　……って、え？　僕も？」

ジルオールの勢いについ頷いてしまったが頭の中は混乱している。

え？　そんな重要な仕事に僕もついていくの？

「空から捜索できる人手はひとりでも多いに越したことはない」

「そうだけど、僕なんかが行っても足手纏いになるんじゃ……」

不安な表情を浮かべていると、ジルオールが目線を合わせて僕の両肩に手を置いた。

「大丈夫だ。アルクとチロルの飛行能力が十分なことは俺が保証してやる」

「……わかった。そこまで言うなら僕も行くよ」

父親であり、飛行の師匠でもあるジルオールからそのように信頼されれば、僕としては断ることもできない。僕だってコントラクト家の一員なんだ。僕も家族の役に立ちたいからね。

「私も行くわ！　父さんかアルクの後ろに乗せてもらえば、私だって役に立てる！」

「ダメだ！　一刻を争う状態で飛行訓練を受けていない者を連れていく余裕はない！」

クロエが主張するが、ジルオールがぴしゃりと言い放った。

高速で空を移動するには、身体強化を維持する肉体の保護、魔力縄を維持しての体の固定と姿勢制御。重力、恐怖への耐性、従魔との信頼……乗り越えるべきハードルが多くある。

「クロエ、こればかりは仕方のないことだわ。私たちは屋敷でお留守番をしておきましょう？」

「……うん、わかった」

クロエは素直に引き下がり、ルノアが慰めるように抱き寄せた。

「アルク、すぐに準備を整えるんだ」

「わかった！」

幸いにしてさっきまで外出していたので準備に手間取ることはない。

帽子を被り、耳当てをつけ、乾かしていた防寒着を羽織る。

「フク、チロル、行くよ！」

「ワン！」

「チュン！」

真剣な出来事が起こっているのだと理解している二体は、声をかけると速やかについてきてくれた。

屋敷を出ると外はしんしんと雪が降っており、風が吹いていた。

雪山で見かけた時の雲がこちらに流れてきてしまったらしい。

ジルオールが鋭く笛を鳴らすと、山脈の彼方からフロストドラゴンであるオルガがやってくる。

彼はオルガの背中に乗り込むと、素早く魔力縄を生成して首へと巻き付けた。

僕もチロルの背中に鞍を装着させると、そこに乗り込んで魔力縄を生成。自身の身体とフクの体を固定した。

「母さん、姉さん、行ってくる」

「ええ、いってらっしゃい。くれぐれも無理はしないでちょうだい」

「必ず聖女様を助けてくるのよ！」

「うん！」

見送りにきてくれたルノアとクロエの言葉に頷くと、僕は魔力縄を握りしめて上空へと舞い上がった。

「父さん、僕たちが向かう方向は？」

「トルトリーデ伯爵領とフバールク子爵の領地の境目にある山脈だ！」

脳内にあるイスタニア帝国の地図を思い浮かべる。

確かここから南西の方角だったはず。かなりの距離があるが、チロルの翼を持ってすれば三時間もしない内にたどりつくはずだ。

「時間が惜しい。最初から最高速度で向かうぞ」

「わかった！　チロル、お願い！」

「チュン！」

身体強化を発動した瞬間、チロルが翼を勢いよくはばたかせ、僕たちはトップスピードで山脈に向かうのであった。

聖女

I want to enjoy slow living with mofumofu

チロルの背中に乗って飛行を続けていると、空が茜色へと染まりつつあった。

まだ夕方にもなっていない時間帯のはずだが、北方ということや冬ということもあり太陽が落ちるのが早いようだ。

これが平時であれば、夕日が落ちていく様子をゆったりと眺めるのであるが、今は急いで目的地へと向かわなければいけない。

トップスピードでの移動中なので景色がすさまじい速度で後ろに流れており、物理的に夕日を楽しむことは不可能だった。

「アルク、そろそろトルトリーデ伯爵領だ。少しだけ速度を落とすぞ」

「わかった!」

屋敷から飛び立って二時間ほど経過すると、目的地の近くである伯爵領に差し掛かったらしい。

これ以上、高速で飛行を続けると目的地を通り過ぎてしまったり、手がかりを見落としてしまう可能性がある。

チロルに速度を落とすように魔力縄で合図をすると、少しだけ飛行速度が落ちた。

トルトリーデ伯爵領の地理についてまったくわからないので僕は大人しくジルオールの後ろをつ

いていく。

それにしても、記念すべき最初の仕事が聖女様の救出になるなんてね。

最初は領内にある村落、街の視察程度の軽いものを任せると聞いていたが、いきなりこんな重大な仕事を任せられるなんて思ってもいなかった。

などとぼんやりと考えながら飛行していると、地上に明るい光が灯っているのが見えた。

一つや二つではない。何百という数の光が灯っている。大きな街ならともかく、この辺りは山間なので不自然だ。

「父さん！　あの光は⁉」

「恐らく救援に駆けつけたトルトリーデ伯爵の兵士と聖都の騎士団だろう。少し寄って情報を集める」

「う、うん」

ジルオールがそう言って、光の集まっている場所へと降下していく。

僕はこくりと頷くと、ジルオールに従う形で降下体勢へと入っていった。

地上には仮設のテントや篝火《かがりび》がいくつも設置されている。

ここを拠点にして聖女を捜索しているのだろう。

「ガギャアアアアアアッ！」

オルガが自らの存在を誇示するかのように咆哮を上げた。

急に接近して攻撃されないためだろう。

「な、なんだ⁉　この声は⁉」

「ひい、ドラゴンじゃないか⁉　こんな時に襲撃か⁉」

「丸い妙な鳥もいるぞ！」

「いや、違う！　あれはジルオール様の従魔のフロストドラゴンだ！」

どよめいていた兵士や騎士たちであるが、オルガの存在を知っていた者がいたようだ。

地上の混乱が落ち着いたところで僕たちは降下した。

「あれがコントラクト家の領主が従える魔物か……」

「フロストドラゴン……途轍《とてつ》もない存在感だ」

「あの丸っこい鳥はなんだ？」

着地するなり兵士や騎士からの畏敬の視線が集まるのを感じた。

ドラゴンなんて普通に生きていれば、滅多にお目にかかれる存在じゃないからね。

残りの二割くらいはこっちに視線が集まっているのを感じた。チロルとフクが珍しいみたいだ。

「ジルオール＝コントラクトだ！　教会からの救援要請により馳《は》せ参じた！　状況を教えてもらいたい！」

「では、聖騎士団のラシードが状況を報告しよう」

ジルオールがオルガの背中から降り立つと、人混みの中から出てくる男性がいた。

長い金髪に細身の身体をした青年だ。

白銀の鎧を纏っており、緑色のマントを肩からかけていた。

「ラシード！　久しぶりだな！」

「ああ、本当にな。こうして直接顔を合わせるのは三年ぶりくらいか？」

出てきたラシードと呼ばれる男性は、ジルオールの知り合いらしい。

ジルオールは元聖騎士団の副団長であったとローウェンから聞いた。

だとしたら聖騎士団に知り合いがいてもおかしくはない。

「そっちはお前の息子か？」

「ああ、息子のアルクだ」

「はじめまして。アルクと申します」

「随分と幼いがもう仕事に連れてきたんだな？」

「今回は空の人手は少しでも多い方がいいと思ってな」

「違いない」

「それで聖女様は見つかったのか？」

久しぶりの再会に旧交を温めていた二人だが、状況が状況なのですぐに本題へと入った。

「まだ見つかっていない。トルトリーデ伯爵が送り出してくれた私兵と協力して、捜索を続けているが雪崩が酷くて行軍することもままならない」

チラリと雪山の方を見てみると、麓《ふもと》の方まで大量の雪が流れてきている。

雪の中には木々や土砂なんかも混ざっており、迂闊に登ることができないようだ。

ラシードによると行方不明者は聖女の他に御者が一名、護衛の聖騎士が二名、お付きのメイドが一名のようだ。

「今は部隊を少人数に分け、雪崩の影響が薄い箇所から捜索しているが状況は芳しくはない。ミュリアリア様は結界の魔法が得意で魔力量も豊富だが、そろそろ限界がきてもおかしくないはずだ」

前方では魔法使いたちが魔法で雪を退かしたりしているが、いかんせん雪の量が多く焼石に水状態のようだ。だからといって派手に火魔法をぶっ放してしまえば、埋まっている聖女に当たってしまう可能性もあるし、またしても雪崩が起きてしまう可能性もある。

聖女の命が脅かされている中、ラシードたちは歯痒い思いをしているようだ。

「わかった。ならばここからは俺とアルクで捜索をしよう。大まかな範囲はわかるか？」

「俺たちが捜索したのはこのエリアだ」

ラシードが地図を取り出し、ペンで捜索した範囲を記す。

山の周囲は捜索してくれたようだが、中心部分である山はほとんど捜索ができていない。

この範囲を僕たちで捜し出すのはかなり骨が折れる。

「聖女様はどのような用事でここを通ったんだ？」

「ここから西に抜けたエンパイア子爵領に向かおうとしていたらしい」

「だとすると、聖女様と一向が通るルートはこの辺りのはずだ」

ジルオールがペンを借り、地図に目測をつけた。

「こっちのルートじゃないのか？」

ラシードが記したルートの方が道幅も広いのでどう見ても通りやすそうだ。

「そっちのルートにはワイバーンの巣がある。土地勘のある者がいれば、間違いなく避けるルートだ」

「なるほど。他領の地理なのに詳しいな」

「だてに小間使いとして空を飛んでいないからな」

帝国中を飛び回っているジルオールだからこそ知っている情報なのだろうな。

普通の者であれば、そこまで他領の地理については詳しくないものだし。

「わかった。行方不明地点をそのルートと仮定し、俺たちはそこから雪崩によって流されていないか捜索しよう」

「ああ、頼む」

情報の共有が終わると、ラシードは速やかに騎士や兵士たちを集めて動き始める。

「アルク、いくぞ！」

「うん！」

情報収集を終えた僕たちは速やかに従魔の背中に乗って飛び立ち、ジルオールが推測したエリアへと向かうことにした。

◆

ラシードをはじめとする聖騎士団とトルトリーデ伯爵の私兵団と別れると、僕たちはほどなくして目的エリアに到達した。

「父さんの予想通りならこの辺りにいる可能性が高いはずだよね」

「ああ、当たっているといいんだが……」

もし、ジルオールの推測が外れていれば、僕たちはとんでもないロスをしていることになる。

プレッシャーは相当なものだろう。

「俺はここから北側を捜索する。アルクは南側を任せたぞ」

「わかった」

ジルオールが北側へ飛んでいくのを確認すると、僕はチロルをターンさせて南側を捜索することにした。

「チロル、少し高度を落として」

「チュン！」

チロルに高度を落としてもらうと、魔力で瞳を強化し地上をくまなく捜してみる。

山は一面雪に覆われており、まばらに木々が生えているのみだ。

行方不明なのは聖女を含めると五人なのだが、人影らしい存在はまったく見当たらなかった。

それで地道に捜していくしかないので僕は必死に視線を巡らせる。

反対側ではフクが視線を巡らせてくれているが、それらしい人はまったく見つけられていないようだ。

数十分ほどチロルに飛行してもらって僕たちは聖女を捜し続けるが一向に見つかる気配はない。

さらに困ったのが空から降ってくる雪の量が増えていることだ。

雪による寒さは身体強化で何とかできるが、視界の悪さだけはどうすることもできない。

遭難者を捜しているというのに天気というのは意地悪なものである。

「このままだと埒《らち》が明かない。下に降りて捜してみよう」

雪崩に巻き込まれているのであれば、地中にいる可能性の方が高い。

空から表面を捜してみるより、直接降りて捜してみた方が手がかりを見つかるかもしれない。

そう考えて、僕は一度地面に降りてみることにした。

「うおっ⁉」

「ワン⁉」

着地した瞬間、思いっきり足が雪の中へとめり込んだ。

どうやら雪崩の影響で想像以上に雪が降り積もっているようだ。

僕とフクはなんとか雪の中から這い上がる。

「チロルはこのまま空から捜してくれ。僕とフクは地上から捜してみる」

「チュン！」

チロルには引き続き空から捜索を続けてもらい、僕とフクが地上から捜してみることにする。

「フク、聖女様は雪崩で埋まっているかもしれない。雪の中に人の匂いがないか捜すんだ」

「ワン！」

フクは力強い声を上げると地面に鼻を近づけてスンスンと匂いを嗅ぎ始めた。

僕もフクだけに任せず、嗅覚共有を駆使して地中の匂いを嗅いでみる。

タロイモを採取した時のことを思い出すんだ。

目で目視できなければ、匂いで嗅ぎ分けて捜せばいい。

こんな雪山には僕たち以外の人間はいない。人間の匂いらしきものがあれば、きっとそれが聖女一行に違いない。

そう思って匂いを嗅いでみるものの何も手がかりを見つけられなかった。

より匂いを鮮明にさせるために四つん這いになってみるが雪と土の匂いしかしなかった。

鋭敏な嗅覚をもっていても地中深くにある匂いを嗅ぎ分けるのは難しいようだ。

タロイモのように地中の浅いところにいれば何とかなるかもしれないが、聖女たちはヘタをすればもっと地中深くに埋まっている可能性がある。

いくら嗅覚が鋭くなってもそこまで深くの匂いを嗅ぎ分けることは僕にはできない。

「フク、なにかそれらしい匂いはあったかい？」

「くううん」

顔を上げて尋ねると、フクがしゅんとして弱々しい声を漏らした。

匂いを嗅ぎ分けるのが得意なフクでも手がかりを掴むことができないようだ。

それでもここを捜索できるのは僕たちしかいないんだ。

聖女たちが生きているかもしれない可能性がある以上は諦めることはできない。

「できる限り頑張ろう」

「ワン！」

落ち込んでいるフクを励ますために耳元を撫でてやる。

……耳？

「そうだ！　匂いが当てにならないなら音で捜せばいいんだ！」

聖女は結界を雪の中で展開しているかもしれないと聞いた。

結界の中は安全空間とのこと。

そこに空間があるのであれば、人が呼吸をする僅かな音や身じろぎする音を拾えるかもしれない。

「フク、匂いじゃなくて音で捜そう！」

「ワン！」

捜索方針を切り替えると、フクは耳を澄ませて音を拾いに行く。

僕は嗅覚共有を聴覚共有へと切り替えると、地中の音を拾うことにした。

ビュウウウッと風の吹く音がし、木々の枝葉が揺れていた。

「……うん、こっちの方が捜索範囲が広いや」

「ワンワン！」

はぐれないように互いを視界に収めながらも僕たちは耳を澄ませては場所を変えていく。

そうやって小一時間ほど捜索を続けていると、フクが強く吠えた。

「もしかして、なにか音を見つけたの⁉」

駆け寄って意識を集中させると、地中から人間の呼吸音と思われるものがいくつも聞こえた。

反響する音から地中には小さな空間があり、そこに人がいることがわかった。

聖女が結界を張り、この下で救助を待っているのかもしれない。

「ここを掘ろう！」

「ワン！」

フクが前脚を高速で動かすと雪が勢いよく掘られていく。

かなりの勢いで雪が削れていくが、今はそんな時間すらももどかしい。

「大きくなれ！」

僕はフクの体を大きくすることにした。

巨大化したフクが前脚を振り下ろすと、冗談のように雪が舞い上がった。

そのままフクが三度ほど前脚を振り下ろすと、青い透明な壁のようなものが露出した。

恐らく聖女の結界だ。

結界内では聖騎士二人、御者一人、メイド一人がこちらを呆然とした表情で見上げていた。

よし、見つけた！　ジルオールやチロルにも伝えないと！

あ、でも、見つけた時の合図なんて決めていなかった。

「フク！　父さんやチロルに伝わるように思いっきり吠えてくれ！」

「ワオオオオオオオオオオオオオオン！」

僕が頼むと、フクは思いっきりお腹を膨らませて吠えた。

フクの遠吠えが木霊《こだま》する。これで遠くにいるはずのジルオールやチロルにも聞こえたはずだ。

「な、何だ⁉」

「新種の魔物か⁉」

「アルク＝コントラクトと申します！　教会の依頼で聖女様の救助に参りました！」

巨大化したフクを目にして剣を構える聖騎士二名だったが、僕が顔を出して名乗りを上げるとホッとしたように剣を納めた。

しかし、それも束の間。聖騎士たちはハッと我に返ると真剣な表情で口を開く。

「聖女様は無事か⁉」

「えっ⁉　この結界の中に聖女様がいらっしゃるんじゃないんですか⁉」

「ミュリアリア様はここにはいない！」

「わたくしたちを優先して守ったために流されてしまったのです！」

結界内を見てみると存在するのは四人だけであり、肝心の聖女がいなかった。

「聖女様は生きていらっしゃるのですか？」

「結界が維持されているのはミュリアリア様がご存命であり、魔力が尽きていない証拠だ！」

確かにそれもそうか。魔法の使用者が死亡すれば、自動的に魔法が解除される。

魔法がまだ残っているということはまだ聖女は生きているということだ。

「結界を解除することはできますか？」

「我々にはできん！」

えー、じゃあ、この人たちどうやって救出すればいいんだよ。

解除できないのであれば物理的に壊して、聖騎士さんたちを救出するしかない。

「じゃあ、結界を壊してもいいですか？　壊すことで聖女様に影響とかないですよね？」

「ない……が、そんなことできるのか？」

「とりあえず、やってみます！　皆さんは結界の中で伏せていてください！」

「わ、わかった！」

「フク、中の人は傷つけないようにお願い！」

「ワン！」

聖騎士、御者、メイドが結界の中で身を伏せるのを確認すると、フクは黄金色の魔力を纏わせながら前脚を大きく薙《な》ぎ払った。

ガシャアアンッとガラスが破砕されたかのような音が響き渡ると、結界の上半分が綺麗に壊れていた。

「ミュリアリア様の結界を一撃で砕くとは……ッ！」

「とんでもない従魔だ」

聖騎士たちの口ぶりから聖女の結界はかなりの硬度を誇っているようだが、フクの前では一撃だったようだ。

結界が無くなると聖騎士が自力で這い上がり、御者の男性やメイドへと手を伸ばして引き上げてくれた。

「助かった！　アルク殿は命の恩人だ！」

「ゆっくりと感謝の気持ちを述べたいところだが、今はミュリアリア様の捜索をさせてくれ！」

聖騎士だけでなく、御者やメイドまで周囲を一生懸命に捜し始める。

結界に閉じ込められて、長時間飲まず食わずで憔悴《しょうすい》しているはずなのに誰もが聖女の安否を気にしている。彼らにとっては自身のことよりも聖女のことが大事なようだ。

それもそうか。自身の身の安全よりも他の者の命を最優先にする聖女だ。

きっととても優しい人なのだろう。そんな人を僕も死なせたくはない。

「すみません。聖女様の匂いのするものとかありませんか⁉」

「え？　どういうことですか？」

「いいから答えてください！　聖女様を速やかに捜すために必要なんです！」

「え、えっと、ミュリアリア様が使ったハンカチでしたらあります！」

「借ります！」

メイドがポケットから差し出したハンカチを貰うと、僕はフクの鼻先へと近づけた。

「なるほど！　従魔に匂いを嗅がせて捜すのか！」

「そういうことです」

フクはスンスンと鼻を鳴らすと、ハンカチについている匂いを嗅ぎわける。

「フク、この匂いを捜して！」

「ワン！」

聖女の匂いを覚えたのか、フクが鼻を離して南へと走り出した。

僕も走り出すと、聖騎士たちも慌てた様子で付いてくる。

聖騎士たちを救助した場所から百メートルほど南下すると、フクは速度を緩め始めた。

「ワンワン！」

そして、スンスンと鼻を鳴らすと、ここだと言わんばかりに前脚で足元を示した。

「この下にいるんだね⁉」

「ワン！」

確認のために聴覚共有で耳を澄ませる。

「ミュリアリア様はここにいるのか⁉」

「静かにしてください！　音が聞こえないです！」

ぴしゃりと言い放つと聖騎士たちが口を閉じて静かになる。

年上の方に生意気言うのが心苦しいが、人命救助のためなので許してほしい。

四つん這いになって耳を澄ませると、真下には結界と思われる小さな空間があり、微かに呼吸の音がした。

しかし、その呼吸音は聖騎士たちのものに比べると不規則で小さい。

「この下にいます！　雪を退けるので離れてください！」

起き上がって言い放つと聖騎士たちがサッとその場を離れた。

「フク！」

「ワン！」

一言で僕の意思を察してくれたのか、フクが前脚を振るった。

大量の雪が薙ぎ払われると、先ほどと同じように透明な青い壁が露出した。

小さな結界の中には、桃色の髪をした教会の法衣を纏った少女がいた。

てっきり成人した大人の女性だと思っていたが、まさか僕と同じくらいの年齢の少女が聖女だとは思わなかった。

「……あなたは？」

聖女の視線がこちらに向く。

魔力欠乏症のせいで意識がはっきりとしないか瞳の焦点が合っていない。

なんとなく人影が見えたから反応したといった感じだ。

「アルク＝コントラクトです。あなたを助けにきました」

「……他の者たちは？」

「ミュリアリア様のおかげで全員無事です！」

「そう。よかったです……」

聖騎士たちが顔を出して無事であることを告げると、聖女は安心したように笑みを浮かべて倒れた。

「ミュリアリア様！」

聖女が気絶し、結界が解除されると共に聖騎士たちが駆け寄っていく。

「魔力欠乏症だ！　魔力回復ポーションはないか⁉」

「馬車にありましたが、雪崩で雪の中です！」

顔が真っ青を通り越し、真っ白になってしまっている聖女を見て、聖騎士やメイドたちがわたわたと慌てる。

僕も魔力増量訓練のために何度も魔力の枯渇をしてきたが、追い込み過ぎると身体の魔力器官に大きな負担がかかり、命を落とす可能性がある。後遺症を残さないためには早急な魔力の回復が必要だ。

「でしたら、僕のポーションを使ってください」

「助かる！」

福袋から取り出した魔力回復ポーションを渡してあげる。

聖女は気を失っているようだが、身体は無意識に魔力の回復を求めているらしく少しずつ飲んでくれているようだった。

「雪崩に巻き込まれた方々はこれで全員ですよね？」

「ああ、これで全員だ」

「ミュリアリア様が助かったのはアルク様のおかげです。本当にありがとうございます」

聖騎士、御者、メイドが改めて頭を下げて礼を言ってくる。

……よかった。全員を助けることができて。

「チュン！」

安堵していると空からチロルの声が響いてきた。

先ほどのフクの遠吠えを聞いて、こちらに合流しにきてくれたようだ。

「あれは？」

「僕の従魔のチロルです！」

「その年齢で二体の従魔を従えているのか。すごいな」

僕の従魔であることを説明すると、聖騎士たちからも安堵の息が漏れた。

「チロルの背中に乗って下山しましょう」

「しかし、この人数では乗れなくないか？」

チロルは通常のフロストバードよりもかなり体が大きいが、さすがに救助したメンバーの全員を騎乗させることはできない。

「アルク殿、ミュリアリア様とメイドのリタを頼む。我々は徒歩で下山を――」

「安心してください。全員乗れるようにします」

覚悟のこもった台詞を吐こうとする聖騎士に被せる形で言った。

そんな厳選は必要ない。

僕はにっこりとほほ笑むと、チロルの体を大きくした。

「チュン！」

「――ッ!?　従魔の体が大きくなっただと!?」

「これもコントラクト家に伝わる秘術なのか？」

「そんなものです」

実際は犬神から与えられた僕だけの能力なのだけど、そう言っておけば納得してくれるので問題ない。

「さあ、チロルの背中に乗ってください」

「あ、ああ。わかった」

チロルの体が二倍ほどの大きさになったので全員が背中に乗ることができる。

あとはジルオールと合流し、一緒に下山すれば問題ないだろう。

などと今後の流れを思案していると、急にゴゴゴゴゴゴッと低い音が響いた。

雪山が震えており、ブーツの裏へと振動が伝わってくる。かなり強い揺れだ。

「こ、これは？」

「いかん！　雪崩だ！」

突然の地響きに戸惑っていると、聖騎士の一人が叫んだ。

視線を上げてみると、山の頂上の方から白い煙のようなものが降りてきている。

いや、あれは煙じゃない。全部が雪なんだ。

「早く従魔の背中に乗り込むんだ！」

聖騎士の声に反応し、聖女を抱えたメイドが乗り込もうとするが、慣れない騎乗のために時間がかかってしまう。

じれったくなった聖騎士が慌てて聖女とメイドを騎乗させるが、その間に雪崩はグングンと距離を詰めてきていた。

雪崩の速さを考えると、全員が乗り込むことはできない。

高潔な聖騎士たちはきっと自分たちの命を捨てて僕に乗れと言うだろう。

それじゃあダメだ。全員の命を助けるのが僕たちの使命なんだ。誰かが欠けてしまっては意味がない。

「チロル！　僕とフクのことはいいから飛ぶんだ！」

「アルク殿は⁉」

「僕はフクに乗ります！　だから急いで！」

「わ、わかった！」

そう叫んでフクの背中へと飛び乗ると、聖騎士たちは慌ててチロルの背中へと乗り込んだ。

もう雪崩がすぐ傍まで迫っている。

「フク！　全速力で走って！」

「ワオオオン！」

フクはいつになく勇ましい声を上げると、黄金色の魔力を纏って走り出した。

それと同時に聖女一行を背中に乗せたチロルが空へと上昇。

その三秒後に僕たちのいた場所を雪崩が通り過ぎた。

危なかった。間一髪だ。

空へと逃れることができれば、雪崩に呑み込まれる心配はない。

「さて、あとは僕たちが無事に戻れるかだね」

僕たちの後ろから地響きを鳴らしながら雪が迫っている。

とんでもない量の雪だ。あれに巻き込まれればひとたまりもないだろう。

聖女のように結界の魔法でも使えれば別だけど、僕が使用できるのは一面に展開できるシールドという無属性魔法だけだ。たとえ、それを展開したとしても四方八方から押し寄せる雪に耐えることはとてもできないだろう。

というか、そもそも結界が使えたとしても何トン以上の重さを誇る、雪の圧力に耐えきれる気がしない。あれは何年も厳しい修行をしている聖女だから為せたことだろう。僕にはきっと無理だ。ヘタに魔法で耐えることはできない。

このまま雪崩に追いつかれないように走り抜けるしかない。

フクは既に身体強化を使用し、全力で走っている。

それでも迫りくる雪崩から大きく距離を離すことはできない。

本来ならば身体強化をしたフクの速度はもっと速いのだが未知の雪山ということや、かなりの豪雪ということもあって本来のポテンシャルを発揮しきれていない模様。

足を進めるだけで、かなり足が沈んでしまうんだ。そんな中でこれだけの速度を出せるのはフクだからだろう。

「アースシールド!」

僕は後方の地面に土の障壁を展開する。

少しでも雪の勢いを削ごうとしたが、土壁は一瞬で雪に呑み込まれて破壊された。

火球、土槍などを続けて放ってみると派手に雪が巻き上がるが、それだけで雪崩が止まることはない。

だけど魔法の影響で少しだけ雪の質量を削ることができているので意味はあるのかもしれない。

幸いにして僕の魔力量はかなりある。やらないよりかはやってみて後悔だ。

雪崩に魔法を放ち続けながら疾走していると、前方には乱立している木々が立ちはだかった。

フクは最小限の動きで木々を回避する。

それでも回避をするためには若干の減速をしないといけないわけで、少しずつではあるが僕たちと雪崩との距離が縮まってくる。

「フク、木々は僕が倒すからそのまま走って！」

「ワン！」

僕は後方に魔法を飛ばすのを止め、前方にある木々を薙ぎ倒すことにした。

魔力を込めた風の刃が前方に飛んでいき、いくつもの木々が倒れていく。

視界にある木々のほとんどが無くなり、フクはほとんど減速することなく倒木を飛び越えていく。

「まるで、アジリティだね」

「わふん！」

フクも同じことを思ったのだろう。ちょっとご機嫌な返事がくる。

屋敷の中庭でアジリティをやっていたおかげか、障害物の多い山の中でもフクはスムーズに走り抜けることができている。

世の中、何が役に立つかわからないものである。

「……ハッハッハッハ」

すぐ傍からフクの声がする。体力が無くて息が荒れているのではない。

急激な運動によって体温が上昇し、舌を出して唾液を蒸発させることで体温を下げているんだ。

かなりの距離を走っているが、フクの体力はまだまだある。

木々にぶつかることで雪崩の勢いも少しだけ弱まっているし、麓まで降りる頃には収まっているかもしれない。

「キャウンッ⁉」

前方の障害物を排除しながら山を駆け降りていると、フクの体が斜めにずれた。

踏み込んだ先の雪が想像よりも深く脚を取られてしまったらしい。

その衝撃で背中に乗っていた僕も吹き飛ばされ、ゴロゴロと地面を転がった。

「フク！」

僕はすぐに起き上がると、倒れ込んだフクへと駆け寄る。

フクも起き上がろうとするが、今の転倒で足を痛めてしまったのか咄嗟に起き上がることができない。

その間にも雪崩は僕たちへと迫ってきている。

「ワン！」

「フクを置いて逃げるわけなんてない！」

顔をむくりと上げたフクが逃げてと言っているように感じたが、大切な家族を捨てて逃げられるわけがない。

なにせ前世でも見知らぬ柴犬のために命を落とす奴だからね。それはフクが一番にわかっているはずだ。

土魔法で地面に穴を掘って、一緒に中に入れば助かるかもしれない。

かもしれない程度の希望だが、やらないよりはましだ。

フクと一緒に助かる道があるのであれば、そちらに僕は懸ける。

僕はフクの体を小さくさせると、土魔法を発動して地面を掘削する。

くそっ、雪がたくさん積もっている上に地面が凍っていて干渉が鈍い。

このままじゃ雪崩の方が早く到達してしまう。

「アルク！　伏せろ！」

じれったく思いながら魔力を注ぎ込んで穴を掘っていると、上空からジルオールの声が響いてきた。

僕は作成途中の穴にフクと共に飛び込んだ。

甲高い咆哮と共に青いブレスが降り注いだ。

ブレスは雪山を両断するかのように迸《ほとばし》ると、そこにあったものを瞬時に凍結させる。

今まさに僕たちを呑み込もうとしていた雪崩もそれは例外ではなく、雪の塊は一瞬にして氷像と化すのだった。

……フロストドラゴンのブレス半端ないや。

「アルク！　フク！　無事か⁉」

呆然と氷像を見上げていると、ジルオールが降下途中にもかかわらず降りてきた。

上空十メートル以上あったのに生身で降りてきて平然と着地した。一体どういう技術なのだろう。

「うん、父さんのおかげでなんとか」

「ワン！」

僕とフクは穴から這い出ると、雪を払って返事した。

「まったく無茶をする奴らだ。でも、よくやった」

無事であることを確かめると、ジルオールは僕とフクの頭をワシワシと撫でるのであった。

ジルオールに回収された僕とフクは、オルガの背中に乗せてもらって下山する。

聖女たちを乗せたチロルと合流し、ラシード率いる聖騎士団とトルトリーデ伯爵の私兵に救出できたことを伝えると歓喜の声を上げた。

「さて、俺たちは領地に帰るか」

「そうだね」

聖女一行を救出するのが僕たちの仕事だ。それが終われば速やかに帰還するまでだ。

日は既に暮れており、空は真っ暗である。

夜は視界も悪く、魔物も活発化するので無理をして行軍することはない。

トルトリーデ伯爵の私兵や聖騎士団は拠点で一夜を明かしてから伯爵領なり、聖都に向かうなりするのだろう。普通であれば僕たちもここで一夜を明かすことになるのだが、僕たちは空を飛んで帰ることができる。

夜になれば空の移動も危険だが地上ほどの危険はないし、フロストドラゴンであるオルガがいるから滅多に魔物は近寄ってこない。仮に魔物が近づいてきてもオルガのブレスで一撃だしね。

「ジルオール、もう一つ頼まれてくれないか？」

そんなわけで後のことは聖騎士団に任せて帰還しようとすると、聖騎士のラシードが声をかけてくる。

「頼まれごとってなんだ？」

「ミュリアリア様をコントラクト家の屋敷で療養させてほしい」

「ルノアに看病をしてほしいのか？」

「そうだ。聖女見習いであったルノア様の元であれば、ミュリアリア様も安心だ」

ラシードから話を聞くと、どうやら救出に駆けつけた聖騎士団に他の聖女は同行していないらしい。

ここから一番近いトルトリーデ伯爵の屋敷まで行軍しても半日はかかってしまうらしく、聖都に戻るにはもっと時間がかかる。

トルトリーデ伯爵の屋敷まで僕たちが届けるという選択肢もあるが、そこには普通の医者や薬師はいれど回復魔法を使える者はいないようだ。

だったらトルトリーデ伯爵の屋敷より少し遠いものの、聖女見習いであったルノアのいるコントラクト家に預けた方が安心のようだ。ルノアがいれば診察ができる上に回復魔法を使えば、魔力器官への負担を和らげることができる。

さらに回復魔法には体力を回復させるものや、魔力を回復させるようなものまであるらしく、今の聖女の体調のことを考えると一番いいそうだ。

「助けていただいた上にさらにワガママを申し上げるようで申し訳ありませんが、是非ともお願いしたいです！」

ラシードだけでなく、聖女の護衛である聖騎士たちからも頭を下げられる。

「……わかった。では、ミュリアリア様とその一行は纏めてうちで面倒をみることにしよう」

「助かる」

「ありがとうございます！」

さすがにこうまで頼まれてしまえば、ジルオールも頷くほかない。

体調の悪い人がいるっていうのに過酷な場所に置いていくわけにもいかないからね。

そんなわけで僕たちは再度聖女一行をチロルの背中に乗せると、そのままコントラクト家の屋敷に戻ることになった。

◆

「お帰りなさい。二人とも！」

「無事でよかったわ」

コントラクト家の屋敷に帰るとルノア、クロエ、アレッタをはじめとする使用人たちが出迎えてくれる。

「ルノア、先に診てもらいたい方がいる」

「もしかして、ミュリアリア様⁉」

帰ってきたのが僕たちだけでなく、教会の聖騎士や抱きかかえられた少女を見て、ルノアはどういった状況がすぐに気づいたようだ。

聖女が魔力欠乏症だとわかると、ルノアは使用人たちにテキパキと指示をしはじめた。

さすがは聖女見習いだっただけあって、急患がやって来た時の対応が早く落ち着いている。

急いで聖女を部屋に運び入れると、ルノアは診察して回復魔法をかける。何種類かの回復魔法をかけると、気を失っている聖女の顔色がとてもよくなった。

あとは定期的に回復魔法をかけながら療養すれば問題ないようだ。

自分たちの主の体調が良くなり、聖騎士たちも安堵の息を漏らした。

「母さん、フクの脚にも回復魔法をかけてくれる？　雪山を走っている時に転んじゃったんだ」

「わかったわ。今すぐ診るわね」

ルノアを自室に呼ぶと、フクの様子を診てもらう。

クッションに埋もれていたフクはむくりと起き上がると、ぎこちない歩き方でこちらに寄ってきた。右脚を傷めたせいで正常に歩けないらしい。

「少しじっとしていてちょうだいね……ヒール」

ルノアは真剣な表情でフクの脚を確認し、軽く触診すると回復魔法をかけた。

翡翠色の光がフクの右脚を包み込む。

「これで普通に歩けるはずよ」

回復魔法が終わると、フクは確かめるように室内を歩き出す。

僕たちが入ってきた時は右脚に力が入っておらず、庇《かば》うような動きをしていたが、そういった違和感はまったくなかった。いつも通りの歩行だ。

「すごい！　脚が治った！　ありがとう、母さん！」

「ワン！」

脚に痛みをまったく感じないのかフクが嬉しそうに室内ではしゃぎまわる。

「幸いにして骨は折れていなかったからね。少し筋を傷めただけだから私でも何とかなったわ。でも、完全に治ったわけじゃないからしばらく走るのは厳禁よ！」

「そういうわけだから、ダッシュは禁止」

「くううん」

はしゃぐフクを慌てて抱きかかえて注意すると、しょんぼりと耳を垂らした。

しょうがない。お医者さんの言うことは絶対だからね。

フクの治療が終わると僕は湯船に浸《つ》かり、ダイニングで夕食を食べた。

夕食を食べ終わる頃には睡魔がピークに達しており、僕はすぐにベッドに入ることにした。

ベッドに入ると、もぞもぞとフクが布団に潜り込んでくる。

「フクも一緒に寝る？」

「ワン！」

部屋の端にはフク専用のベッドもあるが、今日は一緒に寝たい気分らしい。

フクは僕の右腕を枕にするように寝転がってくる。

温かな体温が感じられて心地いい。

柔らかく適度な硬さのあるこの被毛はフクでしか感じることしかできない。

もふもふ最高だ。

フクをもふもふしながら寝転んでいると、今度はチロルが扉を開けて入ってきた。

「チロルもおいで」

「チュン！」

チロルはてくてくとベッドに歩いてくると、空いている反対側のスペースに座り込んだ。

チロルは体が大きいのでベッドのスペースがかなり圧迫されるが、綿毛のような羽毛に包まれるのであれば本望と言えるだろう。まさに両手に花――いや、両手にもふもふだ。

前世ではもふもふと暮らしたい一心で努力し、報われることのなかった人生だったが、フクを助けて、犬神と出会うことによって僕の人生は見事に一変。

憧れのもふもふたちに包まれる人生となった。

だけど、僕はまだ満足していない。

この世界にはたくさんのもふもふが存在するからね。

フクとチロルだけじゃなく様々なもふもふとした生き物を従魔にして、自分だけのもふもふ王国を築き上げるんだ。

一日中、従魔と共に過ごして思う存分にもふもふし、柔らかな毛に思いっきり包まれる。そんな幸せな毎日を思いっ切り過ごすんだ。

――転生して田舎でもふもふたちとスローライフをおくりたい。

従魔であるもふもふたちと最高のスローライフをおくるために第二の人生も頑張るんだ。

※本書は書き下ろしです。
※この物語はフィクションです。作中に同一の名称があった場合も、実在する人物、団体等とは一切関係ありません。

錬金王（れんきんおう）
『転生して田舎でスローライフをおくりたい』で、第４回ネット小説大賞金賞を受賞しデビュー。スローライフにあこがれ中。

イラスト **阿倍野ちゃこ**（あべの ちゃこ）

転生して田舎でもふもふとスローライフをおくりたい
（てんせいしていなかでもふもふとすろーらいふをおくりたい）

2024年10月1日　第1刷発行

著者　錬金王

発行人　関川 誠
発行所　株式会社 宝島社
〒102-8388　東京都千代田区一番町25番地
電話：営業03(3234)4621／編集03(3239)0599
https://tkj.jp

印刷・製本　中央精版印刷株式会社

Printed in Japan
ISBN978-4-299-05879-9